A LA VITESSE DE LA LUMIÈRE

DU MÊME AUTEUR

LES SOLDATS DE SALAMINE, Actes Sud, 2002 ; Babel n° 621.
A PETITES FOULÉES, Actes Sud, 2004.

Les traducteurs tiennent à remercier
très chaleureusement Raphaële Balmès

Titre original :
La velocidad de la luz
Editeur original :
Tusquets Editores, Barcelone

ISBN 2-7427-6276-0

LETTRES HISPANIQUES

JAVIER CERCAS

A la vitesse de la lumière

roman traduit de l'espagnol
par Elisabeth Beyer et Aleksandar Grujičić

ACTES SUD

à Raül Cercas et Mercè Mas

Le mal, non les erreurs, perdure,
ce qui est pardonnable est pardonné depuis longtemps, les entailles de couteau
ont aussi cicatrisé, seule l'entaille qu'inflige le mal,
elle, ne cicatrise pas, mais rouvre dans la nuit, chaque nuit.

INGEBORG BACHMANN,
Gloriastrasse.

— Mais si elles nous enveloppent ?
— Elles ne nous envelopperont pas.
— Mais si nous étouffons ?
— Nous n'étoufferons pas.

JULES VERNE,
Voyage au centre de la Terre.

TOUS LES CHEMINS

A présent, je vis une fausse vie, une vie apocryphe, clandestine et invisible, bien que plus réelle que si elle était vraie, mais j'étais encore moi-même quand j'ai fait la connaissance de Rodney Falk. C'était il y a longtemps et c'était à Urbana, une ville du Middle West américain dans laquelle j'ai passé deux ans à la fin des années 1980. A vrai dire, chaque fois que je me demande pourquoi c'est précisément là-bas que je me suis retrouvé, je me dis que je m'y suis retrouvé comme j'aurais pu me retrouver n'importe où. Je raconterai pourquoi, au lieu de me retrouver n'importe où, c'est précisément là-bas que je me suis retrouvé.

Ç'a été par hasard. A l'époque – dix-sept ans ont passé depuis –, j'étais très jeune, je venais de terminer mes études et je partageais avec un ami un appartement sombre et insalubre rue Pujol, à Barcelone, tout près de la place Bonanova. Mon ami s'appelait Marcos Luna, il était de Gérone comme moi et, en réalité, il était à la fois plus et moins qu'un ami : nous avions grandi ensemble, joué ensemble, nous étions allés ensemble au collège, nous avions les mêmes fréquentations. Depuis toujours, Marcos voulait être peintre ; moi, non : je voulais être écrivain. Mais nous avions tous deux fait des études inutiles et étions sans travail et fauchés, si bien que Marcos ne peignait pas et que moi je n'écrivais pas ou, si nous le faisions, ce n'était que lors des rares moments libres que nous laissait la tâche presque exclusive de survivre. Nous y parvenions à peine. Lui donnait des cours dans un collège aussi insalubre que l'appartement où nous vivions et, moi, je travaillais en free-lance pour un négrier d'éditeur (en préparant des copies, révisant des traductions, corrigeant des épreuves), mais comme nos honoraires de misère ne suffisaient pas même à payer le loyer et les charges, nous acceptions tous les petits boulots que nous arrivions à décrocher à droite et à gauche, si saugrenus soient-ils, cela allait de la proposition de noms faite à une agence de publicité pour une nouvelle compagnie aérienne jusqu'au classement des archives de l'hôpital de la Vall d'Hebron, en passant par l'écriture de paroles de chansons, jamais payée, pour un musicien qui croupissait à fond de cale. Pour le reste, quand nous ne travaillions pas, ni n'écrivions, ni ne peignions, nous nous consacrions à arpenter la ville, à fumer des pétards, à boire de la bière et à discuter des chefs-d'œuvre par lesquels nous nous vengerions un jour de ce monde qui, même si nous n'avions pas encore exposé un seul tableau ni publié une seule nouvelle, semblait nous ignorer de manière flagrante. Nous ne connaissions aucun peintre ni aucun écrivain, nous ne fréquentions ni cocktails ni présentations de livres, mais peut-être aimions-nous imaginer que nous vivions en bohèmes à une époque où les bohèmes n'existaient plus, ou que nous étions deux redoutables kamikazes prêts à s'écraser allégrement contre la réalité ; il est évident, pourtant, que nous n'étions que deux arrogants provinciaux perdus dans la capitale, que nous étions seuls et furieux et que l'unique sacrifice auquel pour rien au monde nous n'aurions consenti était de retourner à Gérone, car cela aurait signifié renoncer aux rêves de triomphe que nous caressions depuis toujours. Nous étions brutalement ambitieux. Nous aspirions à échouer. Mais pas à échouer simplement ou n'importe comment : nous aspirions à l'échec total, radical et absolu. C'était notre manière d'aspirer au succès.

Par une nuit de printemps de l'année 1987, il s'est produit un événement qui ne tarderait pas à tout faire basculer. Marcos et moi venions de sortir de chez nous quand, juste au croisement de la rue Muntaner et de la rue Arimon, nous sommes tombés sur Marcelo Cuartero. Cuartero était professeur de littérature à l'université autonome ; je trouvais ses cours fascinants et je les suivais avec ferveur, même si j'étais un étudiant médiocre. C'était un petit gros d'une bonne cinquantaine d'années, roux et habillé négligemment, avec un large visage de tortue triste, mangé par des sourcils de scélérat et des yeux moqueurs vaguement effrayants ; il était aussi l'un des spécialistes européens les plus reconnus du roman du XIXe siècle et avait mené l'agitation universitaire contre le franquisme dans les années 1960 et 1970 ; on disait (même s'il était difficile de le déceler d'après l'orientation de ses cours et la lecture de ses livres, scrupuleusement exempts de tout contenu politique) qu'il était resté communiste de cœur, résigné et insoumis. J'avais à peine échangé quelques mots avec Cuartero au détour d'un couloir, pendant mes années d'études, pourtant, cette nuit-là, il s'est arrêté pour parler avec Marcos et moi, il nous a raconté qu'il venait d'une rencontre littéraire qui avait lieu tous les mardis et tous les vendredis à l'*Oxford*, un café tout proche, et, comme si cette rencontre n'avait pas assouvi son envie de converser, il m'a demandé ce que j'étais en train de lire et nous avons commencé à parler littérature ; il nous a ensuite invités à boire une bière au *Yate*, un café lambrissé avec de grandes fenêtres et où Marcos et moi n'avions pas l'habitude d'entrer parce qu'il nous paraissait trop luxueux pour notre maigre budget. Accoudés au comptoir, nous avons parlé de livres pendant un bon moment, puis Cuartero m'a demandé de but en blanc sur quoi je travaillais ; comme Marcos était présent, je n'ai pas pu me résoudre à mentir mais j'ai fait tout mon possible pour embellir la vérité. Cuartero l'a sans doute deviné parce que c'est alors qu'il m'a parlé d'Urbana. Il m'a dit qu'il avait un bon ami là-bas, à l'université d'Illinois, et que celui-ci lui avait dit qu'à la prochaine rentrée le département d'études hispaniques offrait aux étudiants espagnols plusieurs bourses de professeur assistant.

— Je ne connais rien de la ville, a reconnu Marcelo. Tout ce que j'en sais, c'est par *Certains l'aiment chaud.*

— *Certains l'aiment chaud* ? avons-nous demandé à l'unisson.

— Vous vous souvenez ? a répondu Marcelo. Au début, Jack Lemmon et Tony Curtis doivent donner un concert dans une ville glaciale du Middle West, près de Chicago mais, poursuivis par des gangsters, ils finissent par filer à toute vitesse en Floride, déguisés en choristes, et par faire une bringue délirante. Eh bien Urbana, c'est cette ville glaciale où ils ne se rendront jamais, on peut donc en déduire qu'Urbana ne doit pas être une merveille ou qu'elle doit être tout le contraire de la Floride, à supposer que la Floride soit une merveille. Enfin, c'est tout ce que j'en sais. Mais c'est une bonne université et je crois que le travail est intéressant. On est payé pour donner des cours de langue, suffisamment pour vivre, et il faut s'inscrire en thèse. Rien de trop contraignant. En plus, tu voulais être écrivain, non ?

J'ai senti mes joues prendre feu. Sans oser regarder Marcos, j'ai bafouillé quelques mots mais Cuartero m'a interrompu :

— Un écrivain doit voyager. Tu verras des choses différentes, tu connaîtras d'autres gens, tu liras d'autres livres. C'est salutaire. Enfin, a-t-il conclu, si ça t'intéresse, appelle-moi.

Cuartero est parti peu de temps après, mais Marcos et moi sommes restés au *Yate*, avons commandé une autre bière, avons bu et fumé un bon moment en silence ; nous savions chacun ce que pensait l'autre et nous savions chacun que l'autre le savait. Nous pensions que Cuartero venait de formuler en trois mots ce que nous pensions depuis longtemps sans le formuler : nous pensions qu'un écrivain devait non seulement lire tous les livres mais voyager et voir le monde et vivre avec intensité en accumulant les expériences, et que les Etats-Unis – n'importe quel endroit aux Etats-Unis – étaient le lieu idéal pour faire tout cela et pour devenir écrivain ; nous pensions qu'un emploi stable et rémunéré laissant du temps pour écrire était alors bien plus que ce que je pouvais espérer obtenir à Barcelone ; trop jeunes ou trop naïfs pour savoir ce que foirer sa vie voulait dire, nous pensions que nous étions en train de foirer la nôtre ici.

— Eh bien, a fini par dire Marcos, puis, conscient que la décision était déjà prise, il a vidé son verre d'un trait. Une autre bière ?

Voilà comment, six mois après cette rencontre fortuite avec Marcelo Cuartero et au bout d'un voyage interminable en avion avec escales à Londres et à New York, je me suis retrouvé à Urbana comme j'aurais pu me retrouver n'importe où. Je me souviens que la première chose que j'ai pensée en arrivant, tandis que le car de la Greyhound qui m'amenait de Chicago pénétrait dans une succession d'avenues désertes et bordées de pavillons avec perron, de bâtiments en briques rougeâtres, et de parterres méticuleusement entretenus qui chatoyaient sous le ciel incandescent d'août, était que Tony Curtis et Jack Lemmon, dans *Certains l'aiment chaud*, avaient eu une chance énorme et que j'écrirais à Marcos pour lui dire que j'avais fait dix mille kilomètres en vain, parce que Urbana – à peine un îlot de cent cinquante mille âmes flottant au milieu d'une mer de champs de maïs qui s'étendait sans interruption jusqu'aux faubourgs de Chicago – n'était en apparence ni plus grande ni moins provinciale que Gérone. Bien sûr, je ne lui ai rien dit de tout cela : pour ne pas le décevoir par ma propre déception, ou pour essayer d'arranger un peu la vérité, je lui ai dit que Marcelo Cuartero avait tort et qu'Urbana était comme la Floride, ou plutôt comme un mélange en miniature de la Floride et de New York, une ville effervescente, ensoleillée et cosmopolite où les romans me viendraient pour ainsi dire tout seuls. Mais comme les mensonges ne transforment pas la réalité, quels que soient nos efforts, je n'ai pas tardé à me rendre compte que ma première impression négative de la ville était exacte et c'est pourquoi, durant les premiers jours passés à Urbana, je me suis laissé envahir par une certaine tristesse, incapable que j'étais de m'affranchir de la nostalgie de ce que j'avais laissé derrière moi et de la certitude que, plutôt qu'une ville, cette impitoyable fournaise, perdue au milieu de nulle part, était un cimetière dans lequel, sans trop tarder, je finirais fantôme ou zombi.

C'est l'ami de Marcelo Cuartero qui m'a aidé à venir à bout de cette dépression naissante. Il s'appelait John Borgheson et c'était un Anglais américanisé ou un Américain qui n'avait pas su cesser d'être anglais (ou l'inverse) ; je veux dire par là que, même si sa culture et son éducation étaient américaines et que la plus grande partie de sa vie ainsi que toute sa carrière universitaire s'étaient déroulées aux Etats-Unis, il gardait encore presque intact son accent de Birmingham et ne s'était pas laissé contaminer par les manières directes des Américains, de sorte qu'il restait, à sa façon, un Britannique de la vieille école ou qu'il aimait s'imaginer tel : un homme timide, courtois et réservé qui tâchait en vain de cacher la vocation d'humoriste qu'il portait en lui. Borgheson, qui frisait la quarantaine et parlait ce castillan un brin archaïque et rocailleux que parlent souvent ceux qui l'ont beaucoup lu et peu pratiqué, était la seule personne que je connaissais en ville. A mon arrivée, il a eu l'inhabituelle prévenance de m'accueillir chez lui ; il m'a ensuite aidé à trouver un appartement proche du campus et à m'y installer, il m'a montré l'université et guidé dans le labyrinthe de sa bureaucratie. Pendant ces premiers jours, je n'ai pu m'empêcher de penser que l'amabilité excessive de Borgheson tenait à un malentendu, qu'il me prenait pour un des étudiants préférés de Marcelo Cuartero, ce qui ne cessait de me paraître piquant, d'autant que j'imaginais, et pour cause, que si Cuartero ne m'avait pas envoyé dans un endroit plus lointain et plus inhospitalier qu'Urbana, c'était parce qu'il n'en connaissait ni de plus inhospitalier ni de plus lointain. Borgheson s'est aussi empressé de me présenter à quelques-uns de mes futurs collègues, ses disciples, comme moi assistants au département d'espagnol, et un samedi soir, quelques jours seulement après mon arrivée, il a organisé un dîner avec trois d'entre eux au *Courier Café*, un petit restaurant situé à Race, tout près de Lincoln Square.

Je me rappelle très bien ce dîner, notamment parce que je suppose que certaines choses qui s'y sont passées donnent le ton exact de ce qu'ont été mes premières semaines à Urbana. Les trois collègues présents, deux hommes et une femme, avaient plus ou moins mon âge. Les deux hommes dirigeaient une revue semestrielle appelée *Línea Plural* : l'un était Felipe Vieri, un Vénézuélien très cultivé, ironique, un peu hautain, qui s'habillait avec un soin non exempt d'affectation ; l'autre s'appelait Frank Solaún et était un Américain d'origine cubaine, robuste et enthousiaste, au sourire radieux et aux cheveux gominés. Quant à la femme, son nom était Laura Burns et, comme je l'ai appris plus tard de Borgheson lui-même, elle appartenait à une riche famille de la noblesse de San Juan de Porto Rico (son père était propriétaire du plus grand quotidien du pays), mais ce qui a surtout attiré mon attention ce soir-là, mis à part son incontestable physique de *gringa* – grande, solide, blonde, à la peau très pâle –, c'était son intimidante propension au sarcasme, réfrénée à grand-peine par le respect que lui inspirait la présence de Borgheson. D'ailleurs, celui-ci a su imposer subtilement sa supériorité hiérarchique pendant tout le dîner, amenant sans effort la conversation vers des sujets qui pouvaient m'intéresser ou, d'après ce qu'il imaginait ou souhaitait, dont je ne me sentirais pas exclu. Si bien que nous avons parlé de mon voyage, d'Urbana, de l'université, du département ; nous avons également parlé des écrivains et des cinéastes espagnols, et je me suis vite rendu compte que Borgheson et ses disciples étaient plus au courant que moi de ce qui se passait en Espagne, car je n'avais pas lu les livres ni vu les films de la plupart des écrivains et des cinéastes qu'ils évoquaient. Je doute fort d'en avoir été humilié parce qu'à l'époque mon ressentiment d'écrivain non publié, ignoré et souffrant presque d'agraphie, m'autorisait à considérer comme de la pure pacotille tout ce qui se faisait en Espagne – et comme de l'art pur tout ce qui ne s'y faisait pas –, mais je n'écarte pas la possibilité que cela explique en partie ce qui s'est produit au moment où nous prenions le café. Vieri et Solaún parlaient déjà depuis un bon moment avec une dévotion sans borne du cinéma de Pedro Almodóvar ; toujours attentionné, Borgheson a profité d'une pause dans leur duo enthousiaste pour me demander quelle était mon opinion sur les films du réalisateur. Comme tout le monde, je crois qu'à l'époque j'aimais moi aussi les films d'Almodóvar mais, à cet instant précis, j'ai dû éprouver l'impérieuse nécessité de me rendre intéressant ou de mettre en évidence ma vocation cosmopolite en prenant mes distances par rapport à ces histoires de religieuses droguées, de travestis purs et durs et de tueuses de toreros, de sorte que j'ai répondu :

— Franchement, pour moi ce sont des histoires de tapettes.

Un sauvage éclat de rire de Laura Burns a salué ma sentence et ma satisfaction devant cet accueil tonitruant m'a empêché de m'apercevoir du silence glacial des autres convives, que Borgheson s'est empressé de rompre par un commentaire d'urgence. Le dîner a fini peu après sans autre incident et, en sortant du *Courier Café*, Vieri et Solaún nous ont proposé de prendre un verre. Borgheson et Laura Burns ont décliné la proposition ; moi, je l'ai acceptée.

Mes nouveaux amis m'ont emmené dans une discothèque appelée *Chester Street*, qui se trouvait opportunément à Chester Street, à côté de la gare. C'était un local immense et tout en longueur, aux murs nus, avec un bar à droite et, face à lui, une piste de danse criblée de lumières stroboscopiques, qui à cette heure-là était déjà bondée. A peine étions-nous entrés que Solaún s'était déjà perdu dans la foule convulsée qui envahissait la piste ; quant à Vieri et moi, nous nous sommes frayé un chemin jusqu'au bar pour commander des *cuba libre*. En attendant d'être servis, je faisais à Vieri un commentaire mi-moqueur mi-perplexe sur le fait que dans cette discothèque on ne voyait que des hommes quand, sans me laisser terminer, un jeune homme m'a accosté pour me dire quelque chose que je n'ai pas compris ou pas tout à fait. Je me suis penché vers lui en lui demandant de répéter, ce qu'il a fait : il m'a demandé si ça me disait de danser avec lui. J'étais sur le point de lui demander une nouvelle fois de répéter mais au lieu de le faire je l'ai observé : il était très jeune, très blond, il semblait très joyeux, il souriait ; je l'ai remercié et lui ai dit que je ne voulais pas danser. Le jeune homme a haussé les épaules et est parti sans autre explication. J'allais raconter à Vieri ce qui venait de m'arriver quand j'ai été abordé par un type grand et fort, avec des moustaches et des santiags, qui m'a posé à peu de chose près la même question ; étonné, je lui ai donné à peu de chose près la même réponse, et le type, sans même me regarder, a ri silencieusement avant de partir lui aussi. A ce moment précis, Vieri m'a tendu mon *cuba libre* mais je ne lui ai rien dit et n'ai même pas eu besoin de lire dans ses yeux l'ironie vicieuse et quelque peu vengeresse pour me sentir comme Jack Lemmon et Tony Curtis habillés en choristes à leur arrivée en Floride ni pour comprendre le silence stupéfait qui avait suivi mon commentaire sur les films d'Almodóvar. Longtemps après, Vieri m'a raconté que, quand le lendemain matin de cette nuit triomphale Frank Solaún avait dit à Laura Burns qu'ils m'avaient emmené à une fête gay à Chester Street, la phrase de Laura avait résonné comme un anathème à travers les couloirs du département : "Mais il est tellement espagnol qu'il doit avoir le cerveau en forme de gargoulette, avec le bec et tout !"

J'aimerais croire que, pendant mes premiers jours à Urbana, cette sorte de gaffes n'a pas été aussi fréquente que je le crains, mais je ne peux pas l'assurer ; ce que je peux assurer en revanche, c'est que je me suis habitué à ma nouvelle vie bien plus vite que ce que le début ne laissait présager. Il est vrai que c'était une vie confortable. Ma maison – un deux-pièces, avec cuisine et salle de bains – se trouvait à cinq minutes à pied du Foreign Languages Building, le bâtiment qui abritait le département d'espagnol, au 703 de West Oregon, entre Busey et Coler, dans une zone de ruelles intimes, étroites et arborées. Comme Marcelo Cuartero me l'avait promis, je gagnais suffisamment pour vivre sans privations et mes obligations de professeur d'espagnol et de doctorant me laissaient libre à peu près tous les après-midi et toutes les nuits, outre les week-ends plus que longs qui comprenaient les vendredis, si bien que je disposais de beaucoup de temps pour lire et écrire et d'une vaste bibliothèque pour me ravitailler en livres. Très vite, la nostalgie de ce que j'avais laissé derrière moi a fait place à la curiosité pour ce que j'avais devant moi. J'écrivais assidûment à ma famille et à mes amis – surtout à Marcos – mais déjà je ne me sentais plus seul ; de fait, j'ai découvert très vite que, si on le voulait, il n'y avait rien de plus facile que de se faire des amis à Urbana. Comme toutes les villes universitaires, c'était un endroit aseptisé et trompeur, un microclimat dénué de pauvres et de vieux où, tous les ans, atterrissait et d'où, tous les ans, décollait vers le monde réel une population de jeunes gens de passage en provenance des quatre coins du globe ; ajoutée à l'évidence quelque peu angoissante que ni en ville ni à plusieurs centaines de kilomètres à la ronde il n'y avait d'autre distraction que le travail, cette circonstance favorisait au plus haut point la vie sociale, et c'est un fait que, par contraste avec la quiétude studieuse du reste de la semaine, Urbana devenait, du vendredi après-midi au dimanche soir, une fourmilière grouillante dont personne ne voulait rater les soirées privées, auxquelles d'ailleurs tout le monde semblait être invité.

Pourtant, ce n'est à aucune de ces soirées assidûment fréquentées que j'ai fait la connaissance de Rodney Falk mais dans le bureau que nous avons partagé pendant tout un semestre au quatrième étage du Foreign Languages Building. Je ne saurai jamais si ce bureau m'avait été attribué par hasard ou parce que personne ne voulait le partager avec Rodney (la seconde hypothèse me paraît plus probable), mais je sais que, si on ne me l'avait pas attribué, le plus probable serait que Rodney et moi ne nous serions sans doute jamais liés d'amitié, que tout aurait été différent, que ma vie n'aurait pas été ce qu'elle est à présent et que le souvenir de Rodney se serait effacé de ma mémoire comme s'est effacé au fil des années celui de presque tous les gens que j'ai rencontrés à Urbana. Ou peut-être pas à ce point, peut-être que j'exagère. En fin de compte, il est vrai que, sans le vouloir le moins du monde, Rodney ne passait pas inaperçu au milieu de la rigoureuse uniformité qui régnait dans le département et que tout le monde respectait sans broncher, comme s'il s'agissait d'une norme, tacite mais palpable, de prophylaxie intellectuelle paradoxalement destinée à susciter la compétition entre les membres de cette communauté fière d'observer strictement les règles de la méritocratie. Rodney contrevenait à cette norme non seulement parce qu'il était relativement plus âgé que les autres assistants d'espagnol, dont presque aucun n'avait plus de trente ans, mais aussi parce qu'il n'assistait jamais aux réunions, cocktails et autres rencontres organisés par le département ; tout le monde attribuait cela, comme j'ai pu aussitôt le constater, à son caractère réservé et excentrique, pour ne pas dire revêche, ce qui l'entourait d'une piètre légende selon laquelle il avait joui du privilège d'avoir obtenu son poste de professeur d'espagnol grâce à sa condition de vétéran du Viêtnam. Je me souviens que lors d'une réception offerte par le département aux nouveaux assistants, à la veille de la rentrée, quelqu'un avait fait une remarque sur son immanquable absence, ce qui avait aussitôt provoqué dans le conciliabule de collègues qui m'entourait une cascade de conjectures sauvages sur ce que Rodney pouvait enseigner à ses élèves, étant donné que personne ne l'avait jamais entendu parler espagnol.

— Putain ! avait tranché Laura Burns, qui venait de se joindre au chœur. Moi, ce qui m'inquiète, ce n'est pas tant de savoir si Rodney parle ou pas un foutu mot d'espagnol mais c'est de l'imaginer débarquer un de ces quatre avec une kalachnikov pour tous nous dégommer.

Je n'avais pas encore oublié ce commentaire, qui avait été accueilli par un rire unanime, quand j'ai fini par faire la connaissance de Rodney. Ce matin-là, le premier de l'année universitaire, je suis arrivé très tôt au département et ce que j'ai vu tout d'abord en ouvrant la porte, c'était Rodney assis à sa table en train de lire ; puis je l'ai vu lever ses yeux du livre, me regarder, se mettre debout sans mot dire. J'ai eu un instant de panique irrationnelle provoquée par le souvenir de la sortie de Laura Burns (qui à mes yeux cessait tout à coup d'être une sortie et de me paraître drôle) et par la taille de ce gaillard à la réputation de déséquilibré. Il s'est avancé vers moi, mais je ne suis pas parti en courant : avec appréhension, j'ai serré la main qu'il me tendait, en tâchant de sourire.

— Je m'appelle Rodney Falk, a-t-il dit en me regardant droit dans les yeux avec une intensité déconcertante et en faisant un bruit qui ressemblait à un coup de talon martial. Et toi ?

Je lui ai dit mon nom. Rodney m'a demandé si j'étais espagnol. Je lui ai dit que oui.

— Je ne suis jamais allé en Espagne, a-t-il déclaré. Mais j'aimerais bien connaître ce pays un jour. Tu as lu Hemingway ?

J'avais à peine lu Hemingway ou je l'avais lu n'importe comment, et l'idée que j'avais de l'écrivain américain se résumait en un lamentable cliché dont le protagoniste était un vieux au bout du rouleau, dévergondé et alcoolique, ami de danseuses de flamenco et de toreros, qui véhiculait dans ses œuvres démodées une image d'Epinal de l'Espagne constituée de ses stéréotypes les plus rances et les plus insupportables.

— Oui, ai-je répondu, soulagé par cette lueur de conversation littéraire et comme je devais voir là une autre magnifique occasion d'annoncer clairement à mes collègues de faculté mon inébranlable vocation cosmopolite – que j'avais déjà affichée par mon commentaire homophobe sur le cinéma d'Almodóvar – j'ai ajouté : Pour moi franchement, c'est de la merde.

La réaction de mon flamboyant collègue de bureau a été plus expéditive que celle de Vieri et de Solaún quelques jours plus tôt : sans le moindre geste de désapprobation ou d'acquiescement, comme si j'avais soudainement disparu de son champ de vision, Rodney a fait demi-tour en me laissant au beau milieu de ma phrase ; il s'est rassis, a repris son livre et s'est replongé dans sa lecture.

Lors de cette matinée, nous en sommes restés là et, si l'on exclut la surprise ou la panique initiale et Ernest Hemingway, le rituel des jours qui ont suivi s'est révélé plus ou moins identique. J'arrivais toujours au bureau, le Foreign Languages Building à peine ouvert, mais immanquablement Rodney me devançait. Après des salutations convenues qui dans le cas de mon collègue étaient plutôt des mugissements, nous passions la matinée à aller et venir d'une salle à l'autre ou, assis que nous étions à nos tables de travail, à lire et à préparer nos cours (Rodney surtout à lire et moi surtout à préparer mes cours), mais toujours étroitement enfermés dans un mutisme que je n'ai essayé de rompre que timidement à deux ou trois occasions, avant de comprendre que Rodney n'était nullement intéressé par ma conversation. C'est pendant ces jours-là que, tout en l'espionnant discrètement depuis mon bureau ou dans les couloirs du département, j'ai commencé à m'habituer à sa présence. A première vue, Rodney avait l'air candide, indolent et anachronique de ces hippies des années 1960 qui n'avaient pas voulu ou pu ou su s'adapter au cynisme joyeux des années 1980, comme si de gré ou de force ils avaient été laissés sur le bas-côté de la route pour ne pas perturber la marche triomphante de l'Histoire. Pourtant, ses vêtements ne détonnaient pas avec l'égalitarisme informel qui régnait à l'université : il portait toujours des chaussures de sport, un jean usé et de larges chemises à carreaux, troquant en hiver – pendant l'hiver polaire d'Urbana – ses chaussures de sport contre une paire de rangers et se couvrant avec de gros pull-overs en laine, une veste et une casquette en cuir. Il était grand, fort, légèrement dégingandé ; il marchait toujours le regard fixé au sol et comme par à-coups, incliné à droite, une épaule plus haute que l'autre, ce qui donnait à sa démarche une instabilité bringuebalante de pachyderme sur le point de s'écrouler. Il avait les cheveux longs, épais et roux, et un visage rude et large, à la peau légèrement rougeâtre et aux traits burinés : le menton dur, les pommettes saillantes, le nez grec et une bouche moqueuse ou méprisante qui laissait voir une double rangée de dents inégales, presque ocre, passablement gâtées. L'un de ses yeux souffrait de photophobie, ce qui obligeait Rodney à le protéger du soleil avec un morceau de tissu noir tenu par un bandeau qui lui ceignait la tête, accessoire qui lui conférait un air d'ancien combattant, nullement démenti par sa démarche claudicante ni son visage abîmé. Sans doute à cause de cette lésion oculaire, ses yeux ne semblaient pas tout d'abord avoir la même couleur, sauf que, en y regardant bien, on se rendait compte que l'un était simplement d'un brun plus clair, presque couleur miel, et l'autre d'un brun plus foncé, presque noir. Très vite, je me suis aussi aperçu que Rodney n'avait pas d'amis dans le département et que, hormis Dan Gleylock – un vieux professeur de linguistique avec lequel je l'ai vu quelquefois converser dans son bureau, un café à la main –, il maintenait avec les autres membres de la faculté un rapport qui n'arrivait pas même au niveau de cette cordialité superficielle qu'impose la bonne éducation.

Rien ne permettait de présager que mon cas allait être différent. En effet, il est presque certain que, sans le concours involontaire de John Borgheson, notre relation n'aurait jamais dépassé l'autisme dans lequel nous nous étions cantonnés l'un et l'autre pendant les premiers jours de l'année universitaire. Le premier vendredi de la rentrée, Borgheson m'a convié à déjeuner avec Giuseppe Rota, un jeune professeur italien à l'air languide de dandy, invité à enseigner à l'université pendant ce semestre-là. Le déjeuner s'est déroulé en deux temps. Tout d'abord, Rota n'a cessé de parler, tandis que Borgheson restait enfermé dans un silence méditatif ou embarrassé ; puis, les rôles se sont inversés – Borgheson parlait et Rota gardait le silence, comme si les sujets abordés ne le concernaient pas du tout –, et ce n'est qu'alors que j'ai compris pourquoi j'avais été invité. Borgheson a expliqué que Rota avait été embauché par l'université pour diriger un séminaire d'initiation à la littérature catalane ; jusqu'à cette date pourtant, seules trois personnes s'étaient inscrites, et l'heure était grave, puisque le règlement de l'université obligeait le département à annuler tout séminaire pour lequel il n'y avait pas au moins quatre étudiants inscrits. Le discours de Borgheson a alors cessé d'être explicatif pour devenir véhément, comme si l'exagération qu'il y mettait devait masquer la honte qu'il ressentait à le prononcer. En somme, Borgheson me priait, avec le consentement tacite de Rota, de m'y inscrire – non sans avoir pris ses précautions en essayant de flatter au passage ma vanité : étant donné ma connaissance en la matière et le niveau élémentaire exigé par ce séminaire, celui-ci ne pouvait pas m'être d'une grande utilité –, laissant entendre que ce petit sacrifice de ma part était comme une faveur personnelle et que le séminaire ne supposerait pas pour moi d'autre effort que celui d'être présent. Bien sûr, j'ai immédiatement accepté la proposition de Borgheson, ravi de lui rendre service en retour, mais ce que je ne pouvais absolument pas prévoir – et Borgheson non plus –, c'est ce qu'allait m'apporter cette décision en apparence anodine.

J'ai commencé à le deviner le mardi de la semaine suivante, à la fin de l'après-midi, au moment d'enter dans la salle où allait avoir lieu le premier cours de littérature catalane quand j'ai vu assis autour d'une table mes trois éminents collègues de séminaire. L'un était un type à l'aspect patibulaire, habillé entièrement en noir, les cheveux teints en rouge et coiffés comme un punk ; l'autre, un Chinois, petit, menu et agité ; le troisième était Rodney. Tous les trois me regardaient en souriant sans mot dire et, après m'être assuré que je ne m'étais pas trompé de salle, je les ai salués et me suis assis ; un moment après, Rota est apparu et le cours a commencé. "Commencer" n'est ici qu'une façon de parler. En réalité, ce cours n'a jamais pu commencer, tout simplement parce qu'il était impraticable. La raison en était – et nous l'avons aussitôt découvert à notre grand étonnement – qu'il n'y avait pas de langue commune à tous les participants : Rota, qui parlait bien le castillan et le catalan, ne parlait pas un seul mot d'anglais, et l'Américain patibulaire, qui s'est empressé de nous dire qu'il voulait apprendre le catalan parce qu'il étudiait la philologie romane, ne baragouinait que le français, à l'instar de Rodney qui, lui, connaissait en outre le castillan ; quant au Chinois, qui s'appelait Wong et étudiait la mise en scène à l'école d'art dramatique, il ne parlait que sa langue maternelle et l'anglais (bien plus tard, j'ai appris que son désir d'apprendre le catalan était lié au fait qu'il avait un petit ami catalan). Nous n'avons pas mis beaucoup de temps à comprendre que, vu les circonstances, j'étais le seul instrument de communication possible entre les membres de cette assemblée œcuménique improvisée, si bien qu'après la tentative de Rota, en sueur et décomposé, pour se faire comprendre par tous les moyens à sa disposition (y compris les signes), je me suis offert de le traduire du catalan vers l'anglais, la seule langue comprise par tous les intéressés, hormis Rota lui-même. Mis à part son caractère ridicule, ce procédé s'est révélé d'une exaspérante morosité, même s'il nous a permis, tant bien que mal, d'arriver à bout non seulement de ce premier cours mais également, et si incroyable que cela puisse paraître, du semestre tout entier – certes, non sans grandes doses de généreuse hypocrisie et de sourires de toutes parts. Mais, au terme de ce premier jour, nous nous sommes tous fatalement retrouvés déprimés et abasourdis, si bien que je ne pouvais d'abord interpréter que comme un sarcasme le commentaire de Rodney. Après être sortis ensemble de la salle et avoir traversé en silence le hall du Foreign Languages Building, alors que nous étions sur le point de nous séparer à la porte du bâtiment, Rodney m'a dit :

— Je n'ai jamais appris autant de choses en un seul cours (je le répète : j'ai tout d'abord pensé qu'il plaisantait ; j'ai pensé ensuite qu'il ne se référait pas à ce que j'imaginais et je l'ai regardé dans les yeux puis j'ai pensé qu'il ne plaisantait pas ; je me suis ensuite remis à penser qu'il plaisantait et puis je n'ai plus su que penser). Il a ajouté : Je ne savais pas que tu parlais catalan.

— Je vis en Catalogne.

— Tous ceux qui vivent en Catalogne parlent catalan ?

— Non, pas tous.

Rodney s'est arrêté, m'a regardé avec un mélange d'intérêt et de méfiance, puis m'a demandé :

— Tu as lu Mercè Rodoreda ?

J'ai dit que oui.

— Et tu aimes ?

Comme j'avais déjà appris la leçon et que je tenais à bien m'entendre avec mon collègue de bureau, j'ai dit que oui. Rodney a fait un geste étrange que je n'ai pas su interpréter et, pendant un instant, j'ai pensé à Almodóvar et à Hemingway et j'ai cru que je m'étais encore trompé, que peut-être les admirateurs de Hemingway ne pouvaient que détester Rodoreda, de même que les admirateurs de Rodoreda ne pouvaient que détester Hemingway. Avant que je n'aie pu nuancer ma réponse ou retirer le mensonge que je venais de lui infliger, Rodney m'a rassuré.

— Moi, j'aime beaucoup, a-t-il dit. Je l'ai lue dans la traduction castillane, bien sûr, mais je veux apprendre le catalan pour la lire dans le texte.

— Eh bien, t'as trouvé l'endroit idéal, ai-je lâché malgré moi.

— Tu dis ?

— Rien.

J'allais prendre congé de lui quand Rodney m'a inopinément demandé :

— Un Coca, ça te dirait ?

Nous sommes allés au *Treno's*, un bistrot situé au coin de Goodwin et de West Oregon, à mi-chemin entre chez moi et la faculté. C'était un endroit fréquenté par les étudiants, avec des tables en bois et des murs en lambris, une grande cheminée éteinte et une baie vitrée qui donnait sur Goodwin. Nous avons pris place à côté de la cheminée et commandé un Coca-Cola pour Rodney, une bière pour moi et un bol de pop-corn pour tous les deux. Nous avons discuté. Rodney m'a raconté qu'il vivait à Rantoul, une petite ville à proximité d'Urbana, et que c'était la troisième année qu'il donnait des cours d'espagnol à l'université.

— J'aime bien, a-t-il ajouté.

— C'est vrai ? ai-je demandé.

— Oui, a-t-il répondu. J'aime bien donner des cours, j'aime bien les collègues du département, j'aime bien l'université. Il a dû déceler quelque chose de bizarre sur mon visage, car il s'est enquis : Ça t'étonne ?

— Non, ai-je menti.

Rodney m'a donné du feu avec un Zippo et, pendant que j'allumais ma cigarette, j'ai observé le briquet : vieux et d'un jaune rouille, il avait sans doute été argenté en son temps ; sur la partie supérieure, en lettres majuscules, figurait le mot Viêtnam et, en dessous, des numéros (68-69) et deux mots : Chu Lai ; sur la partie inférieure, il y avait un chien assis et souriant sous lequel on pouvait lire : *"Fuck it. I got my orders."* Rodney, s'étant aperçu que mon regard s'était arrêté sur le briquet, m'a dit en le rangeant :

— C'est la seule chose de bien que j'ai rapportée de cette guerre de merde.

J'allais lui demander de me parler du Viêtnam quand il m'a subitement pressé de lui parler de moi. Ce que j'ai fait. Je lui ai parlé, je crois, de Gérone, de Barcelone, de mes premières impressions d'Urbana, et il m'a interrompu pour me demander comment je m'étais retrouvé là. Cette fois-ci, je ne lui ai pas menti, mais je ne lui ai pas non plus dit la vérité ; ou, du moins, pas toute la vérité.

— Urbana est un bon endroit pour vivre, a tranché Rodney quand j'ai eu fini de parler ; puis, mystérieusement, il a ajouté : C'est comme un grand rien.

Je lui ai demandé ce que ça voulait dire.

— Ça veut dire que c'est un bon endroit pour travailler, a été sa seule réponse.

Alors que je pensais aux raisons que Marcelo Cuartero m'avait données pour que je parte à Urbana, Rodney s'est mis à parler de Mercè Rodoreda. Il avait lu deux de ses romans (*La plaça del Diamant* et *Mirall trencat*) ; moi, je n'avais lu que le second mais je lui ai assuré avec un aplomb de lecteur infaillible que les deux qu'il avait lus étaient les meilleurs que Rodoreda avait écrits. C'est alors que Rodney m'a fait une proposition : il m'a dit que les mardis et les jeudis, après le cours de Rota (ou après le cours de Rota traduit par moi), nous pouvions nous retrouver au *Treno's* pour que je lui apprenne le catalan ; en contrepartie, il était prêt à me payer la somme dont nous conviendrions. Il l'a dit sur un ton très sérieux mais, bizarrement, j'ai eu l'impression qu'il venait de me raconter une blague un peu macabre que je n'avais pas su déchiffrer ou (plus bizarrement encore) qu'il me provoquait en duel. Je ne pouvais pas encore savoir que c'était là le ton habituel de Rodney, de sorte que, n'étant pas même sûr de pouvoir enseigner le catalan à qui que ce soit, j'ai répondu, moins par fierté que par curiosité :

— Il suffit que tu me paies mes bières.

Voilà comment Rodney et moi sommes devenus amis. Ce même jeudi, nous sommes retournés au *Treno's* et, à partir de la semaine suivante et comme convenu, nous nous y retrouvions le mardi et le jeudi, après le cours officiel de catalan. Nous arrivions peu après six heures, prenions la table à côté de la cheminée, commandions un Coca-Cola (pour lui), une bière (pour moi) et des pop-corn (pour tous les deux) et commencions à bavarder jusqu'à la fermeture de l'établissement, vers neuf heures. Les premiers jours surtout, nous nous efforcions de consacrer le plus de temps possible à introduire Rodney aux rudiments du catalan, mais peu à peu la nonchalance ou l'ennui a eu raison de nous et le devoir d'apprentissage a cédé le pas au plaisir de la conversation. Ce n'est pas que nous ne parlions pas lors de nos moments libres au bureau, mais nous le faisions de manière discontinue ou distraite, entre deux occupations routinières, comme s'il s'agissait d'un endroit inapproprié pour prolonger nos conversations du *Treno's* ; ou peut-être Rodney l'entendait-il ainsi ; ou bien, pour une raison ou pour une autre, il essayait d'éviter que le département ne soit au courant de notre amitié. Toujours est-il qu'à peine ai-je commencé à le fréquenter en dehors du bureau j'ai senti qu'il y avait une opposition fondamentale, bien qu'indéfinissable pour moi, entre le Rodney que je connaissais et celui que connaissaient mes collègues du département, même s'ils partageaient tous deux le même physique meurtri et le même air d'égarement, comme s'ils venaient de se réveiller, les yeux encore couverts d'un voile de sommeil. Ce que, pourtant, je ne pouvais nullement pressentir à ce moment-là, c'était que cette opposition était liée à l'essence même de la personnalité de Rodney, à un centre névralgique qu'il gardait caché et auquel, à cette époque-là, personne – et d'une certaine manière pas même lui – n'avait accès.

Si je ne me rappelle que vaguement ces après-midi au *Treno's*, quelques souvenirs en restent néanmoins plus que vifs. Je me rappelle, par exemple, l'atmosphère de plus en plus chargée à mesure que la nuit avançait et que le café se remplissait d'étudiants qui lisaient ou écrivaient ou conversaient. Je me rappelle le visage juvénile, rond et souriant d'une serveuse qui s'occupait habituellement de nous, et la mauvaise copie d'un portrait de Modigliani, accrochée juste à droite du comptoir. Je me rappelle Rodney lissant parfois ses cheveux en désordre et s'affalant inconfortablement dans sa chaise en étirant en direction de la cheminée ses jambes qui tenaient à peine sous la table. Je me rappelle la musique qui provenait en sourdine des haut-parleurs presque comme l'écho distordu d'une autre musique, et je me rappelle que cette musique me donnait l'impression de ne pas être dans un café d'une ville du Middle West à la fin des années 1980, mais dans un café de Gérone à la fin des années 1970, parce qu'il s'agissait de la musique des cafés de mon adolescence (comme Led Zeppelin, ZZ Top, Frank Zappa). Je me rappelle très bien un détail curieux : la dernière chanson qu'ils mettaient tous les soirs et qui annonçait discrètement aux habitués que le café allait fermer était *It's Alright, Ma (I'm Only Bleeding)*, une vieille chanson de Bob Dylan que Rodney adorait parce que, de même que ZZ Top me renvoyait au chagrin infini de mon adolescence, elle le renvoyait lui à la jubilation hippie de sa jeunesse – bien que ce soit une chanson on ne peut plus triste qui parle de mots sans illusion qui aboient comme des balles et de cimetières bourrés de faux dieux et de gens solitaires qui pleurent et ont peur et vivent au fond d'un puits, conscients que tout n'est que mensonge et qu'ils ont compris trop vite qu'il valait mieux ne pas tenter de comprendre. Elle le renvoyait à cette jubilation peut-être en raison d'un vers que moi non plus je n'ai pas pu oublier : "Celui qui n'est pas occupé à vivre est occupé à mourir." Je me rappelle aussi d'autres détails. Je me rappelle que Rodney parlait avec une étrange passion glaciale, fumant sans répit et faisant beaucoup de gestes, animé par une espèce d'euphorie permanente, et que, même s'il ne riait jamais (ou presque jamais), il ne donnait pas non plus l'impression de parler tout à fait sérieusement. Je me rappelle que jamais (ou presque jamais) nous ne parlions de l'université et que, même si Rodney ne parlait jamais (ou presque jamais) de choses personnelles, jamais (ou presque jamais) il ne donnait l'impression de parler d'autre chose que de lui-même, et je suis sûr de ne pas l'avoir entendu ne serait-ce qu'une seule fois mentionner le mot Viêtnam. Il nous est arrivé, en revanche, de parler de politique ; ou, plus exactement, c'est Rodney qui en parlait. Mais ce n'est qu'une fois l'automne bien entamé que j'ai compris que, si nous n'en parlions pas plus fréquemment encore, ce n'était pas parce que Rodney ne s'y intéressait pas, mais parce que je n'y comprenais absolument rien (sans parler de la politique américaine, laquelle était pour Rodney la seule qui fût réelle ou, du moins, qui comptât). A vrai dire, cela ne semblait pas non plus gêner outre mesure mon ami qui, chaque fois qu'il abordait le sujet, me donnait l'impression de se parler à lui-même ou à un interlocuteur abstrait plutôt qu'à moi, comme s'il était entraîné par une espèce de besoin furieux de se soulager, par une véhémence pleine de rancune et sans espoir contre les hommes politiques de son pays – qu'il considérait tous sans exception comme une bande d'imposteurs et de flibustiers –, contre les grandes multinationales qui détenaient le vrai pouvoir politique et contre les médias qui, selon lui, propageaient en toute impunité les mensonges des hommes politiques et des multinationales.

Mais ce dont je me souviens surtout de ces soirées au *Treno's*, c'est que nous parlions presque exclusivement de livres. Bien sûr, il est possible que j'exagère, que ce ne soit pas vrai, que l'avenir change le passé, que les faits postérieurs déforment ma mémoire et qu'au *Treno's* Rodney et moi ne parlions pas presque exclusivement de livres mais c'est ce dont je me souviens ; en tout cas, ce dont je suis sûr c'est que je me suis très vite rendu compte que Rodney était l'ami le plus cultivé que j'aie jamais eu. Même si pour quelque raison que ce soit je ne lui ai pas tout de suite avoué que je voulais être écrivain et qu'à Urbana j'avais commencé à écrire un roman, je lui ai parlé dès le début des prosateurs américains que je lisais à l'époque : de Saul Bellow, Philip Roth, Bernard Malamud, John Updike, Flannery O'Connor. A ma grande surprise (et pour ma plus grande joie aussi), Rodney les avait tous lus ; ce n'est pas, je précise, qu'il ait dit qu'il les avait tous lus, mais c'est moi qui m'en suis rendu compte d'après les commentaires avec lesquels il réfrénait plutôt qu'il n'alimentait mon enthousiasme de kamikaze. C'est sans aucun doute de la bouche de Rodney que j'ai entendu parler pour la première fois, lors de nos soirées au *Treno's*, de quelques écrivains que j'ai par la suite toujours associés à Urbana : Stanley Elkin, Donald Barthelme, Robert Coover, John Hawkes, William Gaddis, Richard Brautigan, Harry Mathews. Nous avons aussi parlé à plusieurs reprises de Rodoreda qui, avant les cours impossibles de Rota, était le seul auteur catalan connu par mon ami, ainsi que de certains écrivains latino-américains qu'il appréciait ; et je crois qu'en plus d'une occasion Rodney a montré ou a feint de montrer de l'intérêt pour la littérature espagnole, même si je me suis tout de suite rendu compte que, à la différence des disciples de Borgheson, il la connaissait peu et l'aimait moins. Mais ce que Rodney aimait vraiment, ce qui le passionnait, c'était la vieille littérature américaine. Mon ignorance dans ce domaine était absolue, de sorte que j'ai mis un certain temps avant de comprendre que, comme chez tout bon lecteur, les goûts et les opinions de Rodney étaient saturés de préjugés ; le fait est qu'ils étaient sans équivoque : il adorait Thoreau, Emerson, Hawthorne et Twain, considérait Fenimore Cooper comme un imposteur, Poe comme un auteur mineur, Melville comme un moraliste d'une solennité insupportable et James comme un narrateur artificiel, snob et surcoté ; il respectait Faulkner et Thomas Wolfe et croyait que tout le XXe siècle n'avait pas donné d'auteur plus talentueux que Scott Fitzgerald ; mais seul Hemingway, précisément Hemingway, était l'objet de son inconditionnelle dévotion. Inconditionnelle mais non dénuée de critique : je l'ai souvent entendu se moquer des erreurs, des banalités, des fautes de goût et des limites qui affaiblissaient les romans de Hemingway mais, grâce à une volte-face inattendue dans la narration, semblable à un tour de magie, ces gaucheries finissaient toujours, aux yeux de Rodney, par devenir les condiments constitutifs de sa grandeur. “Nombreux sont ceux qui ont écrit de meilleurs romans que Hemingway, m'a-t-il dit la première fois que nous avons parlé de lui, comme s'il avait oublié l'opinion analphabète que j'avais émise le jour où nous avions fait connaissance. Mais personne n'a écrit de meilleures nouvelles que lui et personne n'est capable de dépasser une seule de ses pages. En plus, a-t-il conclu sans sourire, avant que je ne me mette à rougir, si tu regardes bien, il est très utile comme détecteur d'idiots : jamais les idiots n'aiment Hemingway.” Même si elle l'était, je n'ai pas pris cette dernière phrase pour une allusion personnelle ; je ne me suis pas fâché même si j'aurais pu. Mais, indépendamment du fait qu'il ait raison ou non, avec le temps j'ai fini par croire que, plus qu'un écrivain admiré par Rodney, Hemingway était pour lui un symbole obscur ou éclatant dont il n'était pas lui-même capable de discerner tout à fait la portée.

J'ai dit plus haut que je n'avais compris qu'une fois l'automne bien entamé que l'intérêt de Rodney pour la politique n'était pas purement anecdotique mais très sérieux, quoiqu'un peu extravagant ou du moins – pour le dire d'une façon conventionnelle – peu conventionnel. En réalité, je n'ai commencé à m'en rendre compte qu'un dimanche au début du mois d'octobre alors que Rodrigo Ginés, un compagnon du département, m'avait invité avec quelques autres collègues, à déjeuner chez lui pour parler du numéro de *Línea Plural* qui devait sortir au semestre suivant. Ginés, qui était arrivé à Urbana en même temps que moi et qui deviendrait l'un de mes meilleurs amis, était chilien, écrivain, violoncelliste ; il était aussi assistant d'espagnol. Bien des années auparavant, il avait enseigné à l'université australe du Chili mais, après la chute de Salvador Allende, la dictature l'avait démis de ses fonctions et obligé à gagner sa vie en exerçant divers métiers, dont celui de violoncelliste à l'Orchestre symphonique national. Il avait plus ou moins le même âge que Rodney, une femme avec deux enfants à Santiago et un air mélancolique d'Indien orphelin ; il portait des moustaches et une barbiche qui ne laissaient deviner ni son humour noir, ni sa sociabilité compulsive, ni son goût pour le vin et la bonne chère. Ce dimanche-là, outre Felipe Vieri et Frank Solaún (les deux éditeurs de la revue et inconditionnels d'Almodóvar), plusieurs autres assistants du département s'étaient retrouvés chez lui, dont Laura Burns et une Autrichienne prénommée Gudrun avec laquelle notre hôte sortait à l'époque. Nous avons mangé du *pollo con mole* préparé par Ginés et, après le repas, nous avons longuement discuté du contenu de la revue, et de la nécessité de compter sur de nouveaux collaborateurs. C'est à ce propos que j'ai mentionné le nom de Rodney en suggérant qu'on lui demande une contribution pour le prochain numéro ; je m'apprêtais à louer l'excellence intellectuelle de mon ami quand je me suis aperçu que mes interlocuteurs me regardaient comme si je leur annonçais l'atterrissage imminent à Urbana d'un ovni piloté par de petits hommes verts. Je me suis tu ; un silence gêné s'en est suivi. Comme s'il avait soudain remarqué qu'il disposait de l'instrument idéal pour assurer le succès de la réunion, Ginés est alors intervenu pour raconter l'histoire suivante. Je ne peux pas en garantir l'exactitude dans ses moindres détails ; je me limiterai à la raconter telle qu'elle a été racontée. Le mardi de cette même semaine, alors que mon ami chilien se rendait plus tôt que d'habitude à son premier cours de la journée, il a vu une Buick poussiéreuse s'arrêter à la hussarde au beau milieu de Lincoln Avenue, à côté d'un lampadaire, juste au croisement de Green Street. Ginés a d'abord pensé que la voiture était tombée en panne et il a continué son chemin jusqu'au croisement ; il a ensuite admis son erreur quand, à mesure qu'il s'approchait, il a vu le conducteur descendre de son véhicule et, au lieu de se mettre à examiner le moteur ou l'état des pneus, ouvrir le coffre pour en sortir un seau avec une brosse et une affiche destinée à être collée sur le lampadaire. Le conducteur portait un morceau de tissu sur son œil droit et Ginés a immédiatement reconnu Rodney. Selon le récit de Ginés, il n'avait pas jusqu'alors échangé un seul mot avec lui et c'était peut-être à cause de cela qu'il était resté à quelques mètres de la voiture, confus et intrigué, à regarder Rodney coller son affiche, sans savoir s'il devait s'approcher ou continuer à longer Green Street et s'éloigner comme s'il n'avait rien vu. Il s'interrogeait encore quand Rodney, ayant fini de maroufler l'affiche sur le poteau, s'est retourné et l'a vu. Ginés n'a pas eu alors d'autre choix que de s'approcher. Bien que sachant que tout allait bien chez Rodney, il lui a demandé si tout allait bien. Rodney l'a regardé de son œil découvert, avec un sourire narquois, et l'a assuré que oui ; puis il a montré l'affiche fraîchement collée. Ne comprenant presque pas l'anglais, Ginés n'a rien saisi de ce qui était écrit, mais Rodney l'a informé que c'était un appel à une grève générale contre General Electric au nom du parti trotskiste ou d'une faction du parti trotskiste, Ginés ne s'en souvenait plus très bien.

— Contre General Electric, a répété Ginés en interrompant son propre récit. Putain ! Je ne savais même pas qu'il y avait encore un parti trotskiste dans ce pays !

Ginés a expliqué qu'ils étaient tous les deux restés à se regarder sans savoir quoi dire. Quelques interminables secondes se sont écoulées durant lesquelles Ginés avait tour à tour envie de rire et de pleurer. Puis, au fur et à mesure que le silence se dilatait et qu'il attendait que Rodney dise quelque chose ou qu'il trouve lui-même quelque chose à dire, lui est alors bizarrement venu à l'esprit le visage du général Pinochet, immobile et le regard invisible derrière ses éternelles lunettes de soleil, assis dans une loge du théâtre de l'Ecole militaire de Santiago, tandis que Ginés et ses collègues de l'Orchestre symphonique jouaient l'*Adagio et allegro* de Saint-Saëns ou le *Rondo capriccioso* de Dvořák (seul l'un ou l'autre de ces deux morceaux). Presque malgré lui, il a essayé d'imaginer ce que dans une situation pareille le général Pinochet se serait dit ou aurait dit à Rodney. Il a pensé au budget de l'Etat chilien que gérait Pinochet et aussi, avec une satisfaction qu'il n'arrivait toujours pas complètement à comprendre, que, comparé au président de General Electric, Pinochet était comme le contremaître d'une fabrique de fibrociment dont les ouvriers ne dépassaient pas en nombre les membres, répartis sur tout le territoire américain, du parti trotskiste (ou de la faction du parti trotskiste) auquel appartenait Rodney ou qu'il soutenait. C'est finalement celui-ci qui a rompu le silence. "Bon, a-t-il dit. Moi, j'ai fini. Tu veux que je t'amène à la fac ?"

— C'était tout, a conclu Ginés avec son petit accent chilien en finissant son verre de vin et en ouvrant grands les yeux et les bras dans un geste de perplexité. Il m'a amené à la faculté et c'est là que nous nous sommes quittés. Sauf que j'ai passé toute la journée avec une impression très étrange, comme si ce matin-là je m'étais retrouvé sur scène par erreur, en pleine représentation d'une œuvre dadaïste dans laquelle j'ai fini, sans le vouloir, par jouer le rôle principal.

Connaissant Ginés comme avec le temps j'ai appris à le connaître, je suis sûr qu'il n'a pas rapporté cette anecdote dans le dessein d'empêcher Rodney de collaborer à la revue, mais le fait est que ni au cours de cette réunion-ci de *Línea Plural* ni au cours d'aucune autre, le nom de Rodney n'a plus été évoqué. D'ailleurs, je dois ajouter qu'en compagnie de Rodney j'ai eu plus d'une fois l'impression de jouer par erreur dans un drame ou bien dans une farce (parfois une farce inquiétante, voire sinistre) qui n'appartenait à aucun genre ou esthétique connus et qui ne signifiait rien mais qui me concernait de manière si intime qu'on l'aurait crue écrite *ex professo* pour moi. D'autres fois, l'impression était contraire : ce n'était pas moi mais Rodney qui jouait dans une œuvre dont j'entrevoyais le vrai sens – celui-ci promettait parfois de me révéler des zones de la personnalité de mon ami qui me restaient imperméables malgré l'observation presque involontaire à laquelle je me livrais sur lui lors de nos conversations au

Treno's. Mais alors que j'étais sur le point de le saisir ce sens finissait toujours par m'échapper, telle l'eau entre les doigts, comme si la façade transparente de Rodney ne dissimulait qu'un fond tout aussi transparent. Je ne peux omettre ici un épisode advenu peu après le début de notre amitié, parce qu'à la lumière de certains faits dont je n'ai eu connaissance que bien plus tard il acquiert une résonance ambiguë mais éloquente.

J'allais parfois nager le vendredi après-midi dans une piscine couverte appartenant à l'université et située à une vingtaine de minutes de chez moi. Je nageais une heure, une heure et demie, parfois même deux, j'entrais un moment dans le sauna, je me douchais, puis je retournais chez moi exténué mais heureux, avec l'impression d'avoir éliminé toute la matière superflue accumulée pendant la semaine. Lors de l'un de ces vendredis, à la sortie de la piscine, je suis tombé sur Rodney. Il était de l'autre côté de la rue, assis sur un banc en pierre face à une grande étendue de gazon sans arbres et séparé d'elle seulement par un grillage, les bras croisés, son morceau de tissu sur l'œil, ses jambes elles aussi croisées, comme s'il profitait oisivement des derniers rayons du soleil. Le voir là m'a paru étrange en même temps que cela m'a réjoui : cela m'a paru étrange parce que je savais que Rodney n'avait pas de cours le vendredi après-midi et que je croyais aussi que mon ami restait à Urbana seul le temps strictement nécessaire et que, hormis les deux jours de notre conversation au *Treno's*, il rentrait à Rantoul dès la fin de ses obligations universitaires ; cela m'a aussi réjoui parce qu'il n'y a rien de plus agréable, après un exercice physique, que de boire une bière, fumer une cigarette et bavarder un moment. Mais, tandis que je m'approchais de Rodney tout en dépassant l'extrémité d'une haie qui m'empêchait d'avoir une vision complète du gazon, je me suis rendu compte que mon ami n'était pas en train de prendre un bain de soleil mais de contempler un groupe d'enfants qui jouaient devant lui. Ils étaient quatre et avaient entre huit et neuf ans, peut-être dix, portaient des jeans avec chemises et casquettes, et jouaient avec un frisbee qui planait entre eux et tournait sur lui-même comme une soucoupe volante ; je pensais que leurs parents ne devaient pas être loin mais, depuis le trottoir d'en face où je me tenais, je ne pouvais pas les apercevoir. Et alors que j'allais traverser la rue pour saluer Rodney, je me suis arrêté. Je ne sais pas avec certitude pourquoi mais je crois que la raison en était que j'avais noté quelque chose de bizarre chez mon ami, quelque chose qui m'avait paru dissuasif ou peut-être menaçant, comme une certaine rigidité dans sa posture, une tension douloureuse, presque insupportable, dans sa façon d'être assis et de regarder les enfants jouer. Je me trouvais à une vingtaine ou une trentaine de mètres de lui, si bien que je ne voyais pas clairement son visage, ou que je le voyais seulement de profil. Immobile, je me souviens d'avoir pensé : Il a tellement envie de rire qu'il n'y arrive pas. Puis, j'ai pensé : Non, il est en train de pleurer et il continuera à pleurer et ne cessera de pleurer – si tant est qu'il cesse parfois de le faire – que quand les enfants seront partis. Puis, j'ai pensé : Non, il a tellement envie de pleurer qu'il n'y arrive pas. Puis, j'ai pensé : Non, il a peur, une peur tranchante comme une lame de rasoir, une peur qui coupe et fait saigner et pue et que je ne peux pas comprendre. Puis, j'ai pensé : Non, il est fou, complètement fou, à ce point fou qu'il est capable de tous nous tromper en feignant d'avoir toute sa tête. C'est ce que j'étais en train de penser quand le frisbee, lancé par un des enfants avec trop de force, est passé par-dessus la clôture pour se poser doucement à quelques mètres de Rodney. Mon ami n'a pas bougé, comme s'il ne s'était aperçu de rien (ce qui était, bien sûr, impossible), l'enfant s'est approché de la clôture, a montré le disque du doigt et a dit quelque chose à Rodney qui a fini par se lever, le ramasser et, au lieu de le rendre à ses propriétaires, il s'est approché de la clôture et s'est accroupi pour être au niveau de l'enfant qui, après un moment d'hésitation, s'est avancé vers lui. Ils étaient maintenant tous les deux face à face et se regardaient à travers les losanges du grillage ; ou, plus précisément : Rodney regardait l'enfant et l'enfant regardait tantôt Rodney, tantôt le sol. Pendant une ou deux minutes, durant lesquelles les autres enfants sont restés à distance, dans l'attente de leur compagnon mais sans se décider à le rejoindre, Rodney et l'enfant se sont parlé ; ou, plus précisément : c'est Rodney qui lui a parlé. L'enfant faisait autre chose : il acquiesçait, souriait, niait d'un mouvement de tête, acquiesçait encore ; à un moment donné, après avoir regardé Rodney dans les yeux, l'attitude de l'enfant a changé ; il a paru surpris ou apeuré ou même (pendant un bref instant) pris de panique, il a eu l'air de vouloir s'éloigner de la clôture, mais Rodney l'a retenu en lui agrippant le poignet et lui a dit quelque chose qui se voulait sans doute rassurant ; alors l'enfant a essayé de se libérer et j'ai eu l'impression qu'il allait crier ou pleurer, tandis que Rodney, au lieu de le lâcher, continuait de lui parler comme s'il lui faisait une confidence, de manière presque péremptoire et véhémente, et c'est alors (pendant une seconde) que moi aussi j'ai eu peur, que j'ai cru que quelque chose pouvait se passer, sans savoir quoi exactement, que je me suis demandé si je devais intervenir, pousser un cri et demander à Rodney de lâcher l'enfant et de le laisser partir. A la seconde suivante, j'ai été tranquillisé : soudain, l'enfant a eu l'air de se calmer, il a acquiescé et souri de nouveau, d'abord timidement puis ouvertement quand Rodney l'a lâché ; l'enfant a dit plusieurs mots d'affilée que je n'ai pas compris, malgré ma tentative pour lire sur ses lèvres. Immédiatement après, Rodney s'est levé sans hâte et a lancé le disque par-dessus le grillage, celui-ci a plané avant de tomber loin du lieu où se tenaient les amis de l'enfant ; à ma surprise, celui-ci n'est pas immédiatement retourné vers eux mais est resté encore un moment devant la clôture, indécis, parlant tranquillement avec Rodney, pour ne s'éloigner qu'après avoir été appelé plusieurs fois par ses amis. Rodney a regardé les enfants partir en courant sur le gazon et, au lieu de faire demi-tour et de partir lui aussi, il s'est rassis sur le banc, a recroisé ses jambes et ses bras, de nouveau immobile face au soleil couchant, tandis que, moi, je n'ai pas osé m'approcher de lui, ni faire semblant de n'avoir rien vu, ni lui proposer une bière et un brin de conversation, non seulement parce que je n'avais pas compris la scène et que j'en étais incommodé ou perturbé, mais aussi parce que j'avais soudain la certitude qu'à ce moment précis mon ami désirait avant tout rester seul, qu'il ne bougerait pas de ce banc pendant longtemps encore, qu'il allait laisser la lumière s'estomper et la nuit tomber et le point du jour paraître sans faire autre chose que pleurer peut-être ou rire en silence, sans faire rien d'autre que regarder cette étendue de gazon pareille à un vaste hangar vide peu à peu envahi par l'obscurité, et dans lequel il voyait probablement danser des ombres indéchiffrables qui n'avaient de sens que pour lui, si effroyable soit-il (mais cela je ne l'ai appris ou imaginé que beaucoup plus tard).

Voilà comment était Rodney. Ou, du moins, voilà comment était Rodney à Urbana il y a dix-sept ans, pendant les mois où j'ai été son ami. C'était sa façon d'être, mais il y en avait d'autres, bien plus irritantes et déconcertantes aussi. Ou, du moins, bien plus déconcertantes et irritantes pour moi. Je me rappelle, par exemple, le jour où je lui ai dit que je voulais être écrivain. Je ne l'avais pas dit aux amis de la revue *Línea Plural*, dans laquelle je n'ai publié que des comptes rendus et des articles, et je ne l'avais pas encore non plus avoué à Rodney, par lâcheté ou par pudeur (ou par un mélange des deux), mais ce soir-là à la fin du mois de novembre, cela faisait déjà un mois et demi que je consacrais tout mon temps libre à l'écriture d'un roman que, d'ailleurs, je n'ai jamais terminé, de sorte que je devais être plus confiant que d'habitude au moment où je lui ai dit que j'étais en train d'écrire. Je l'ai fait avec enthousiasme, comme si je lui révélais un grand secret, mais, contrairement à mes attentes, Rodney ne s'en est pas réjoui ou n'a pas cherché à en savoir davantage, loin de là. Pour un moment, son expression a semblé s'obscurcir et, avec un air d'ennui et de déception, il s'est mis à regarder par la fenêtre du

Treno's, à cette heure-là mouchetée de lumières nocturnes ; quelques secondes après, il a repris son air habituel, joyeux et somnolent, et il m'a regardé avec curiosité sans rien dire. Ce silence m'a fait honte, je me suis senti ridicule ; la honte s'est aussitôt transformée en rancœur. Afin de sortir de l'impasse, j'ai dû lui demander si ce que je venais de lui annoncer ne le surprenait pas, parce que Rodney a répondu :

— Non. Pourquoi ça devrait me surprendre ?

— Parce que tout le monde n'écrit pas de romans, ai-je dit.

C'est alors que Rodney a souri.

— C'est vrai. Et toi non plus.

— Qu'est-ce que tu veux dire ? ai-je demandé.

— Que tu n'écris pas de romans, mais que tu essaies d'en écrire, ce qui est très différent. Il vaut mieux ne pas s'y tromper. En plus – a-t-il ajouté sans essayer d'atténuer la dureté de son commentaire –, aucun individu normal ne lit autant de romans que toi si ce n'est pour en écrire lui-même un jour.

— Toi, tu n'en as écrit aucun, ai-je rétorqué.

— Je ne suis pas un individu normal, a-t-il répondu.

J'ai voulu lui demander pourquoi il n'était pas un individu normal, mais je n'ai pas pu car Rodney a rapidement changé de sujet.

Cette conversation inachevée m'avait laissé un arrière-goût si amer que j'ai annulé nos rencontres au *Treno's* avec l'excuse mensongère que j'étais débordé de travail, mais la semaine suivante nous avons reparlé du roman et nous nous sommes réconciliés, ou plutôt nous nous sommes d'abord réconciliés et avons ensuite reparlé du roman. Ce n'était pas au *Treno's* ni au bureau mais après une fête chez le Chinois

Wong. Voici comment cela s'est passé. Un jour, à la fin du cours de catalan, Wong a demandé la parole avec une certaine solennité pour expliquer que son travail de fin de semestre à l'école d'art dramatique consistait en la mise en scène d'une pièce en un acte et, avec une humilité cérémonieuse, il nous a assurés que ce serait un honneur pour lui si nous assistions à la répétition générale qui allait avoir lieu chez lui le vendredi soir de cette même semaine et si nous lui disions nos impressions. Bien sûr, je n'avais pas la moindre intention de répondre à son invitation mais après la piscine, ce vendredi après-midi-là, et avec la perspective d'un long week-end dépourvu d'occupations, j'ai dû penser que n'importe quel prétexte serait bon pour ne pas travailler et je me suis rendu chez Wong. Celui-ci m'a reçu avec force signes de reconnaissance et de surprise et m'a obséquieusement conduit dans les combles dont l'un des coins était occupé par seulement une table et deux chaises devant lesquels, à même le sol, étaient déjà assis plusieurs spectateurs, parmi lesquels l'Américain patibulaire du séminaire de littérature catalane. Un peu confus, comme si l'on m'avait pris en faute, je l'ai salué, puis je me suis assis à côté de lui et nous nous sommes parlé jusqu'à ce que Wong, jugeant que plus personne ne viendrait, ait annoncé le début de la représentation. Ce que nous avons vu était une œuvre de Harold Pinter intitulée *Trahisons* et interprétée par des étudiants de l'école ; je ne me rappelle pas sa trame mais je me rappelle qu'il n'y avait que quatre personnages, que sa chronologie interne était inversée (commençant par la fin et finissant par le début) et qu'elle se déroulait sur plusieurs années et en plusieurs lieux, y compris une chambre d'hôtel à Venise. La pièce était déjà bien entamée quand la sonnette de la maison a retenti. La représentation n'a pas été interrompue, Wong s'est levé avec précaution pour aller ouvrir la porte et est immédiatement revenu avec Rodney qui, en se baissant pour ne pas se cogner la tête contre la pente du toit, est venu s'asseoir à côté de moi.

— Qu'est-ce que tu fais ici ? lui ai-je demandé à voix basse.

— Et toi ? a-t-il répondu en me faisant un clin d'œil.

A la fin de la pièce, nous avons applaudi avec effusion, et Wong, après avoir, en compagnie de ses comédiens, salué sur scène le public de plusieurs révérences préparées pour l'occasion, a annoncé qu'un apéritif nous attendait à l'étage du dessous. Rodney et moi avons descendu l'escalier des combles avec l'Américain patibulaire qui faisait l'éloge de la mise en scène de Wong en la comparant à une autre de la même pièce qu'il avait vue à Chicago quelques années plus tôt. Dans le salon, il y avait une table recouverte d'une nappe en papier et pleine de sandwichs, de petits fours et de bouteilles ; autour d'elle se serraient avidement les invités qui avaient commencé à boire et à manger sans attendre ni leur hôte ni les comédiens. En suivant leur exemple, je me suis servi un verre de bière ; en suivant mon exemple, Rodney s'est servi un verre de Coca-Cola et a commencé à manger un sandwich. Frugal et sans appétit, l'Américain patibulaire conversait, cigarette à la main, avec une jeune fille très mince, très grande, dont l'air d'étudiante *lumpen* se mariait à la perfection avec l'air punk de mon collègue. Rodney a profité qu'il s'éloigne pour me demander :

— Comment tu l'as trouvée ?

— Quoi ? La pièce ?

Il a acquiescé de la tête tout en mastiquant. J'ai haussé les épaules.

— Bien, ai-je dit. Plutôt bien.

Du regard, Rodney m'a demandé une explication.

— Bon, ai-je reconnu. A vrai dire, je ne suis pas très sûr d'avoir tout compris.

— Moi, en revanche, je suis sûr de n'avoir rien compris du tout, a dit Rodney après avoir émis un grognement et fait passer ce qu'il avait dans la bouche avec une gorgée de Coca-Cola. Et je crains que ce ne soit pas la faute de Wong, mais celle de Pinter. Je ne me rappelle plus où j'ai lu comment il avait trouvé sa méthode d'écriture. Le type était avec sa femme et il lui a dit : “Chérie, j'ai écrit plusieurs scènes pas mal, mais elles n'ont aucun rapport entre elles. Qu'est-ce que je dois faire ?” Et sa femme lui a répondu : “Ne t'en fais pas : tu n'as qu'à les enchaîner les unes après les autres, les critiques se chargeront bien d'en trouver le sens.” Et ça a marché : la preuve, c'est qu'il n'y a pas une seule ligne de Pinter que les critiques ne comprennent parfaitement.

J'ai ri mais je n'ai fait aucun commentaire sur le commentaire de Rodney parce qu'à ce moment-là Wong et les comédiens sont arrivés dans le salon. Il y a eu une tentative d'applaudissement qui a tourné court, après quoi j'ai approché Wong pour le féliciter. Nous avons bavardé un moment à propos de l'œuvre ; il m'a ensuite présenté les comédiens un par un et, enfin, son petit ami catalan, un étudiant en informatique blond, hautain et joufflu qui, malgré les preuves d'affection que Wong lui prodiguait, me donnait l'impression de faire de son mieux pour dissimuler devant moi le rapport qui les liait. Rodney ne s'est pas approché de nous ; il n'a pas même salué Wong et n'a parlé à personne. Appuyé contre le cadre de la porte de la cuisine, immobile, avec un léger sourire et son verre à la main, il semblait assister à une autre représentation. J'ai continué à le surveiller du coin de l'œil, évitant que nos regards ne se croisent : il était là, seul et comme invisible aux yeux des autres, au beau milieu de la fête. Il n'avait pas l'air mal à l'aise, au contraire : il semblait sincèrement apprécier la musique, les rires et les conversations qui bouillonnaient autour de lui, il avait l'air de s'armer de courage pour rompre son isolement volontaire et rejoindre n'importe lequel des groupes qui se faisaient et se défaisaient à tout moment, mais surtout (cette idée m'est venue pendant que je l'observais observer un couple qui improvisait quelques pas de danse dans un coin vide du salon) il avait l'air d'un enfant perdu dans une réunion d'adultes ou d'un adulte perdu dans une réunion d'enfants ou d'un animal perdu dans un troupeau d'animaux d'une autre espèce. Puis j'ai cessé de l'épier et me suis mis à converser avec l'une des comédiennes, une jeune fille blonde pleine de taches de rousseur et assez jolie qui m'a parlé de la difficulté d'interpréter Pinter ; je lui ai parlé de la difficulté de comprendre Pinter, de la méthode d'écriture de Pinter, de la femme de Pinter, des critiques de Pinter ; la jeune fille me regardait très concentrée, incapable de savoir si elle devait se fâcher, se sentir flattée ou éclater de rire. Quand j'ai de nouveau cherché Rodney du regard, je ne l'ai plus trouvé ; je l'ai cherché partout dans le salon : rien. Je me suis alors approché de Wong et je lui ai demandé s'il l'avait vu.

— Il vient juste de partir, a-t-il répondu en me montrant la porte d'un geste offensé. Sans rien me dire de la pièce. Sans dire au revoir. Franchement, ou ce type est cinglé ou c'est un connard.

Je me suis penché par la fenêtre qui donnait sur la rue et je l'ai vu. Il se tenait sur l'escalier, grand et fort, désemparé et indécis, son profil de rapace se découpant à peine dans la faible lumière des lampadaires tandis qu'il remontait le revers de sa veste en cuir et enfonçait sa casquette, restant immobile à regarder l'obscurité de la nuit et les gros flocons de neige qui tombaient devant lui en recouvrant d'un éclat mat le jardin et le trottoir. Pendant une seconde, je me le suis rappelé assis sur le banc en train d'observer les enfants qui jouaient avec le frisbee et j'ai cru qu'il pleurait ou, plus précisément, j'ai eu la certitude qu'il pleurait mais, à la seconde suivante, j'ai cru qu'il ne faisait en réalité qu'observer la nuit d'une manière très étrange, comme s'il voyait en elle ce que je ne pouvais voir, comme s'il regardait un insecte énorme ou un miroir déformant, et j'ai ensuite pensé que non, qu'en réalité il regardait la nuit comme s'il était sur le bord d'un précipice très noir et que personne n'avait autant le vertige ni autant peur que lui et, soudain, pendant que je pensais cela, je me suis rendu compte que le ressentiment que j'avais accumulé contre Rodney tout au long de la semaine s'était dissipé, peut-être parce qu'à ce moment précis j'ai cru comprendre pourquoi il n'assistait jamais aux réunions ni aux soirées mais pourquoi il avait assisté à celle-là.

J'ai pris mon manteau, ai salué Wong à toute allure et suis sorti à la poursuite de Rodney. Je l'ai retrouvé au moment où il ouvrait la portière de sa voiture ; il n'a pas eu l'air spécialement réjoui de me voir. Je lui ai demandé où il allait ; il m'a répondu qu'il rentrait chez lui. J'ai pensé à Wong et j'ai dit :

— Tu aurais au moins pu dire au revoir, non ?

Il n'a rien dit ; il a montré sa voiture et a demandé :

— Tu veux que je te ramène ?

Je lui ai répondu que j'étais juste à quinze minutes à pied de chez moi et que je préférais marcher ; puis je lui ai demandé s'il voulait m'accompagner un bout de chemin. Rodney a haussé les épaules, fermé la portière de la voiture et s'est mis à marcher à côté de moi, au début sans rien dire, puis en s'animant soudain, bien que je ne me rappelle plus de quoi il parlait. Je me rappelle en revanche que nous avons pris Race et que, après un silence, à la hauteur du *Silver Creek* – un ancien moulin en briques transformé en restaurant à la mode –, Rodney s'est arrêté, essoufflé.

— Ça parle de quoi ? m'a-t-il demandé de but en blanc.

J'ai immédiatement su à quoi il pensait. Je l'ai regardé : la casquette et le revers de sa veste cachaient presque son visage ; dans ses yeux, il n'y avait pas de traces de larmes, mais il m'a semblé qu'il souriait.

— De quoi tu parles ? ai-je demandé.

— Du roman, a-t-il répondu.

— Ah, ça, ai-je dit avec un geste à la fois prétentieux et indifférent, comme si ce n'était pas l'inexplicable froideur de Rodney concernant cette affaire qui m'avait fait annuler nos rencontres au *Treno's*. A vrai dire, je n'en suis pas encore sûr…

— Ça me plaît, dit Rodney en m'interrompant.

— Qu'est-ce qui te plaît ? ai-je demandé, stupéfait.

— Que tu ne saches pas encore de quoi parle ton roman, a-t-il répondu. Si tu le sais d'avance, c'est mauvais : tu vas seulement dire ce que tu sais déjà, et, ça, nous le savons tous. En revanche, si tu ne sais pas encore ce que tu veux dire et que tu es assez fou ou désespéré ou que tu as assez de courage pour continuer à écrire, tu finiras peut-être par dire quelque chose que tu ne savais pas toi-même que tu savais et que toi seul peux savoir, et c'est ça qui peut, dans le meilleur des cas, avoir un certain intérêt. Comme d'habitude, je ne savais pas si Rodney parlait sérieusement ou si c'était une blague, mais en plus, cette fois-ci, je n'ai pas compris un traître mot de ce qu'il a dit. Rodney a dû s'en rendre compte parce que, en reprenant sa marche, il a terminé en disant : Je veux dire que celui qui sait toujours où il va n'arrive jamais nulle part, et qu'on sait seulement ce qu'on veut dire une fois qu'on l'a dit.

Cette nuit-là, nous nous sommes quittés à la hauteur du *Courier Café*, tout près de chez moi et, la semaine suivante, nous nous sommes revus au *Treno's*. Nous avons par la suite souvent parlé de mon roman ; en fait, même si, sans aucun doute, nous abordions aussi d'autres sujets, celui-là est presque le seul dont je me souvienne d'avoir parlé avec lui. C'étaient des conversations un peu particulières, souvent déconcertantes et, dans un certain sens, toujours stimulantes, mais seulement dans un certain sens. Rodney, par exemple, ne cherchait pas à discuter de l'intrigue de mon livre, qui était pourtant ce qui me préoccupait le plus, mais de la voix qui la développait. "Les histoires n'existent pas, m'a-t-il dit un jour. Ce qui existe, en revanche, c'est celui qui les raconte. Si on sait qui c'est, il y a une histoire ; si on ne sait pas, il n'y en a pas. – Alors, j'ai déjà la mienne", lui ai-je dit. Je lui ai expliqué que s'il y avait quelque chose dans mon roman dont j'étais sûr, c'était précisément de l'identité du narrateur : un type exactement comme moi, se trouvant exactement dans la même situation que moi. "Alors le narrateur, c'est toi ?" a avancé Rodney. "Pas du tout, ai-je dit, content d'avoir à mon tour réussi à le troubler. Il me ressemble en tout point mais ce n'est pas moi." Excédé par l'objectivisme de Flaubert et d'Eliot, j'ai argumenté que le narrateur de mon roman ne pouvait être moi sinon, dans ce cas-là, je serais obligé de parler de moi, ce qui n'était pas seulement une forme d'exhibitionnisme ou d'obscénité, mais une faute littéraire, parce que l'authentique littérature ne révélait jamais la personnalité de l'auteur, elle la cachait. "C'est vrai, est convenu Rodney. Mais beaucoup parler de soi, c'est la meilleure façon de se cacher." Rodney ne semblait pas non plus trop s'intéresser à ce que je racontais ou à ce que je voulais raconter dans mon livre ; il s'intéressait, en revanche, à ce que je n'allais pas raconter. "Dans un roman, ce qui n'est pas raconté est toujours plus important que ce qui l'est, m'a-t-il dit un jour. Je veux dire que les silences sont plus éloquents que les mots, et que tout l'art du narrateur consiste à savoir se taire à temps : c'est pour ça que, dans le fond, la meilleure façon de raconter une histoire, c'est de ne pas la raconter." J'écoutais Rodney subjugué, presque comme s'il était un alchimiste et que chacune de ses phrases était l'ingrédient nécessaire d'une infaillible potion, mais il est probable que ces discussions sur mon futur roman raté – qui seraient, à la longue, décisives pour moi, et qui allaient aussi, sans qu'aucun de nous deux n'ait pu le prévoir, être les dernières entre nous – aient contribué à court terme à m'embrouiller car ce qui est certain, c'est que presque chaque semaine je changeais entièrement l'orientation de mon livre. J'ai déjà dit que j'étais très jeune à l'époque et que je manquais d'expérience et de jugement – ce qui compte tout aussi bien dans la vie qu'en littérature –, c'est pourquoi je prêtais une attention démesurée à certaines observations anodines de Rodney en m'arrêtant à peine sur d'autres qui, tôt ou tard – plus tôt que tard –, finiraient par m'être d'une grande utilité ; il se peut que je me trompe mais, à présent, j'ai tendance à croire, si paradoxal que cela puisse paraître – ou précisément à cause de cela –, que si j'ai survécu au débordement de lucidité souvent délirant de Rodney sans souffrir de dommages irréparables, c'était précisément par mon incapacité à distinguer l'essentiel du superflu et le raisonnable du déraisonnable.

Enfin, un matin du début du mois de décembre, j'ai remis à Rodney les premières pages de mon roman et, le lendemain, quand en arrivant au bureau je lui ai demandé s'il les avait lues, il m'a proposé d'en parler au *Treno's*, après le cours de Rota. J'étais impatient de connaître l'opinion de Rodney, mais le cours de cet après-midi-là avait été tellement exténuant qu'une fois au *Treno's* mon impatience s'était dissipée ou bien j'avais oublié le roman et ne pensais qu'à prendre une bière et à chasser de mon esprit Rota et l'Américain patibulaire qui, pendant une heure interminable, m'avaient torturé en m'obligeant à traduire, du catalan à l'anglais et de l'anglais au catalan, une discussion grotesque à propos des similitudes entre un poème de J. V. Fox et un autre d'Arnaut Daniel. Aussi, lorsque après la deuxième bière, Rodney m'a demandé de but en blanc si j'étais sûr de vouloir être écrivain, je lui ai répondu tout naturellement :

— Tout sauf traducteur.

Nous avons ri, ou du moins j'ai ri moi, et, en même temps, je me suis rappelé une autre discussion, celle que nous avions laissée en suspens à propos des premières pages de mon roman et, comme pour poursuivre distraitement sa blague, je lui ai demandé :

— Alors, ce que je t'ai donné te paraît si mauvais que ça ?

— Pas mauvais, a répondu Rodney. Epouvantable.

Son commentaire a été comme un coup de pied dans l'estomac. Ma réaction ne s'est pas fait attendre : j'ai essayé de lui expliquer que ce qu'il avait lu n'était qu'un premier jet, j'ai essayé de défendre mon projet romanesque ; en vain : Rodney a sorti de la poche de sa veste les pages du roman, les a ouvertes et a entrepris de triturer leur contenu. Il l'a fait froidement, comme le médecin légiste qui pratique une autopsie, ce qui m'a fait encore plus mal ; mais ce qui m'a surtout fait mal, c'est qu'en mon for intérieur je savais que mon ami avait raison. Abattu et furieux, avec toute la rancœur que j'avais accumulée pendant que Rodney parlait, je lui ai demandé si je devais selon lui cesser d'écrire.

— Je n'ai pas dit ça, m'a-t-il corrigé, imperturbable. Ce que tu dois ou ne dois pas faire, c'est ton problème. Il n'y a pas d'écrivain qui n'ait commencé par écrire de la daube comme celle-ci ou pire encore, parce que pour être un écrivain digne de ce nom il n'est même pas nécessaire d'avoir du talent : il suffit d'un peu de persévérance. En plus, le talent, on ne l'a pas, on le conquiert.

— Alors, pourquoi me demandes-tu si je suis sûr de vouloir être écrivain ? ai-je demandé.

— Parce que tu peux finir par y arriver.

— Où est le problème alors ?

— C'est qu'il s'agit d'un sale métier.

— Pas plus que celui de traducteur, je suppose. Sans parler de celui de mineur.

— N'en sois pas si sûr, a-t-il dit avec un geste incertain. Je ne sais pas, peut-être que seul devrait être écrivain celui qui ne peut pas être autre chose.

J'ai ri comme s'il s'agissait d'imiter le rire féroce d'un kamikaze, ou comme si je me vengeais.

— Allons, Rodney, quand même : ne me dis pas que t'es tout d'un coup devenu un pauvre romantique. Ou un sentimental. Ou un lâche. Moi, je n'ai absolument pas peur d'échouer.

— Bien sûr, a-t-il dit. Parce que tu n'as pas la moindre idée de ce que c'est. Mais qui a parlé d'échouer ? Je parlais de succès.

— Ça y est. Je comprends maintenant. La catastrophe engendrée par le succès. Il s'agit de ça alors. Sauf que ce n'est pas une idée, mon vieux : ce n'est qu'un cliché.

— Peut-être, a-t-il dit et puis, comme s'il se moquait de moi ou me réprimandait, sans vouloir pourtant me laisser soupçonner l'un ou l'autre, il a ajouté : Sauf que les idées deviennent des clichés non pas parce qu'elles sont fausses mais parce qu'elles sont vraies ou, du moins, parce qu'elles contiennent une part substantielle de vérité. Et quand on en a marre de la vérité et qu'on essaie de dire des choses originales pour faire l'intéressant, on finit par ne dire que des conneries. Dans le meilleur des cas, des conneries originales et même intéressantes, mais des conneries quand même.

Je n'ai pas su quoi répondre et j'ai bu une gorgée de bière. Sentant que le sarcasme me soulageait de l'outrage et de la déception, j'ai dit :

— Bon, au moins, après ce que tu viens de lire, tu reconnaîtras que je suis vacciné contre le succès.

— Ne sois pas si sûr de ça non plus, a rétorqué Rodney. Peut-être que personne n'est vacciné contre le succès ; peut-être qu'il suffit d'avoir assez de résistance face à l'échec pour se faire rattraper par le succès. Et alors, il n'y a plus d'échappatoire. C'est la fin. *Finito. Kaputt.* Regarde Scott ou Hemingway : ils étaient tous les deux amoureux du succès et il les a achevés tous les deux, et bien avant qu'on les enterre. Surtout le pauvre Scott qui était le plus faible et le plus talentueux, et c'est pourquoi le désastre l'a surpris avant, ne lui laissant pas même le temps de comprendre que le succès est mortel, qu'il est une obscénité, un désastre irrémédiable, une humiliation pour toujours. Il aimait tant le succès qu'une fois celui-ci atteint il ne s'est même pas aperçu – bien qu'il se soit menti à lui-même avec ses protestations d'orgueil et ses démonstrations de cynisme – qu'il n'avait rien fait d'autre que le chercher et qu'alors qu'il le tenait entre ses mains il ne lui servait plus à rien et qu'il ne pouvait rien faire d'autre que se laisser corrompre par lui. Et il l'a corrompu. Corrompu jusqu'à la fin. Tu sais ce que disait Oscar Wilde : "Il y a deux tragédies dans la vie. L'une, de ne pas atteindre ce qu'on désire. L'autre, de l'avoir atteint." Rodney a ri ; pas moi. Enfin, ce que je veux dire c'est que personne ne meurt pour avoir échoué, mais qu'il est impossible de survivre dignement au succès. Ça, personne ne le dit, même pas Oscar Wilde, parce que c'est une évidence ou parce qu'on a trop honte de le dire, mais c'est comme ça. De sorte que, si tu t'entêtes à devenir écrivain, tâche de différer le succès autant que tu peux.

Pendant que j'écoutais Rodney, je n'ai pas pu m'empêcher de me rappeler mon ami Marcos et nos rêves de triomphe et les chefs-d'œuvre avec lesquels nous pensions nous venger du monde, et je me suis surtout rappelé qu'un jour, plusieurs années auparavant, Marcos m'avait raconté qu'un type insupportable qui était avec lui aux Beaux-Arts lui avait dit que l'échec était la condition idéale de l'artiste, et que Marcos lui avait répondu par la phrase d'un écrivain français, peut-être Jules Renard : "Oui, je sais. Tous les grands hommes furent d'abord méconnus ; mais je ne suis pas un grand homme, et j'aimerais autant être connu tout de suite." J'ai aussi pensé que Rodney parlait comme s'il savait ce qu'étaient le succès et l'échec, alors qu'en réalité il ne connaissait ni l'un ni l'autre (ou qu'il ne les connaissait qu'à travers les livres, et pas plus que moi, qui les connaissais à peine), et qu'en réalité ses mots n'étaient que les mots d'un looser imprégné de la mythologie hypocrite et écœurante de l'échec qui régissait un pays hystériquement obsédé par le succès. J'ai pensé tout cela et j'ai failli le lui dire mais je n'ai rien dit. Ce que j'ai fait, après un silence, ç'a été de me moquer des jérémiades de Rodney.

— Si tu échoues, c'est parce que tu échoues, et si tu as du succès, c'est parce que tu as du succès, ai-je dit. Belle perspective !

Mon ami n'a même pas ri.

— Un sale métier, a-t-il dit. Mais pas à cause de ça. Ou pas uniquement à cause de ça.

— Ça ne te paraît pas suffisant ?

— Si, a-t-il dit, puis il m'a demandé : C'est quoi, un écrivain ?

— Comment ça ? ai-je répondu avec impatience. Un type capable d'aligner des mots les uns après les autres et de le faire avec grâce.

— Exact, a acquiescé Rodney. Mais c'est aussi un type qui se pose des problèmes on ne peut plus complexes et qui, au lieu de les résoudre ou d'essayer de les résoudre comme le ferait n'importe quel individu sensé, les rend plus complexes encore. C'est-à-dire que c'est un cinglé qui regarde la réalité et qui parfois la voit.

— Tout le monde voit la réalité, ai-je objecté. Même sans être cinglé.

— C'est là où tu te trompes, a dit Rodney. Tout le monde regarde la réalité mais rares sont ceux qui la voient. L'artiste n'est pas celui qui rend visible l'invisible : ça, c'est vraiment du romantisme, bien que pas de la pire espèce ; l'artiste est celui qui rend visible ce qui est déjà visible et que tout le monde regarde et que personne ne peut ou ne sait ou ne veut voir. Que personne ne veut voir surtout. Parce que c'est trop désagréable, souvent effroyable, et il faut vraiment avoir des couilles pour le voir sans fermer les yeux ou partir en courant, car celui qui le voit se détruit ou devient fou. A moins, bien sûr, qu'il n'ait un bouclier pour se protéger ou qu'il ne puisse faire quelque chose de ce qu'il voit. Rodney a fait une pause avant de continuer : Je veux dire que les gens normaux ou subissent la réalité ou en jouissent mais ils ne peuvent rien en faire, alors que l'écrivain si, parce que son métier consiste à transformer la réalité en sens, même si ce sens est illusoire ; c'est-à-dire qu'il peut la transformer en beauté, et son bouclier, c'est cette beauté ou ce sens. C'est pourquoi je dis que l'écrivain est un cinglé qui a l'obligation ou le douteux privilège de voir la réalité et c'est pourquoi un écrivain, quand il cesse d'écrire, finit par se suicider, parce qu'il n'a pas su se libérer de ce vice consistant à voir la réalité et qu'il se retrouve sans son bouclier pour s'en protéger. C'est pourquoi Hemingway s'est suicidé. Et c'est pourquoi, quand on est écrivain, on ne peut plus cesser de l'être, à moins qu'on ne décide de mettre sa vie en jeu. Je te l'ai dit : c'est vraiment un sale métier.

Cette conversation aurait pu très mal finir – en effet, elle réunissait tous les ingrédients pour très mal finir –, mais je ne sais comment ni pourquoi elle a mieux fini que toutes les autres et Rodney et moi sommes sortis du *Treno's* en riant à gorge déployée et je me sentais son ami plus que jamais et j'avais plus que jamais envie de devenir un vrai écrivain. Peu de temps après, les vacances d'hiver ont commencé et, presque du jour au lendemain, Urbana s'est vidée : les étudiants ont fui en trombe rejoindre leurs domiciles, les rues, les bâtiments et les commerces du campus se sont retrouvés déserts, un étrange silence sidéral (ou peut-être était-il marin) s'est emparé de la ville comme si elle était soudain devenue une planète tournant loin de son orbite, ou un transatlantique rutilant échoué par miracle sur la neige infinie de l'Illinois. La dernière fois que nous avons été ensemble au *Treno's*, Rodney m'a invité à passer le jour de Noël chez lui à Rantoul. J'ai décliné son invitation : je lui ai expliqué que depuis un moment Rodrigo Ginés et moi avions projeté à ces dates-là un voyage en voiture à travers le Middle West en compagnie de Gudrun et d'une amie américaine à elle avec laquelle j'avais couché deux ou trois fois (elle s'appelait Barbara) ; je lui ai aussi dit que, s'il me donnait son numéro de téléphone à Rantoul, je l'appellerai à mon retour pour qu'on se voie avant la rentrée.

— T'inquiète, dit Rodney. C'est moi qui appellerai.

Voilà comment nous nous sommes quittés et, à peine une semaine après, je partais en voyage avec Rodrigo, Barbara et Gudrun. Nous avions prévu de revenir à Urbana au bout de quinze jours mais, en réalité, nous ne sommes revenus qu'au bout de presque un mois. Nous avons voyagé dans la voiture de Barbara, en suivant d'abord un plan vaguement prédéfini puis en nous laissant guider par le caprice ou le hasard et ainsi, roulant souvent toute la journée et dormant dans des motels et des petits hôtels bon marché, nous sommes descendus d'abord vers le sud, par Saint Louis, Memphis et Jackson, jusqu'à La Nouvelle-Orléans ; nous y sommes restés plusieurs jours, après lesquels nous avons amorcé le retour faisant un crochet par l'est, remontant par Meridian, Tuscaloosa et Nashville pour arriver à Cincinnati, puis à Indianapolis, d'où nous avons regagné la maison, imprégnés de la lumière et du froid et des autoroutes et du bruit et de l'immensité et de la neige et des bars et des gens et des vallées et de la saleté et des cieux et de la tristesse et des villages et des villes du Middle West. Ç'a été un voyage très long et très heureux, pendant lequel j'ai pris la décision irrévocable de faire cas des conseils de Rodney, de jeter à la poubelle le roman sur lequel j'avais travaillé pendant des mois et de commencer à en écrire immédiatement un autre. Ainsi, la première chose que j'ai faite après mon retour à Urbana a été de chercher Rodney. Dans l'annuaire téléphonique, il n'y avait qu'un Falk – Robert Falk, médecin – domicilié à Rantoul et, comme je savais que Rodney vivait avec son père, j'en ai déduit que c'était le père de Rodney. J'ai plusieurs fois fait le numéro qui figurait dans l'annuaire mais personne ne répondait. De son côté, et contrairement à ce qu'il avait promis, Rodney ne s'est pas non plus mis en contact avec moi pendant le reste des vacances.

Les cours ont repris à la fin du mois de janvier et le jour de la rentrée, en ouvrant la porte de mon bureau et sûr que j'allais enfin retrouver Rodney, j'ai failli me heurter à un petit bonhomme replet et presque albinos que je n'avais jamais vu auparavant. Naturellement, j'ai cru m'être trompé de bureau et je me suis empressé de m'excuser mais, avant que je ne puisse refermer la porte, le type m'a tendu la main en me disant dans un espagnol laborieux que je ne m'étais pas trompé ; il a ensuite prononcé son nom et m'a annoncé qu'il était le nouvel assistant d'espagnol. Perplexe, je lui ai serré la main, ai balbutié quelque chose et me suis présenté ; puis nous avons parlé un moment, j'ignore de quoi, et ce n'est qu'à la fin que je me suis décidé à lui demander des nouvelles de Rodney. Il m'a dit qu'il ne savait rien, seulement qu'il avait été embauché pour le remplacer. Avant le premier cours de la matinée, j'ai demandé dans les autres bureaux : on ne savait rien non plus. C'est finalement la secrétaire du chef du département qui, le lendemain, m'a donné des nouvelles de mon ami. D'après elle, quelques jours seulement avant la fin des vacances, quelqu'un de sa famille avait appelé pour annoncer que Rodney n'allait pas reprendre son poste, raison pour laquelle le chef, furieux, s'était vu obligé de lui chercher en toute hâte un remplaçant. J'ai demandé à la secrétaire si elle savait ce qui était arrivé à Rodney ; elle m'a dit que non. Je lui ai demandé si elle savait si le chef du département le savait ; elle m'a dit que non et m'a conseillé de ne pas même essayer de le lui demander. Je lui ai demandé si elle avait le numéro de téléphone de Rodney ; elle m'a dit que non.

— Ni moi ni personne dans le département, m'a-t-elle dit et j'ai su qu'elle était aussi furieuse contre Rodney que son chef ; pourtant, avant que je m'en aille, elle s'est rendue devant mon insistance et a ajouté à contrecœur : Mais j'ai son adresse.

Quelques jours plus tard, j'ai demandé à Barbara de me prêter sa voiture et je suis allé à Rantoul. C'était par un lumineux après-midi au début du mois de février. Je suis sorti d'Urbana par Broadway et Cunningham Avenue, j'ai pris vers le nord par une autoroute qui passait entre des champs de maïs ensevelis sous la neige, luisants au soleil, avec çà et là des pins, des érables, des silos en métal et des maisonnettes isolées et, au bout de vingt-cinq minutes, après avoir dépassé une base aérienne militaire, je suis arrivé à Rantoul, une petite ville ouvrière (en réalité, à peine plus grande qu'un village), à côté de laquelle Urbana avait un certain air de métropole. A l'entrée, au croisement de deux rues – Liberty Avenue et Century Boulevard –, il y avait une station-service. Je m'y suis arrêté pour demander à un homme en bleu de travail comment me rendre à Belle Avenue, la rue où, selon la secrétaire du département, vivait Rodney ; il m'a donné quelques indications et j'ai continué en direction du centre. Je me suis vite perdu. La nuit avait commencé à tomber ; la ville semblait déserte. J'ai arrêté la voiture à un coin de rue, juste sous un panneau sur lequel était écrit : Sangamon Avenue. Une voie ferroviaire passait devant moi et, au-delà, la ville se dissipait dans une obscurité boisée ; à ma gauche, la rue se terminait un peu plus loin ; à ma droite, à environ trois cents mètres, scintillait une enseigne lumineuse. J'ai tourné à droite et je me suis approché de l'enseigne : *Bud's Bar*. Je me suis garé au milieu d'une file de voitures et je suis entré.

Dans le café régnait une ambiance de samedi soir, joviale et enfumée. Il y avait pas mal de gens : des jeunes hommes jouaient au billard, des femmes introduisaient des pièces dans les machines à sous, des hommes buvaient de la bière et regardaient un match de basket-ball sur un écran géant ; un juke-box diffusait de la musique country à travers tout l'établissement. Je me suis approché du comptoir derrière lequel trois serveurs – deux très jeunes et le troisième un peu plus âgé – circulaient autour d'une table basse hérissée de bouteilles et, tandis que j'attendais qu'on vienne prendre ma commande, je me suis mis à regarder, accrochés au mur du fond, les photos de stars de base-ball et le grand portrait de John Wayne habillé en cow-boy, un foulard grenat autour du cou. L'un des serveurs, le plus âgé des trois, a fini par s'approcher avec un certain empressement mais avant qu'il ne puisse me demander ce que je prenais je lui ai dit que je cherchais Belle Avenue, le numéro 25 de Belle Avenue. Comme s'il se moquait, le serveur m'a demandé :

— Vous voulez voir le médecin ?

— Je veux voir Rodney Falk, ai-je répondu.

J'ai dû le dire trop fort parce que les deux hommes qui se tenaient accoudés au comptoir à côté de moi se sont tournés pour me regarder. L'expression du serveur avait changé : à présent, son attitude moqueuse avait laissé place à un mélange d'étonnement et de curiosité ; lui aussi s'était accoudé au comptoir, comme si ma réponse avait dissipé son empressement. C'était un homme d'une quarantaine d'années, trapu et sombre, au visage anguleux, aux yeux bridés et au nez de boxeur ; il portait une casquette trempée de sueur avec l'emblème des Red Socks, qui laissait échapper sur la nuque et les tempes quelques mèches de cheveux gras.

— Vous connaissez Rodney ? a-t-il demandé.

— Bien sûr, ai-je répondu. On a travaillé ensemble à Urbana.

— A l'université ?

— A l'université.

— Je comprends, a-t-il acquiescé, songeur. Puis il a ajouté : Rodney n'est pas chez lui.

— Ah, ai-je dit, et j'ai failli demander où il était et comment l'autre savait qu'il n'était pas chez lui, mais je devais déjà ressentir une certaine inquiétude, parce que je ne l'ai pas fait.

Bon, ce n'est pas grave. Et j'ai répété : Pourriez-vous me dire où se trouve le 25 Belle Avenue ?

— Bien sûr, a-t-il souri. Mais ne voulez-vous pas d'abord prendre une bière ?

A ce moment-là, je me suis aperçu que les hommes assis au comptoir continuaient à m'observer et, de manière absurde, j'imaginais que toute la clientèle du café attendait ma réponse ; une écume froide s'est tout à coup accumulée dans mon ventre, comme si je venais d'entrer dans un rêve ou dans une zone à risque d'où je devais m'échapper au plus vite. Ce à quoi je pensais en ce moment précis était de sortir au plus vite de ce café. C'est pourquoi j'ai dit :

— Non, merci.

Comme le garçon me l'avait indiqué, la maison de Rodney se trouvait à peine à cinq cents mètres du *Bud's Bar*, juste après le croisement avec Belle Avenue. C'était une maison plus ancienne, plus vaste et plus solide que celles qui s'alignaient de part et d'autre. Hormis le toit à deux versants qui était gris ardoise, le reste du bâtiment était peint en blanc : outre un étroit chien-assis, elle avait deux étages, un perron auquel on accédait par un escalier aux marches grises, et un jardin donnant sur la rue, au gazon brûlé par la neige où se dressaient deux érables touffus et un mât au sommet duquel le drapeau américain flottait sous la brise du crépuscule. Je me suis garé devant la maison, j'ai monté l'escalier du perron et appuyé sur la sonnette. Personne n'a répondu et j'ai appuyé encore. J'étais sur le point d'observer l'intérieur de la maison à travers l'une des fenêtres du rez-de-chaussée quand la porte s'est ouverte et qu'est apparu dans l'embrasure un homme aux cheveux entièrement blancs, d'environ soixante-dix ans, portant une veste d'intérieur bleue très épaisse et des chaussures de la même couleur, la poignée de la porte dans une main et un livre dans l'autre ; dans la pénombre du vestibule, derrière lui, j'ai entrevu un portemanteau, un miroir avec des moulures en bois et la naissance d'un escalier, recouvert d'un tapis, montant vers l'obscurité du premier étage. Excepté sa corpulence et la couleur de ses yeux, l'homme ressemblait à peine à Rodney, mais j'ai immédiatement reconnu en lui son père. Je lui ai souri et je l'ai confusément salué et lui ai demandé si je pouvais voir Rodney. Il s'est immédiatement mis sur la défensive et, avec une sévérité intempérante, il m'a demandé qui j'étais. Je le lui ai expliqué. Ce n'est qu'alors qu'il a eu l'air de se détendre un peu.

— Rodney m'a parlé de vous, a-t-il dit, sans que s'éteigne la petite lueur de méfiance qui brillait dans ses yeux. L'écrivain, n'est-ce pas ?

Il l'a dit sans trace d'ironie et, comme cela m'était arrivé presque un an auparavant avec Marcelo Cuartero au *Yate*, j'ai senti mes joues s'embraser : c'était la deuxième fois de ma vie que quelqu'un m'appelait l'écrivain et je me suis senti submergé par un mélange inextricable de honte et de fierté, ainsi que par une vague d'affection pour Rodney. Je n'ai rien dit mais comme l'homme ne paraissait pas avoir l'intention de m'inviter à entrer ni à rompre le silence, pour dire quelque chose, je lui ai demandé s'il était le père de Rodney. Il m'a répondu que oui. J'ai ensuite redemandé si je pouvais voir Rodney, mais il ignorait où il était.

— Ça fait deux semaines qu'il est parti et il n'est pas revenu, a-t-il dit.

— Il lui est arrivé quelque chose ? ai-je demandé.

— Pourquoi devrait-il lui être arrivé quelque chose ? a-t-il répondu.

Je lui ai alors raconté ce qu'on m'avait raconté dans le département.

— C'est vrai, a dit l'homme. C'est moi qui les ai prévenus que Rodney n'allait pas reprendre ses cours. J'espère que cela ne leur a causé aucun souci.

— Absolument pas, ai-je menti en pensant au chef du département et à sa secrétaire.

— Tant mieux, a dit le père de Rodney. Bon, a-t-il encore ajouté, esquissant le geste de fermer la porte. Excusez-moi, mais j'ai des choses à faire et…

— Un moment, s'il vous plaît, l'ai-je interrompu sans savoir comment j'allais continuer. Puis j'ai ajouté : J'aimerais que vous disiez à Rodney que je suis passé.

— Ne vous en faites pas. Je le lui dirai.

— Vous savez quand il sera de retour ?

Au lieu de répondre, le père de Rodney a soupiré et, aussitôt après, comme si ses yeux n'arrivaient pas à me distinguer nettement dans l'obscurité croissante, il a lâché la poignée de la porte et appuyé sur un interrupteur : d'un seul coup, une lumière blanche a balayé la pénombre du perron.

— Dites-moi, a-t-il demandé en clignant des yeux. Pourquoi êtes-vous donc venu ici ?

— Je vous l'ai déjà dit. Je suis un ami de Rodney. Je voulais savoir pourquoi il n'était pas revenu à Urbana. Je voulais savoir si quelque chose lui était arrivé. Je voulais le voir.

A ce moment-là, l'homme m'a regardé fixement, comme si jusqu'alors il ne m'avait pas véritablement vu ou comme si ma réponse l'avait déçu, peut-être surpris ; de façon inattendue, l'instant d'après, il a souri, d'un sourire à la fois dur et presque affectueux, qui a parsemé de rides son visage sur lequel j'ai pour la première fois reconnu un lointain écho des traits de Rodney.

— Vous croyez vraiment que Rodney et vous étiez amis ? a-t-il demandé.

— Je ne vous comprends pas.

Il a soupiré de nouveau et a voulu savoir mon âge. Je le lui ai dit.

— Vous êtes très jeune, a-t-il dit. Dites-moi autre chose : Rodney vous a-t-il déjà parlé du Viêtnam ? Il a répondu lui-même à la question : Non, bien sûr que non. Comment pouvait-il vous parler du Viêtnam ? Vous n'auriez rien compris. Il ne m'en a même pas parlé à moi, ou seulement au début. Et à sa mère, avant sa mort. Et à sa femme, jusqu'à ce qu'elle n'en puisse plus. Vous saviez que Rodney était marié ? Non, vous ne saviez pas ça non plus. Vous ne savez rien de Rodney. Rien. Comment pourriez-vous alors être son ami ? Rodney n'a pas d'amis. Il ne peut pas en avoir. Vous comprenez ça, n'est-ce pas ?

A mesure qu'il parlait, le père de Rodney avait monté la voix, étayant ses arguments dans une fureur croissante, les mots devenant le carburant de sa colère et j'ai cru un instant qu'il allait me claquer la porte au nez ou se mettre à pleurer. Il ne m'a pas claqué la porte au nez, il ne s'est pas mis à pleurer. Il a gardé le silence, brusquement accablé, un peu essoufflé ; le livre à la main, il regardait la nuit tomber sur Belle Avenue, mal éclairée par des globes jaunâtres qui diffusaient une faible lumière. Moi aussi, j'ai gardé le silence et je me suis senti très petit et très fragile devant ce vieil homme en colère et j'ai surtout compris que je n'aurais jamais dû venir à Rantoul à la recherche de Rodney. A cet instant, comme s'il avait lu dans mes pensées, l'homme a dit d'un ton affligé :

— Pardonnez-moi. Je n'aurais pas dû vous parler ainsi.

— Ne vous en faites pas, l'ai-je rassuré.

— Rodney reviendra, a-t-il déclaré sans me regarder. Je ne sais pas quand, mais il reviendra. C'est du moins ce que je crois. Il a hésité un moment, puis il a continué : Pendant des années, il ne restait jamais bien longtemps à la maison, il partait à droite et à gauche, il ne se sentait pas bien. Mais ces derniers temps tout avait changé et il se plaisait beaucoup à l'université. Vous saviez qu'il s'y plaisait beaucoup ? J'ai acquiescé. Il était très content, oui, mais ça ne pouvait pas durer, c'était trop beau pour être vrai. De sorte qu'est arrivé ce qui devait arriver. De sa main libre, il a repris la poignée de la porte ; il m'a de nouveau regardé : je ne sais pas ce qu'il y avait dans ses yeux, je ne sais pas ce que j'y ai vu (ce n'était plus de la méfiance mais ce n'était pas non plus de la gratitude), je ne saurais même pas définir ce que j'ai ressenti en le regardant mais je sais que cela ressemblait fort à de la peur. Et c'est tout, a-t-il fini. Croyez-moi, je vous suis très reconnaissant d'avoir pris la peine de venir jusqu'ici, et pardonnez mon impolitesse. Vous êtes quelqu'un de bien et vous comprendrez ; en plus, Rodney vous appréciait. Mais écoutez-moi : retournez à Urbana, travaillez beaucoup, portez-vous au mieux et oubliez Rodney. Voilà mon conseil. De toute façon, si vous ne pouvez ni ne voulez oublier Rodney, la meilleure des choses que vous puissiez faire, c'est de prier pour lui.

Cette nuit-là, je suis retourné à Urbana, confus et sans doute un peu inquiet, comme si je venais de commettre une erreur aux conséquences imprévisibles, me sentant plus seul que jamais à Urbana et sentant aussi, pour la première fois depuis mon arrivée, que je ne devais plus rester trop longtemps dans ce pays qui n'était pas le mien et dont je n'arriverais jamais à déchiffrer l'impossible idiosyncrasie ; j'étais décidé en tout cas à oublier pour toujours l'erreur qu'avait été ma visite à Rantoul et à suivre au pied de la lettre les conseils du père de Rodney. Toutefois, je n'y suis pas arrivé, ou du moins pas complètement, non seulement parce qu'il y avait longtemps que j'avais oublié de prier mais aussi parce que, très vite, j'ai découvert que Rodney avait été trop important à mes yeux pour que je puisse l'éliminer d'un coup, et parce que tout à Urbana conspirait à maintenir son souvenir vivant. Il est vrai que, ni dans les semaines suivantes ni durant le reste de mon séjour, presque personne dans le département n'a plus mentionné son nom, et que même les rares fois où je croisais Dan Gleylock dans les couloirs de la faculté, je ne me suis pas décidé à lui demander s'il avait de ses nouvelles. Mais il est vrai aussi que chaque fois que je passais devant le *Treno's*, et j'y passais tous les jours, je pensais à Rodney et qu'ayant à cette époque-là précisément commencé à lire quelques-uns de ses auteurs préférés je n'arrivais pas à ouvrir une seule page d'Emerson ou de Hawthorne ou de Twain – et ne parlons pas de Hemingway – sans immédiatement penser à lui, tout comme je ne pouvais pas écrire une seule ligne du roman que j'avais commencé sans sentir dans mon dos sa vigilante respiration. Ainsi, même si

Rodney s'était entièrement volatilisé, en réalité il était plus présent que jamais dans ma vie, exactement comme s'il était devenu un fantôme ou un zombi. Quoi qu'il en soit, il est certain qu'il m'a fallu peu de temps pour me convaincre que je n'entendrais plus jamais parler de Rodney.

Evidemment, je me suis trompé. Une nuit du début du mois d'avril ou de la fin du mois de mars, juste après Spring Break – l'équivalent américain des vacances de la Semaine sainte –, j'ai reçu un coup de fil chez moi. Je me rappelle que j'étais en train de finir de lire une nouvelle de Hemingway intitulée *Un endroit propre et bien éclairé* au moment où le téléphone a sonné ; je me rappelle aussi que j'ai pris le combiné en pensant à cette nouvelle si triste et surtout à la si triste prière qu'elle contenait – "Notre nada qui êtes au nada, que votre nom soit nada, que votre règne nada, que votre volonté soit nada sur le nada comme au nada" : c'était le père de Rodney. Je ne m'étais pas encore remis de ma surprise que, après m'avoir avoué qu'il avait eu mon numéro de téléphone par le département, il s'est mis à s'excuser pour la façon dont il m'avait traité lors de ma visite à Rantoul. Je l'ai interrompu ; je lui ai dit qu'il n'avait pas à s'excuser et lui ai demandé s'il avait des nouvelles de Rodney. Il m'a répondu qu'il avait appelé quelques jours auparavant depuis le Nouveau-Mexique, qu'ils s'étaient parlé un moment et que Rodney se portait bien, même si pour l'instant il n'était pas probable qu'il revienne à la maison.

— Mais ce n'est pas pour ça que je vous appelle, a-t-il immédiatement prévenu. Je vous appelle parce que j'aimerais vous parler. Auriez-vous quelques minutes à me consacrer ?

— Bien sûr, ai-je dit. De quoi s'agit-il ?

Le père de Rodney a semblé hésiter un instant, avant de dire :

— En fait, je préférerais vous parler personnellement. En tête à tête. Si vous n'y voyez pas d'inconvénient.

Je lui ai dit que je n'y voyais pas d'inconvénient.

— Cela ne vous dérangerait pas de venir chez moi ? a-t-il demandé.

— Non, ai-je dit et, même si je pensais y aller de toute façon, ayant déjà oublié le sentiment de frustration que j'avais ressenti après ma première visite à Rantoul, j'ai ajouté : Mais vous pourriez au moins me dire de quoi vous voulez me parler.

— Ce n'est rien d'important, a-t-il dit. J'aimerais seulement vous raconter une histoire. Je crois qu'elle peut vous intéresser. Samedi après-midi, ça vous irait ?

DES BANDES ET DES ÉTOILES

Dix-sept ans déjà se sont écoulés depuis cet après-midi de printemps passé à Rantoul, pourtant je n'ai oublié aucun détail de l'histoire que m'a racontée le père de Rodney des heures durant, sans doute parce que, tout au long de ces années, je savais que tôt ou tard je serais obligé de la raconter, que je ne pouvais pas ne pas la raconter. En revanche, je garde un souvenir beaucoup moins précis des circonstances de notre rencontre.

Je suis arrivé à Rantoul peu après midi et j'ai facilement trouvé la maison. Dès que j'ai sonné à la porte, le père de Rodney m'a ouvert et m'a fait passer au salon, une vaste pièce, accueillante et bien éclairée, avec, d'un côté, une cheminée, un canapé en cuir et deux fauteuils à oreilles et, de l'autre, près de la fenêtre qui donnait sur Belle Avenue, une table en chêne entourée de chaises ; sur les murs, jusqu'au plafond, des livres parfaitement alignés et, au sol, étouffant les pas, de gros tapis aux couleurs vineuses. A vrai dire, après notre conversation téléphonique inespérée, je m'attendais que le père de Rodney me manifeste une cordialité immédiate, inimaginable au terme de notre première rencontre, mais ce à quoi je ne m'attendais absolument pas, c'était que cet homme amoindri et intimidant, qui en veste d'intérieur et en pantoufles m'avait renvoyé sans ménagement à peine quelques mois plus tôt, puisse à présent me recevoir habillé avec une élégante sobriété plus propre à un patricien de Boston qu'à un médecin de campagne du Middle West à la retraite ; il était comme transformé en l'un de ces vieillards qui feignent de ne pas l'être et qui luttent, avec la déplaisante conscience du poids de l'âge, pour afficher la vitalité et la prestance de ceux qui refusent de se contenter des miettes de la vieillesse. Pourtant, à mesure qu'il racontait l'histoire que j'étais venu entendre, cette façade mensongère commençait à se fissurer, à montrer des imperfections, des taches d'humidité et des lézardes insondables, et à la moitié de son récit le père de Rodney avait déjà cessé de parler avec l'énergie exubérante du début – comme possédé alors par une urgence longtemps reportée, ou plutôt comme si c'était une question de vie ou de mort que de me parler et d'être écouté par moi, il m'avait fixé droit dans les yeux semblant chercher une impossible confirmation à son récit. Il ne lui restait déjà plus le moindre élan vital pour faire vibrer ses mots mais seule la mémoire, vénéneuse et inflexible, d'un homme rongé par les remords et dévasté par le malheur, tandis que la lumière cendreuse qui entrait par la fenêtre et enveloppait d'ombres le salon avait effacé de son visage toute trace de sa lointaine jeunesse, laissant presque entrevoir une tête de mort. Je me rappelle qu'à un moment donné j'ai entendu la pluie tambouriner sur le toit de la véranda, elle s'est aussitôt transformée en une joyeuse averse printanière qui nous a obligés à allumer un lampadaire parce qu'il faisait déjà presque nuit et que nous avions passé plusieurs heures assis face à face, enfoncés dans nos deux fauteuils à oreilles, lui à parler et moi à écouter, le cendrier rempli de mégots et, sur la table, une cafetière avec deux tasses vides et un amas de lettres souvent manipulées qui portaient le cachet de l'armée américaine – lettres provenant de Saigon et de Danang et de Xuân Lôc et de Quang Ngai, de différents endroits de la péninsule de Batagan, lettres qui embrassaient une période de plus de deux ans et qui portaient la signature de ses deux fils, Rodney et Bob, mais surtout celle de Rodney. Elles étaient très nombreuses, classées par ordre chronologique et gardées dans trois chemises noires à élastique, avec une étiquette collée sur chacune et où on pouvait lire, écrits à la main, les noms de Rodney et de Bob, le mot Viêtnam et la date de la première et de la dernière lettre qu'elles contenaient. Le père de Rodney avait l'air de les connaître par cœur ou, du moins, de les avoir lues des dizaines de fois et, cet après-midi-là, il m'en a lu quelques fragments. Cela ne m'a pas surpris ; ce qui m'a surpris en revanche – et m'a littéralement laissé bouche bée –, c'est qu'avant de me laisser partir il m'a obligé à les prendre. "Je n'en veux plus, m'a-t-il dit au moment où nous nous séparions, en me remettant les trois chemises. S'il vous plaît, gardez-les et faites-en ce que bon vous semble." C'était, de toute évidence, une demande absurde, mais précisément parce qu'elle l'était je n'ai pas pu ni su la refuser. Ou, après tout, peut-être n'était-elle pas aussi absurde. Ce qui est certain, c'est que pendant ces seize dernières années je n'ai pas cessé de chercher à m'expliquer ce geste : j'ai pensé qu'il m'avait confié les lettres de ses fils parce qu'il était conscient qu'il ne lui restait plus trop de temps à vivre et qu'il ne voulait pas qu'elles tombent entre les mains de quelqu'un qui n'en comprendrait pas l'intérêt et qui pourrait s'en débarrasser sans état d'âme ; j'ai pensé qu'il m'avait confié ces lettres comme une tentative symbolique et désespérée de s'émanciper à jamais de l'histoire du désastre qu'elles contenaient et dont il me faisait le dépositaire ou me rendait même responsable, ou bien parce que, ce faisant, il voulait m'obliger à partager avec lui le poids de sa culpabilité. J'ai pensé à tout cela et à d'autres choses encore mais, évidemment, je ne sais toujours pas avec certitude pourquoi il m'a confié ces lettres et je ne le saurai jamais ; peut-être lui-même ne le savait-il pas. Peu importe : le fait est qu'il me les a confiées et qu'elles sont à présent devant moi, tandis que j'écris. Pendant ces seize années, je les ai lues à plusieurs reprises. Celles de Bob sont rares et concises, distraitement aimables, comme si la guerre absorbait entièrement son énergie ainsi que son intelligence et transformait tout ce qui était étranger à elle en quelque chose de banal ou d'illusoire ; celles de Rodney, en revanche, sont nombreuses et prolixes, et on aperçoit à travers elles une évolution qui reflète sans doute celle de Rodney lui-même pendant ses années passées au Viêtnam : soignées et nuancées au début, attentives à ne laisser la réalité pointer qu'à travers une rhétorique sophistiquée de la réticence, faite d'allusions, de silences, de métaphores et de sous-entendus ; à la fin, elles devenaient torrentielles et démesurées, frôlant souvent le délire, comme si le tourbillon irrépressible de la guerre avait brisé une digue, ouvrant ainsi la voie à un débordement effréné de clairvoyance.

Ce qui suit est l'histoire de Rodney, ou du moins son histoire telle que son père me l'a racontée cet après-midi-là et que je garde en mémoire, et telle qu'elle apparaît également dans les lettres de Rodney et dans celles de Bob. Il n'y a pas de divergences fondamentales entre ces deux sources et, bien que j'aie vérifié quelques noms, quelques lieux et quelques dates, j'ignore quelles en sont les parties qui correspondent à la vérité historique et quelles autres sont le fruit de l'imagination, de la mauvaise mémoire ou de la mauvaise conscience des narrateurs ; ce que je raconte ici n'est que ce qu'ils ont raconté (et ce que j'ai déduit ou imaginé à partir de ce qu'ils ont raconté), non pas ce qui s'est réellement produit. Il est important d'ajouter que j'avais vingt-cinq ans lorsque, cet après-midi-là, j'ai entendu de la bouche de son père l'histoire de Rodney, j'ignorais tout ou presque tout de la guerre du Viêtnam (je crains qu'à l'époque elle n'ait été pour moi qu'un confus bruit de fond dans les journaux télévisés de mon adolescence et une fastidieuse obsession de certains cinéastes hollywoodiens), et aussi que, même après presque un an passé aux Etats-Unis, j'étais loin d'imaginer que, bien qu'officiellement terminée depuis plus d'une décennie, elle était encore dans l'esprit de nombreux Américains, aussi présente qu'en ce 29 mars 1973, jour où (après la mort de presque soixante mille de leurs compatriotes – des jeunes d'une vingtaine d'années pour la plupart – et la destruction quasiment totale du pays envahi sur lequel ont été lâchées dix fois plus de bombes que sur toute l'Europe durant la Seconde Guerre mondiale) l'armée américaine avait fini par quitter le Viêtnam.

Rodney était né quarante et un ans plus tôt à Rantoul. Son père, Robert Falk, venait de Houlton, dans l'Etat du Maine, au Nord-Est du pays, tout près de la frontière canadienne. Il avait d'abord fait ses études à Augusta, où sa famille avait déménagé après la faillite de son grand-père pendant la crise économique de 1929, puis à New York. Après l'obtention de son diplôme à la faculté de médecine de Columbia, il s'était enrôlé en 1943 comme simple soldat et, pendant les deux années qui ont suivi, il avait combattu en Afrique du Nord, en France et en Allemagne. Il n'était pas croyant (ou ne l'est devenu que très tard dans sa vie) mais il avait été élevé avec ce sens strict de la justice et de la probité éthique qui semble être le patrimoine des familles protestantes, et il éprouvait la satisfaction intime d'avoir participé à la guerre, car il était convaincu d'avoir combattu pour la victoire de la liberté et que, grâce à son sacrifice et à celui de tant d'autres jeunes Américains, les Etats-Unis avaient sauvé le monde de l'abjecte cruauté du fascisme. Il était aussi convaincu qu'après s'être érigé, par la force des armes, en garant de la liberté son pays ne pouvait pas, par mollesse ou lâcheté, fuir sa responsabilité morale vis-à-vis du reste du monde, et abandonner à la terreur, à l'injustice ou à l'esclavagisme ceux qui solliciteraient son aide pour se libérer de l'oppression. Il était rentré d'Europe en 1945. Cette même année, il avait commencé à exercer comme médecin dans les hôpitaux publics du Middle West (d'abord à Saint Paul dans le Minnesota, puis à Oak Park, une banlieue de Chicago), jusqu'à ce que, pour des raisons qu'il n'a pas voulu m'expliquer et que je n'ai pas cherché à savoir (mais qui, d'après ce qu'il a laissé entendre ou ce que j'en ai déduit, avaient sans doute à voir avec son idéalisme ou sa naïveté et sa déception absolue face au fonctionnement de la médecine publique), il s'était définitivement installé à Rantoul, ce qui semble pour le moins curieux, voire énigmatique, tant il est impossible d'imaginer un destin moins brillant pour le jeune médecin cosmopolite et ambitieux qu'il était. C'est là, à Rantoul, qu'il s'était marié avec une jeune fille d'origine très modeste qu'il avait rencontrée à Chicago ; c'est là qu'est né Rodney, la même année ; et Bob, l'année suivante.

Dès le début, Rodney et Bob furent deux enfants diamétralement opposés ; le temps ne fit qu'accentuer cette opposition. Tous deux avaient hérité la force physique et l'énergie de fer de leur père, mais quand Bob assumait cet héritage et savait en tirer parti, il semblait tout juste constituer pour Rodney un malheureux accident, une circonstance personnelle contre laquelle il fallait lutter avec le même naturel ou la même résignation que l'on déploie contre une maladie congénitale. Enfant, Rodney était extraverti jusqu'à l'ingénuité, véhément, spontané et affectueux, et ce caractère franc, ajouté à son amour pour la lecture et à son excellence dans les études, en fit ouvertement le préféré de son père. Contrairement à lui – et peut-être pour tirer profit de la mauvaise conscience que sa prédilection affichée pour Rodney causait à son père –, Bob développa dans ses rapports envers sa famille une attitude réservée et méfiante, souvent tyrannique, largement calculatrice, qui n'était au début qu'une façon de réclamer l'attention qui lui était refusée mais qui, de manière insidieuse, dériva en stratégie pour masquer ses déficiences personnelles et intellectuelles, lesquelles, à tort ou à raison, le faisaient se sentir inférieur à son frère. Avec le temps, il en devint l'un de ces classiques petits derniers qui, parce qu'ils ne cessent d'emmagasiner les subterfuges familiaux que l'aîné ignore, semblent toujours bien plus mûrs que celui-ci, et qui souvent le sont. Mais ces inégalités et ces dissemblances ne se convertirent jamais en hostilité entre les deux frères, parce que Bob était trop occupé à nourrir de la rancœur contre son propre père pour en éprouver contre Rodney, et parce que Rodney, qui n'avait aucune raison de ressentir de l'animosité envers Bob et qui était conscient d'avoir besoin de l'adresse physique et de la force vitale de son frère bien plus que son frère n'avait besoin de son affection ou de son intelligence à lui, savait lui donner de constantes compensations dans leurs jeux communs, dans leur goût commun pour la chasse, la pêche et le base-ball, dans leurs sorties et leurs amitiés communes. Si bien que, grâce à l'un de ces équilibres instables sur lesquels se fondent les amitiés les plus solides et les plus durables, la disparité entre Rodney et Bob finit par constituer la meilleure garantie d'une complicité fraternelle que rien ne paraissait pouvoir briser.

Même la guerre n'y parvint pas. Vers le milieu de l'année 1967, Bob s'engagea comme volontaire dans les marines pour arriver quelques mois plus tard à Saigon, intégré à la 1re division d'infanterie. Aux yeux de tous, cette décision fut une surprise et, pour l'expliquer, le père de Rodney n'hésitait pas à avancer deux raisons distinctes mais complémentaires : l'incapacité de Bob d'être à la hauteur d'exigeantes études de médecine entamées l'année précédente, moins par vocation que par fierté – pour se prouver à lui-même qu'il pouvait se mesurer à son père –, et l'insatiable besoin de recueillir l'admiration de sa famille par l'audace de cet acte inattendu. Si tel était le cas – et selon le père de Rodney rien n'autorisait à penser le contraire –, la décision de Bob avait été judicieuse parce que, dès qu'il l'avait apprise, son père n'avait pu s'empêcher de sentir un secret orgueil pour son fils. Comme tant d'Américains, le père de Rodney considérait que la guerre du Viêtnam était une guerre juste et qu'avec cette décision impulsive son fils ne faisait que poursuivre dans le Sud-Est asiatique, en libérant de l'ignominie du communisme un pays lointain et sans défense, le travail que lui-même avait commencé en Europe vingt-quatre ans auparavant. Sans doute parce qu'il le connaissait mieux que leurs parents, Rodney ne fut pas surpris par la décision de Bob, mais il en était terrifié et, vu qu'il avait été en un premier temps le seul membre de la famille à en être informé, il avait fait tout ce qui était en son pouvoir pour le dissuader de réaliser son projet et, lorsque celui-ci aboutit, pour qu'il changeât d'avis. En vain. A l'époque, malgré l'opposition tacite mais ferme de son père, Rodney étudiait la philosophie et la littérature à Chicago, et son point de vue sur la guerre divergeait totalement de celui de son frère et de son père, ce dernier attribuant l'attitude de son aîné à l'influence de l'atmosphère dissolue et pacifiste qui régnait sur le campus de la Northwestern University, comme sur tant d'autres aux quatre coins des Etats-Unis. Mais ce qui est sûr, c'est qu'au moment où Bob s'engagea dans l'armée Rodney avait déjà une idée assez claire de ce qui se passait aussi bien au Viêtnam du Sud que du Nord : non seulement il suivait ponctuellement les vicissitudes de la guerre dans la presse américaine et française, mais il avait lu, en plus d'une histoire complète du Viêtnam, tout ce qui lui tombait entre les mains sur le sujet, y compris les analyses de Mary McCarthy, Philippe Devillers et Jean Lacouture, et les livres de Morrison Salisbury et Staughton Lynd et Tom Hayden, et il en était arrivé à la conclusion (bien moins hâtive ou plus raisonnée que celle de tant d'autres étudiants) que les motifs déclarés de l'intervention de son pays au Viêtnam étaient faux ou illégitimes, les objectifs confus et en fin de compte injustes, et les méthodes d'une brutalité atrocement disproportionnée. Si bien que Rodney avait très vite commencé à participer à toutes sortes d'activités contre la guerre et, au cours de l'une d'elles, il avait rencontré Julia Flores, une Mexicaine d'Oaxaca, étudiante en mathématiques à Northwestern, aussi joyeuse qu'émancipée, qui l'avait amené à pleinement s'investir dans le mouvement pacifiste et qui l'avait initié à l'amour, à la marijuana et à son espagnol rudimentaire parsemé de gros mots.

Un après-midi de l'été où il avait obtenu ses diplômes universitaires, tandis qu'il passait quelques jours avec sa famille à Rantoul, Rodney reçut une notification de l'armée avec son ordre d'enrôlement. Sans doute s'y attendait-il mais il n'en fut pas moins inquiet pour autant. Il ne dit rien à ses parents ; il ne chercha pas non plus refuge chez Julia ni ne demanda conseil à aucun de ses compagnons contestataires. Rodney savait qu'il ne pouvait alléguer aucune excuse réelle pour échapper à cet ordre, aussi est-il possible que, durant les quelques jours qui suivirent, il vécût partagé entre la peur de déserter – en prenant le chemin de l'exil au Canada que tant de jeunes de son âge avaient déjà pris à cette époque – et celle de partir pour une guerre lointaine et odieuse contre un pays martyrisé, une guerre à laquelle il avait la certitude – à la différence de son frère Bob, qu'il considérait avec raison comme un homme d'action plein d'astuces – de ne pouvoir survivre. Un jour de cette période marquée par le poids du doute, une lettre de Bob arriva à la maison et, comme à son habitude, le père la lut à haute voix pendant le dîner, émaillant sa lecture d'orgueilleuses exégèses qui sonnaient comme autant de reproches, ou que la nervosité angoissée de son fils interpréta comme tels. Toujours est-il que Rodney interrompit son père au milieu de l'un de ses commentaires, que l'interruption dégénéra en discussion et la discussion en l'une de ces querelles où les deux adversaires, parce qu'ils se connaissent mieux que personne, savent mieux que personne où blesser pour faire saigner le plus possible. Il n'y eut pas de sang – du moins pas de sang physique, uniquement du sang métaphorique – mais des accusations, des insultes et des claquements de porte, et le lendemain matin, alors que ses parents n'étaient pas encore réveillés, Rodney prit la voiture de son père et disparut ; quand au bout de trois jours sans avoir donné signe de vie, il revint à la maison, il réunit son père et sa mère et leur annonça sans solennité et sur un ton péremptoire que dans deux mois il partait à l'armée. Presque vingt ans après ce jour funeste d'août, assis face à moi dans le même fauteuil à oreilles où il avait écouté les irrévocables paroles de Rodney, son père, une tasse de café froid à la main, cherchait dans mes yeux une apaisante lueur d'excuse, sans cesser de se demander où son fils avait été et ce qu'il avait fait pendant ces trois jours de fugue et – comme si souvent pendant ces vingt dernières années – pourquoi, au lieu de déserter, Rodney s'était soumis à l'ordre de partir au Viêtnam. Il avait été incapable, durant tout ce temps, de trouver une réponse satisfaisante à la première question ; il n'en fut pas de même pour la seconde. "Les gens ont tendance à croire que plusieurs explications sont moins convaincantes qu'une seule, m'a dit le père de Rodney. Mais la vérité, c'est qu'il y a plusieurs raisons à presque tout." Selon son père, Rodney n'aurait pas rejoint l'armée s'il avait pu légalement s'en dispenser, mais il ne se sentait pas capable d'enfreindre volontairement la loi – même s'il la considérait comme injuste – et encore moins de s'humilier en demandant à son père d'user de ses relations afin d'être exempté pour raison médicale. D'autre part, refuser d'aller à la guerre au nom de ses convictions pacifistes aurait valu à Rodney deux ans de prison, et le choix de l'exil au Canada n'était pas non plus dépourvu de risques, notamment celui de ne pas pouvoir revenir dans son pays avant longtemps. "Au fond, poursuivit le père de Rodney, il était encore un enfant avec la tête pleine de romans d'aventures et de films de John Wayne : il savait que son père avait fait la guerre, que son grand-père avait fait la guerre, que la guerre est ce que les hommes font et que ce n'est que dans la guerre qu'un homme prouve qu'il est un homme." C'est pourquoi le père de Rodney avait le sentiment que son fils, dans un recoin de son imagination – nourrie par les notions de courage, d'honnêteté et de rectitude que lui-même lui avait inculquées, et aux prises avec ses idées naissantes de jeune homme récemment sorti de l'adolescence –, était animé de façon secrète mais puissante par une conception héroïque et romantique de la guerre comme fait essentiel dans la vie d'un homme ; c'est pourquoi le père de Rodney s'était convaincu pendant ces vingt années que si son fils avait trahi ses idées pacifistes, avalé sa peur et obéi à l'ordre d'aller au Viêtnam, c'était en réalité par honte, car il savait que, s'il ne l'avait pas fait, il n'aurait jamais plus osé regarder en face les gens simples de son pays, parce qu'il n'aurait jamais plus osé regarder en face son frère ni sa mère et surtout – par-dessus tout – parce qu'il n'aurait jamais plus osé regarder en face son père. "De sorte que c'est moi qui l'ai envoyé au Viêtnam, dit le père de Rodney. Comme je l'avais déjà fait avec Bob."

Avant de se rendre au Viêtnam, Rodney passa par la première période d'entraînement (appelée "entraînement de base") à Fort Jackson, en Caroline-du-Sud, et une seconde (appelée "entraînement avancé") à Fort Polk, en Louisiane. Ses premières lettres datent de cette époque. "La première chose dont on s'aperçoit en arrivant ici, écrit Rodney depuis Fort Jackson, c'est que la réalité a régressé à un stade primitif, parce que, dans ce lieu, il n'y a que la hiérarchie et la violence qui comptent : les forts s'en sortent, pas les faibles. Dès que j'ai franchi la porte, on m'a insulté, on m'a rasé le crâne, on m'a habillé de neuf, on m'a dépouillé de mon identité, si bien que je n'ai pas eu besoin qu'on me dise que, si je voulais sortir d'ici vivant, je devais tout faire pour me fondre dans la masse, me dissoudre complètement, et que je devais aussi être plus brutal que mes compagnons. La deuxième chose dont on s'aperçoit est encore plus élémentaire. Avant de connaître ça, je savais déjà que le bonheur parfait n'existe pas mais c'est ici que j'ai appris que la perfection du malheur n'existe pas non plus, parce que la moindre respiration est déjà une source infinie de bonheur." Rodney perdit dix kilos pendant les vingt premiers jours passés à Fort Jackson. Là et à Fort Polk, deux sensations le dominaient : l'étonnement et la peur. La majorité de ses compagnons, des garçons de dix-huit ou dix-neuf ans, étaient plus jeunes que lui : les uns étaient des délinquants que le juge avait laissés choisir entre la prison et l'armée ; les autres étaient des malheureux qui, parce qu'ils ne savaient pas quoi faire de leur vie, avaient à juste titre imaginé que l'armée allait leur fournir un but et un sens ; la plupart étaient des travailleurs sans formation qui s'adaptaient aux rigueurs de l'entraînement avec moins de difficulté que lui qui, même s'il était habitué aux intempéries et connaissait depuis longtemps les armes à feu, avait mené jusqu'alors une existence trop préservée pour survivre impunément aux rudesses de l'armée. Mais il y avait aussi la peur : non pas la peur comme état d'esprit mais comme sensation physique, froide, humiliante et visqueuse, qui ne gardait qu'une vague ressemblance avec ce qu'il avait jusqu'alors appelé la peur ; non pas la peur d'un ennemi lointain, encore invisible ou abstrait, mais la peur de ses supérieurs, de ses compagnons, de la solitude, de lui-même : une peur qui, peut-être paradoxalement, ne l'empêcha pas de commencer à aimer tout cela. Dans une lettre envoyée de Xuân Lôc et datée du 30 janvier 1969, alors que Rodney avait déjà passé un an au Viêtnam, il raconte en détail une anecdote survenue durant ces mois d'instruction, comme s'il avait eu besoin de toute une année pour pouvoir la digérer, ou pour se décider à la raconter. Quelques jours avant son départ pour le Viêtnam, lui et ses compagnons furent rassemblés dans la salle de conférence de Fort Polk où un capitaine et un sergent, tous deux fraîchement arrivés du front, devaient leur faire une communication de dernière minute sur les techniques d'évasion et de survie dans la jungle. Tandis que le capitaine parlait – un homme au sourire impassible et aux manières cultivées –, le sergent tenait dans ses mains un lapin tout blanc, doux et agité, avec des yeux étonnés d'enfant, qui finit par accaparer l'attention des soldats par sa présence intempestive. A un moment donné, le lapin s'échappa des mains du sous-officier et se mit à courir ; le capitaine s'interrompit et un vacarme de cour de collège s'empara de la salle tandis que l'animal se glissait entre les tables avant que quelqu'un ne le rattrape et ne le remette au sergent. Alors le capitaine le prit et, avant que le brouhaha ne cesse complètement et qu'un silence brutal ne se fasse dans la salle, en quelques secondes, sans se départir de son sourire et en se tachant à peine de sang, il lui rompit le cou, l'écorcha, lui arracha entièrement les viscères d'un coup et les jeta aux soldats.

Peu de jours après avoir assisté à cette scène prémonitoire, Rodney atterrit à l'aéroport militaire de Tân Son Nhát, à Saigon, après un vol sur la Braniff Airlines de presque trente heures, pendant lesquelles les hôtesses de l'air en uniforme les gavèrent, lui et ses compagnons, de hot-dogs. C'était au début de l'année 1968, juste au moment où commençait l'offensive du Têt et dans la ville – transformée alors en une décharge pleine de fleurs fanées, de papiers balayés par un vent humide puant la pisse, d'excréments humains et de carcasses de feux d'artifice tirés pendant les fêtes tout juste finies – la peur était palpable partout, telle une épidémie. La première chose que Rodney perçut en arrivant au Viêtnam fut la peur ; de nouveau, la peur. La seconde fut, de nouveau, l'étonnement. Mais, cette fois-ci, la raison de son étonnement était autre : le Viêtnam qu'il s'était forgé dans son imagination ne ressemblait en rien au Viêtnam réel ; de fait, on aurait dit qu'il s'agissait de deux pays différents, et le plus surprenant, c'est que le Viêtnam imaginé depuis les Etats-Unis semblait bien plus vrai que le Viêtnam réel et qu'en conséquence il se sentait bien plus familier du premier que du second. Ce paradoxe en entraînait un autre, à savoir que, même s'il continuait à mépriser ce que les Etats-Unis faisaient au Viêtnam (et ce à quoi il contribuait), il s'y sentait beaucoup plus américain qu'en Amérique, et que, malgré le respect et l'admiration que lui inspirèrent immédiatement les Vietnamiens, il s'en sentait beaucoup moins proche que dans son propre pays. Rodney supposait que la cause de cette contradiction venait de son absolue incapacité à communiquer avec les rares Vietnamiens avec lesquels il était en relation, et non seulement parce que certains ignoraient sa langue mais aussi parce que même ceux qui la connaissaient l'accablaient par leur exotisme, par leur manque d'ironie, leur incroyable capacité d'abnégation, leur stupéfiante et permanente sérénité, par leur courtoisie excessive (que l'on pouvait facilement prendre pour de la servilité provoquée par la crainte) et leur insipide crédulité. Aussi, pendant les premiers jours de son séjour à Saigon, il ne pouvait pas se départir du soupçon que ces petits bonshommes aux traits orientaux, qui sans exception semblaient tous avoir dix ans de moins que leur âge et qui, si vieux soient-ils, n'avaient ni cheveux blancs ni calvitie, étaient tous, là aussi sans exception, soit plus sommaires soit moins complexes que lui, et ce soupçon, bien que sincère, le remplissait d'un sentiment de culpabilité diffus. Ces premières impressions changèrent sans doute avec le temps (même si ses lettres signalent à peine un changement, sûrement parce qu'au moment où Rodney aurait dû le constater ses préoccupations étaient déjà autres), mais il ne tarda pas non plus à s'apercevoir que l'action conjuguée du Viêtnam et de l'armée lui avait volé sa complexité à lui, et ce fait, qu'il considérait comme une mutilation de sa personnalité, lui procurait en secret une espèce de soulagement : sa condition de soldat annulait presque sa marge d'autonomie personnelle, mais cette interdiction de prendre soi-même des décisions, cette soumission à la stricte hiérarchie militaire, si humiliante et abrutissante qu'elle fût, opérait en même temps comme un anesthésique qui lui procurait une joie inconnue et abjecte qui, pour être abjecte, n'en était pas moins réelle, parce que c'est alors qu'il découvrit dans sa propre chair que la liberté est plus enrichissante que l'esclavage mais bien plus douloureuse aussi, et qu'en tout cas là-bas, au Viêtnam, ce qu'il désirait le moins, c'était souffrir.

Ainsi, les premiers mois de Rodney au Viêtnam ne furent pas trop durs. La chance y était pour beaucoup. Contrairement à son frère, incorporé dès son arrivée à un bataillon de combat, et grâce à un hasard qu'il n'a jamais réussi à comprendre (et qu'avec le temps il finit par attribuer à une erreur administrative), Rodney fut destiné à un poste subalterne dans un organisme chargé de pourvoir à l'amusement des troupes et dont le siège était dans la capitale. Depuis ce poste, la guerre restait à une distance rassurante ; de plus, le travail n'était pas ingrat : il passait la plupart de son temps dans un bureau climatisé, et quand il se voyait obligé d'en sortir, ce n'était que pour accompagner des chanteurs, des stars de cinéma et des comiques entre l'aéroport et l'hôtel afin de s'assurer qu'ils ne manquent de rien, ou bien pour les amener jusqu'au lieu où ils devaient se produire. C'était un emploi privilégié à l'arrière, sans plus de risque que celui de vivre à Saigon ; le problème, c'est que le simple fait de vivre à Saigon constituait déjà un risque considérable. Rodney eut l'occasion de s'en rendre compte un mois à peine après son arrivée en ville. Je rapporte ici l'événement tel qu'il le décrit dans l'une de ses lettres.

Un soir, après son travail, Rodney entra dans un café proche de l'arrêt de l'autobus qui le conduisait chaque jour à la base militaire où il passait la nuit. Dans ce café, il n'y avait que deux groupes de soldats attablés et un sous-officier des bérets verts en train de boire tout seul à un bout du comptoir ; Rodney s'accouda à l'autre bout, commanda une bière et la but. Quand il voulut régler, la serveuse – une jeune Vietnamienne aux traits délicats et au regard fuyant – lui dit que c'était déjà payé en indiquant le sous-officier qui, sans se retourner vers lui, leva une main indifférente en guise de salutation ; Rodney le remercia de loin et s'en alla. Dès lors, il prit l'habitude de boire une bière dans ce café tous les soirs. Au début, le rituel était toujours le même : il entrait, s'asseyait au comptoir, prenait une bière en échangeant des sourires et quelques mots en vietnamien avec la serveuse, puis il réglait et partait ; cependant, au bout de la quatrième ou cinquième fois, il réussit à vaincre la méfiance de la serveuse qui se révéla capable de parler un anglais sommaire mais suffisant pour qu'elle se mît alors à discuter avec lui dès que son travail le lui permettait. Jusqu'au jour où tout cela prit fin. C'était un vendredi soir, quand, comme tous les vendredis soir, les soldats envahissaient le café pour fêter le début du week-end en prenant leur première cuite et que les serveuses n'arrivaient presque plus à suivre. Rodney s'apprêtait à régler sa consommation et à partir quand il sentit une tape sur l'épaule. C'était le sous-officier des bérets verts. Celui-ci le salua avec une effusion exagérée et l'invita à prendre un verre que Rodney se sentit obligé d'accepter ; en criant, il demanda une bière pour Rodney et un double whisky pour lui. Ils discutèrent. Pendant ce temps, Rodney observa attentivement le sous-officier : il était petit, solide et musclé, avec un visage torturé par les rides ; il avait des yeux violents et comme perdus, et puait l'alcool. Ce n'était pas facile de comprendre ce qu'il disait mais Rodney en déduisit qu'il était d'un petit village d'Arizona, qu'il était au Viêtnam depuis plus d'un an et qu'il ne lui restait que quelques jours avant de rentrer chez lui ; Rodney, de son côté, lui raconta qu'il était à Saigon depuis quelques semaines à peine et lui parla du travail qu'il faisait. Après le premier whisky vint le deuxième, puis le troisième. Quand le sous-officier allait demander le quatrième, Rodney annonça qu'il partait : comme à trois reprises auparavant mais, cette fois-ci, il sentit son bras tenaillé comme par des serres. "Du calme, le bleu", dit le sous-officier, et Rodney sentit derrière ce traitement vaguement amical comme la vibration d'une lame de couteau récemment aiguisé. "C'est le dernier." Et il demanda un whisky. Tandis qu'il attendait d'être servi, il posa à Rodney une question que celui-ci ne comprit pas : "J'ai dit qu'est-ce que tu crois qu'on est venus foutre ici", répéta le sous-officier d'une voix de plus en plus pâteuse. "Dans ce café ?" demanda Rodney. "Dans ce pays", précisa le sous-officier. Depuis qu'il était à Saigon, ce n'était pas la première fois qu'on lui posait cette question et il connaissait déjà la réponse réglementaire à donner à un sous-officier. Il la lui donna. Le sous-officier rit comme s'il éructait et, avant de reprendre la parole, il redemanda une nouvelle fois son whisky qui n'arrivait pas. "Tu n'y crois même pas toi-même. Ou tu imagines peut-être que nous allons sauver ces gens-là du communisme avec cette bande d'ivrognes ? demanda-t-il en désignant d'un geste affecté et méprisant le local bondé de soldats. Je vais te dire une chose : ces gens ne veulent pas qu'on les sauve. Et je vais t'en dire une autre : on est uniquement venus ici pour tuer des bridés. Tu vois cette fille ? poursuivit-il en montrant une serveuse qui se dirigeait vers eux chargée d'un plateau de boissons et contournant avec peine la pléthore de clients. Il y a une demi-heure que je lui demande un whisky mais elle ne me l'apporte pas. Tu sais pourquoi ? Non, bien sûr que tu ne le sais pas… Mais je vais te le dire. Elle ne me l'apporte pas parce qu'elle me déteste. Voilà tout. Elle me déteste. Elle te déteste, toi aussi. Si elle pouvait, elle te tuerait, et moi aussi. Et maintenant, je vais te donner un conseil. Un conseil d'ami. Mon conseil, tue-la avant qu'elle ne te tue." Rodney n'eut pas le temps de dire quoi que ce soit car, à l'instant où la serveuse passa devant eux, le sous-officier lui fit un croche-pied qui la fit tomber de tout son long avec son plateau de boissons, dans un fracas de verres cassés. Rodney se pencha spontanément pour aider la serveuse à se lever et à ramasser les débris. "Mais qu'est-ce que tu fous ? entendit-il le sous-officier dire. Laisse-la se débrouiller toute seule, putain." Rodney ne lui prêta pas attention et sentit un léger coup de pied dans les côtes, presque une bourrade. "Je t'ai dit d'arrêter, le bleu !" répéta le sous-officier, cette fois en criant. Rodney se redressa et dit sans réfléchir, comme pour lui-même : "Vous n'auriez pas dû faire ça." Il regretta immédiatement ses paroles. Pendant deux secondes, le sous-officier le regarda avec curiosité ; puis il éclata de rire. "Qu'est-ce que t'as dit ?" Rodney s'aperçut qu'un silence avait envahi le café et qu'il était le centre de toute l'attention ; la serveuse au regard fuyant l'observait sans ciller derrière le comptoir. Rodney s'entendit dire : "J'ai dit que vous n'auriez pas dû pousser la fille." La gifle l'atteignit sur la tempe ; puis il sentit que le sous-officier l'insultait, l'injuriait, se moquait de lui, le frappait de nouveau. Rodney endura l'humiliation sans bouger. "Tu vas pas te défendre, le bleu ?" cria le sous-officier. "Non", répondit

Rodney, sentant que la rage lui montait à la gorge. “Pourquoi ? cria encore le sous-officier. T'es quoi ? T'es une tapette ou un putain de pacifiste ? – Je suis un bleu, répondit Rodney. Et, vous, vous êtes un sous-officier, et en plus vous êtes soûl.” Alors, le sous-officier enleva lentement ses galons sans le quitter du regard, puis dit, comme si sa voix surgissait du fond d'une caverne : “Défends-toi maintenant, connard de dégonflé.” La bagarre dura à peine quelques secondes parce qu'un essaim de soldats s'interposa immédiatement entre les deux adversaires. Rodney, qui ne s'en était pas si mal tiré lors de cet accrochage, s'attendit avec résignation pendant les quelques jours suivants à être convoqué pour avoir frappé un supérieur mais, à sa surprise, il n'y eut aucune suite. Il mit un certain temps à retourner au café et, quand il le fit, la patronne lui dit que son amie n'y travaillait plus et qu'elle supposait qu'elle avait quitté Saigon. Rodney oublia l'épisode. Il essaya d'oublier la serveuse. Mais quelques semaines après sa visite au café il la revit. Cet après-midi-là, au moment où Rodney attendait son autobus, au milieu des soldats impatients comme lui de retourner à la base, un jeune mendiant, de ceux qui pullulaient souvent dans les environs, insista tant pour lui nettoyer ses bottes que Rodney finit par accepter. Il avait un pied sur la boîte du cireur quand, à l'instant où il leva les yeux, il reconnut avec joie la jeune fille : elle était de l'autre côté de la rue et le regardait. Au début, il crut qu'elle aussi se réjouissait de le voir, parce qu'elle lui souriait ou qu'il avait l'impression qu'elle lui souriait, mais il s'aperçut aussitôt qu'il s'agissait d'un sourire bizarre, et il passa de la joie à un état d'alerte quand il comprit qu'en réalité la jeune fille lui demandait, avec des gestes pressants, de la rejoindre. Rodney abandonna le cireur et se mit à marcher rapidement vers la jeune fille mais, alors qu'il traversait la rue, il vit que le cireur le dépassait en courant, et c'est à cet instant précis que l'explosion éclata. Rodney tomba par terre au milieu du fracas, resta quelques instants étourdi ou inconscient, et quand il reprit ses esprits régnait dans la rue un effroyable chaos et l'arrêt d'autobus s'était transformé en un amas de fer et de mort. A peine quelques heures plus tard, Rodney apprit que cinq soldats américains avaient péri dans l'attentat et que la charge d'explosifs qui leur avait coûté la vie se trouvait dans la boîte du cireur sur laquelle, quelques instants avant la déflagration, il appuyait son pied. Quant au cireur et à la jeune fille, jamais rien ne put être établi, et Rodney en arriva à l'inévitable conclusion que c'était la serveuse qui lui avait sauvé la vie et le cireur qui avait failli la lui ôter qui avaient perpétré le massacre.

Pendant toute la durée de son séjour à Saigon, ce fut là la seule circonstance où Rodney sentit la proximité de la mort, et le fait d'y avoir échappé de manière providentielle ne fit que renforcer chez lui la conviction sans fondement que, tant qu'il restait dans cette ville, il n'était pas en danger, qu'il allait survivre, qu'il serait bientôt de retour chez lui et qu'alors ce serait comme s'il n'avait jamais fait cette guerre.

Celui qui la faisait, c'était Bob. Depuis son arrivée au Viêtnam, Rodney recevait souvent de ses nouvelles et, chaque fois que son frère venait en permission à Saigon, il tâchait de le recevoir en grande pompe : il lui faisait des cadeaux achetés au marché noir, l'emmenait boire sur la terrasse du *Continental*, dîner au *Givral*, un petit restaurant climatisé au croisement de Le Toi et Tu Do, et dans les établissements sélects du centre-ville (entre autres au *Hung Dao Hotel*, comme Bob prend bizarrement soin de le souligner dans plusieurs de ses lettres, une célèbre maison de passe très fréquentée à trois étages située rue Tu Do, pas loin du *Givral*), où leurs cuites et leurs conversations se prolongeaient souvent jusqu'au point du jour qui embrasait la place Lam Son. Lors de ces visites, Rodney se consacrait entièrement à son frère mais quand ils se quittaient après avoir fait la java toute la semaine il ne ressentait jamais la satisfaction d'avoir contribué à ce que Bob oublie temporairement la dureté de la guerre et il se retrouvait toujours accablé par un malaise diffus qui lui laissait un résidu de chagrin dans le ventre, comme s'il avait passé ces moments fraternels entre rires, confidences, alcool et nuits blanches à essayer d'expier un péché qu'il n'avait pas commis ou qu'il ne se rappelait pas avoir commis, mais qui lui faisait aussi mal que s'il était réel. A la fin du mois de mai, les deux frères se virent à Huê où Rodney s'était rendu en qualité de factotum d'un chanteur country célèbre et de sa horde de *go-go girls*. Il restait alors à Bob un mois avant d'être démobilisé ; il avait depuis un bon moment déjà écarté l'idée, qu'il avait caressée un certain temps et même annoncée à ses parents dans une lettre, de se rengager, et il exultait à la perspective de rentrer à la maison. A son retour à Saigon, Rodney envoya une lettre à Rantoul dans laquelle il décrivait l'optimisme débordant de son frère, mais deux semaines plus tard, un matin, en arrivant au travail, le capitaine qui était son supérieur direct le convoqua dans son bureau et, après une introduction aussi solennelle que confuse, lui apprit que pendant une reconnaissance de routine, sur un sentier qui traversait la jungle et finissait dans un hameau près de la frontière du Laos, Bob ou quelqu'un à côté de lui avait marché sur une mine de soixante kilos d'explosifs, et que la seule chose qui restait du corps de son frère et de ceux des quatre autres compagnons qui par malheur se trouvaient alors près de lui n'étaient que des guenilles ensanglantées recueillies autour du cratère de dix mètres de diamètre qu'avait produit l'explosion.

La mort de Bob chamboula tout. Ou c'est du moins ce que pensait le père de Rodney ; les faits le confirment eux aussi. Parce que, peu après le décès de son frère, Rodney refusa par écrit la possibilité de mettre fin à son service militaire et de rentrer chez lui – ce à quoi il avait droit en raison de la mort de Bob – et présenta une demande d'incorporation à un bataillon de combat. Aucune de ses lettres n'explique cette décision et son père en ignorait les motifs réels ; ils étaient sans doute liés à la mort de son frère, mais il se peut aussi que cette décision fût spontanée ou instinctive, et que Rodney lui-même les ignorât. Le fait est qu'à partir de ce moment-là ses lettres se firent plus fréquentes, plus prolixes, plus obscures. Grâce à elles, le père de Rodney commença à comprendre ou à imaginer (comme l'aurait sans doute fait n'importe quel destinataire) que cette guerre était différente de celle qu'il avait menée et probablement différente de toutes les autres guerres : il comprit ou imagina que dans cette guerre-ci il y avait un manque absolu d'ordre, de sens ou de structure, que ceux qui la livraient manquaient d'objectifs clairement définis et que, par conséquent, ceux-ci n'étaient jamais atteints, qu'on n'y gagnait ni ne perdait jamais rien, qu'il était impossible d'y mesurer le moindre progrès, et d'éprouver le moindre sentiment non pas même de gloire, mais de dignité. "Une guerre dominée par toute la douleur de toutes les guerres mais complètement dépourvue de cette possibilité de rédemption ou de grandeur ou de décence, présente dans toutes les guerres", me dit le père de Rodney. Son fils aurait approuvé cette phrase. Dans une lettre du début du mois d'octobre 1968, on peut déjà sentir le ton obsessionnel et hallucinant propre à nombre de ses missives ultérieures, son fils écrit : "Ce qui est atroce dans cette guerre, c'est que ce n'est pas une guerre. Ici, l'ennemi n'est personne car n'importe qui peut l'être, et il n'est nulle part car il peut être partout : dedans comme dehors, en haut comme en bas, devant comme derrière. L'ennemi n'est personne, pourtant il existe. Dans les autres guerres, il s'agissait de le vaincre ; pas dans celle-ci : dans celle-ci, il s'agit de le tuer, même si nous savons tous qu'en le tuant nous n'allons pas le vaincre. Il est inutile de se faire des illusions : ceci est une guerre d'extermination, de sorte que plus nous tuons – que ce soient des gens ou des animaux ou des plantes, peu importe –, mieux c'est. Nous allons détruire le pays : nous ne laisserons rien derrière nous. Et même ainsi, nous ne gagnerons pas la guerre, tout simplement parce que cette guerre ne peut pas être gagnée ou ne peut être gagnée que par les Viets : eux, ils sont prêts à tuer et à mourir, alors que nous ne voulons qu'une chose, que les douze mois que nous devons passer ici filent le plus vite possible et que nous puissions rentrer.

Entre-temps, on tue et on meurt, mais personne ne sait pourquoi. Bien sûr, nous nous efforçons tous de faire semblant d'y comprendre quelque chose, de savoir pourquoi nous sommes ici et pourquoi nous tuons et risquons de mourir mais nous ne le faisons que pour ne pas devenir complètement fous. Parce que, ici, nous sommes tous fous, fous et seuls et sans possibilité d'avancer ou de reculer, sans possibilité de perdre ou de gagner, comme si on tournait sans cesse dans le fond d'un puits vide, où il n'y a jamais de soleil. J'écris dans le noir. Je n'ai pas peur. Mais parfois je redoute d'apprendre qui je suis, de voir apparaître, après n'importe quel détour sur n'importe quel chemin, un soldat qui est moi."

Dans les lettres de ces premiers mois vécus loin de l'illusoire sécurité de Saigon, Rodney n'évoque jamais Bob mais relate en détail les changements dont sa nouvelle vie abonde. Son bataillon était installé dans une base proche de Danang, mais celle-ci n'était que le bivouac, étant donné que les soldats étaient la plupart du temps en opérations dans la région, à patauger dans les rizières et à fouiller pas à pas la jungle, asphyxiés par la chaleur et l'humidité et les moustiques, subissant des averses bibliques, crottés jusqu'au cou et mangés par les sangsues, se nourrissant de conserves, toujours en nage, épuisés et tout le corps endolori, puant après des semaines entières sans se laver, étrangers à tout effort qui ne soit pas celui de rester en vie, alors que plus d'une fois – après avoir marché pendant des heures et des heures armés jusqu'aux dents, chargés de leur barda et faisant très attention à l'endroit où ils mettaient les pieds pour éviter la fatalité des mines dont étaient truffés les chemins dans la jungle – ils se surprenaient à souhaiter que finalement les coups de fusil éclatent, ne serait-ce que pour rompre l'épuisante monotonie de ces journées interminables durant lesquelles l'ennui se révélait souvent plus usant que la proximité du danger. Cela de jour. De nuit – après qu'au coucher du soleil qui embrasait les rizières chacun eut creusé son trou de tireur, tandis que la lune se levait majestueuse à l'horizon –, la routine changeait mais pas toujours en mieux : parfois ils n'avaient pas d'autre choix que d'essayer de trouver le sommeil, bercés par les canonnades de l'artillerie, par le vacarme des hélicoptères à l'atterrissage ou par celui des coups de feu des M-16 ; d'autres fois, il fallait aller en patrouille, et ils le faisaient en se tenant par la main, ou agrippés à l'uniforme du compagnon qui les précédait, comme des enfants taraudés par la peur de se perdre dans l'obscurité, et il y avait aussi des guets, des guets interminables quand chaque rumeur de la jungle représentait un danger et quand il fallait lutter à bras-le-corps contre le sommeil et contre l'insistant fantôme des compagnons tués. Parce que c'est pendant ces jours-là que Rodney connut le souffle quotidien de la mort. "Un jour, j'ai lu une phrase de Pascal où il dit que personne ne s'attriste complètement du malheur d'un ami, écrivit Rodney deux mois après son arrivée à Danang. Quand je l'ai lue, cette phrase m'a paru mesquine et fausse ; maintenant je sais qu'elle dit la vérité. Ce qui la rend vraie, c'est ce «complètement». Depuis que je suis ici, j'ai vu mourir plusieurs compagnons : leur mort m'a terrifié, m'a mis en rage, m'a fait pleurer ; mais je mentirais si je ne disais pas que j'ai senti un soulagement obscène devant elle, pour la simple raison que, le mort, ce n'était pas moi. Ou, en d'autres termes : l'horreur est dans la guerre mais elle était en nous bien avant." Ces mots arrivent peut-être à expliquer en partie que dans les lettres de cette époque Rodney ne parle que de ses compagnons vivants – jamais des morts – et de ses supérieurs vivants – jamais des morts ; je me suis souvent demandé s'ils expliquent aussi le fait qu'elles soient remplies d'histoires, comme si, pour une raison ou pour une autre, Rodney ne voulait pas dire de manière directe ce que les histoires savent dire de façon détournée et elliptique. Celles qui lui étaient arrivées à lui, ou à quelqu'un de son entourage, ou qui lui avaient simplement été racontées ; j'écarte l'hypothèse que quelques-unes soient inventées. Je ne rapporterai que celle du capitaine Vinh, parce que c'est peut-être, de toutes, celle qui affecta le plus Rodney.

Le capitaine Vinh était un officier de l'armée sud-vietnamienne, attaché en qualité de guide et d'interprète à l'unité avec laquelle opérait mon ami. C'était un homme dans la trentaine, chétif et cordial, avec qui, d'après une lettre de Rodney où il raconte son histoire, il avait parlé plus d'une fois, alors que les autres reprenaient leurs forces en engloutissant leurs rations de campagne, ou fumaient une cigarette pendant les haltes. "Ne t'approche pas de lui, lui dit un vétéran de sa compagnie après l'avoir vu un soir parler amicalement avec le capitaine. Ce type est un putain de traître." Et il lui raconta l'anecdote suivante. Un jour, ils capturèrent trois soldats du Viêt-công, et un officier du service de renseignements les fit monter dans un hélicoptère et demanda au capitaine et à quatre soldats, dont le vétéran, de l'accompagner. L'hélicoptère décolla et quand il fut à une altitude respectable l'officier commença à interroger les prisonniers. Le premier d'entre eux refusa de parler et, sans aucune hésitation, l'officier ordonna aux soldats de le jeter dans le vide ; ils obéirent. Il en fut de même pour le deuxième prisonnier. Il se révéla inutile d'interroger le troisième : pleurant et demandant la clémence, il se mit à parler de manière si irrépressible que le capitaine Vinh avait à peine le temps de traduire ses mots ; mais quand il eut fini sa confession il connut le même sort que ses compagnons. "On est montés dans l'hélicoptère avec trois types et on est redescendus seuls, dit le vétéran. Mais personne n'a rien demandé. Quant au capitaine, c'est un fumier. Il a vu ce qu'on faisait avec ces gens et il continue à nous aider. Je ne sais pas pourquoi on lui permet de rester avec nous, se plaignit-il. Tôt ou tard, il nous trahira." Rodney se rappellerait souvent la prédiction du vétéran. Tout commença le matin où sa compagnie se rendit dans un village proche occupé encore la veille au soir par le Viêt-công. L'incursion du Viêt-công visait à recruter des soldats, et dans ce dessein les combattants sollicitèrent l'aide du chef du village, qui se montra rétif à collaborer. La réponse des combattants fut si foudroyante qu'il était déjà trop tard quand il voulut changer d'avis : ils prirent ses deux filles, de six et huit ans, les violèrent, les torturèrent, leur tranchèrent la gorge et jetèrent leurs cadavres mutilés dans le puits qui ravitaillait le village en eau potable, pour la contaminer. Toute la compagnie de Rodney encaissa l'histoire en silence, sauf le capitaine Vinh qui en devint littéralement malade. "Mes filles, répétait-il en gémissant à qui voulait l'entendre, c'est-à-dire personne. Elles ont le même âge, ces petites avaient le même âge que mes filles." Deux mois plus tard, le jour même où il arrivait à Danang après avoir passé une semaine de permission à Tokyo, Rodney dut aider à l'évacuation de treize morts et cinquante-neuf blessés d'une unité de combat qui, le matin même, avait été victime d'une embuscade dans la jungle. L'événement l'impressionna profondément mais cette impression se transforma en rage froide quand il apprit que l'enquête rapide qui suivit les faits avait conclu que le carnage ne pouvait être que le résultat d'une trahison et que l'auteur ne pouvait être que le capitaine Vinh. Dans une lettre ultérieure, Rodney affirme que, quand il eut vent de la trahison de l'officier, il aurait tué sans hésiter "ce rat d'assassin avec qui j'avais échangé nourriture, tabac et paroles" mais que ce n'était plus la peine, parce que l'interprète avait été livré à l'armée sud-vietnamienne qui l'avait exécuté sans tarder ; Rodney ajoutait que cette nouvelle le réjouissait. La lettre suivante que les parents de Rodney reçurent n'était qu'une note : leur fils y ajoutait sommairement que les mêmes services de renseignements qui avaient prouvé la trahison du capitaine Vinh venaient d'en arriver à la conclusion que l'officier avait donné l'information aux communistes du Viêt-công parce qu'ils avaient enlevé ses deux filles et avaient menacé de les tuer s'il ne collaborait pas avec eux.

Après avoir reçu cette très courte note, ses parents attendirent presque un mois avant d'avoir des nouvelles de Rodney et, quand leur correspondance reprit, ils furent, peu à peu et de manière insidieuse, envahis par l'impression que ces lettres n'étaient pas écrites par leur fils mais par quelqu'un qui usurpait son nom et son écriture. C'était un sentiment étrange, me dit le père de Rodney, comme si celui qui écrivait était Rodney et, en même temps, ne l'était pas ou, ce qui était plus étrange encore, comme si celui qui écrivait était trop Rodney (Rodney dans un état chimiquement pur, un condensé de Rodney) pour être véritablement Rodney. J'ai lu et relu ces lettres et cette observation me paraît exacte, si ambiguë et confuse qu'elle puisse être, parce que dans ces pages, sans doute écrites d'un jet, il est évident que le style de Rodney est entré dans un terrain douteux et incertain où, même s'il est difficile de ne pas identifier au loin la voix de mon ami, il s'avère impossible de ne pas apercevoir l'emprise d'un puissant délire qui, sans la rendre complètement méconnaissable, la rend du moins, de façon inquiétante, étrangère à Rodney, notamment parce que celui-ci ne résiste pas toujours aux tentations de la truculence, de la solennité ou du simple snobisme. J'ajouterai que, d'après mes impressions, si le fait que Rodney écrive ces lettres depuis l'hôpital, où il était en train de se remettre de l'incident, explique partiellement le caractère anormal de ces lettres, il ne suffit pas à dissiper le trouble que produit leur lecture. "L'incident" : c'est le mot qu'utilisa le père de Rodney durant la soirée que j'ai passée chez lui, parce que c'est le mot, d'après lui, que Rodney utilisa la seule fois où son père l'interrogea en vain à ce sujet. L'incident. Il avait eu lieu le mois où il était resté sans nouvelles de son fils et, à travers différentes sources et au fil des années, tout ce que le père de Rodney avait réussi à découvrir à ce propos était la participation de l'unité de Rodney à une vague incursion dans le village de My Khe, dans la province de Quang Ngai, qui avait causé plus de cinquante victimes. Il avait aussi découvert qu'à l'issue de l'incident, comme s'il s'agissait de ses conséquences, et bien qu'il n'ait souffert d'aucune lésion physique, Rodney avait été interné trois semaines à l'hôpital de Saigon, et que bien plus tard, quand il était déjà rentré à la maison, il avait été obligé de témoigner dans le procès instruit contre le lieutenant qui commandait sa compagnie et qui avait fini par être acquitté des charges qui pesaient sur lui. C'était tout ce qu'au cours de ces années le père de Rodney avait réussi à découvrir à propos de l'incident. Quant à son fils, il n'y fit allusion que de manière parfaitement superficielle et seulement quand il ne pouvait pas faire autrement ; que ce soit dans les lettres qui suivirent son séjour à l'hôpital ou dans celles écrites pendant qu'il y était, il n'en fait pas même mention.

Il est vrai que ces lettres-là étaient complètement différentes de celles qu'il avait écrites jusqu'alors, et avec le temps son père finit par attribuer ce changement – parce que, sans doute, il avait besoin de lui trouver une raison tangible – à l'accoutumance immodérée à la marijuana et à l'alcool que Rodney développa lors de ses premiers mois au front. Dans les lettres antérieures, Rodney tend surtout à noter les faits et évite en général les réflexions abstraites ; par la suite, en revanche, faits et personnes se sont volatilisés et il ne reste à peine que des pensées, de singulières pensées d'une véhémence qui terrifiait son père jusqu'à bientôt l'amener à la triste conclusion que son fils était irrémédiablement en train de perdre la raison. “Je connais maintenant la vérité de la guerre, écrit par exemple Rodney dans une de ces lettres. La vérité de cette guerre et de n'importe quelle autre, la vérité de toutes les guerres, la vérité que tu connais autant que je la connais et que connaissent tous ceux qui ont fait la guerre, c'est qu'au fond du fond cette guerre n'est pas différente de toutes les autres guerres et qu'au fond du fond la vérité de la guerre est toujours la même. Tout le monde ici connaît cette vérité, mais personne n'a le courage de l'admettre. Tous mentent. Moi aussi. Je veux dire que moi aussi je mentais jusqu'à ce que j'aie cessé de le faire, jusqu'à ce que j'aie été dégoûté de mentir, jusqu'à ce que le mensonge m'ait dégoûté plus que la mort : le mensonge est sale, la mort est propre. Et c'est justement ça la vérité que tout le monde ici connaît (et tous ceux qui ont fait la guerre) et que personne ne veut admettre. Que tout ça est beau : que la guerre est belle, que la bataille est belle, que la mort est belle. Je ne pense pas seulement à la beauté de la lune qui se lève comme une pièce d'argent dans la nuit suffocante des rizières, ni aux bandes de sang qu'esquissent dans l'obscurité les balles traçantes, ni au miraculeux instant de silence auxquels certains couchers de soleil ouvrent la voie dans le tumulte incessant de la jungle, ni à ces moments extrêmes où l'homme a l'impression de se dissoudre et que se dissolvent également avec lui sa peur et son angoisse et sa solitude et sa honte pour se fondre avec la honte et la solitude et l'angoisse et la peur de ceux qui l'entourent, quand l'identité s'évapore voluptueusement et qu'on n'est plus personne. Non, je ne pense pas seulement à ça. C'est surtout à la joie de tuer que je pense, non seulement parce qu'on reste vivant tandis que les autres meurent, mais aussi parce qu'il n'est pas de plaisir comparable à celui de tuer, il n'est pas de sensation comparable à celle, si prodigieuse, de tuer, d'arracher à un autre être humain, absolument identique à nous, absolument tout ce qu'il possède et qu'il est, on sent alors ce qu'on ne pouvait même pas imaginer pouvoir sentir, une sensation semblable à celle qu'on a dû éprouver en naissant et qu'on a oubliée, ou à celle éprouvée par Dieu au moment de nous créer, ou à celle qu'on doit avoir au moment d'accoucher, oui, c'est exactement ce qu'on ressent quand on tue, n'est-ce pas, papa ? la sensation de finalement accomplir quelque chose d'important, de véritablement essentiel, quelque chose pour quoi on s'était préparé toute sa vie sans le savoir et qui, si l'on n'avait pas pu l'accomplir, aurait irrémédiablement fait de nous des déchets, des hommes sans vérité, sans cohésion et sans substance, parce que tuer est si beau que cela nous complète, nous oblige à atteindre des zones de nous-mêmes qu'on ne soupçonnait pas du tout, c'est comme si on se découvrait, comme si on découvrait d'immenses continents de faune et de flore inconnues là où on n'imaginait qu'une terre colonisée, et c'est pourquoi à présent, après avoir connu la beauté transparente de la mort, la beauté illimitée et étincelante de la mort, je me sens grandi, comme si je m'étais élargi et rallongé et prolongé au-delà de mes limites antérieures, si mesquines, et c'est pourquoi je pense aussi que tout le monde devrait avoir le droit de tuer afin de s'élargir, de se rallonger et de se prolonger autant qu'il peut, afin d'atteindre l'extase ou la béatitude que j'ai vues sur le visage de ceux qui tuent, afin de se connaître à fond en allant aussi loin que la guerre le permet, et la guerre permet d'aller très loin et très vite, chaque fois plus loin et plus vite encore, plus vite, plus vite, plus vite, il y a des moments où soudain tout s'accélère et où il y a une fulguration, un vertige et une perte, et la certitude dévastatrice que si on arrivait à voyager plus vite que la lumière on verrait l'avenir. Voilà ce que j'ai découvert. Voilà ce que je sais maintenant. Ce que nous savons tous ici, et ce que savaient ceux qui étaient ici et qui n'y sont plus, et aussi les hallucinés et les courageux qui n'ont jamais été ici mais c'est tout comme, parce qu'ils ont vu tout ça bien avant que ça n'existe. Tous le savent, tout le monde le sait. Mais ce qui me répugne n'est pas que cela soit la vérité mais que personne ne dise la vérité, et je suis sur le point de me demander pourquoi personne ne le fait et une idée me vient à laquelle je n'ai jamais pensé : personne ne le dit non peut-être par lâcheté mais simplement parce que ça sonne faux ou paraît absurde ou monstrueux, parce que celui qui ne connaît pas d'avance la vérité n'est pas en mesure de l'accepter, parce que celui qui n'a pas été ici ne peut pas accepter ce que sait n'importe quel simple soldat, que les choses qui ont un sens ne sont pas la vérité. Elles ne sont que des morceaux de vérité, des mirages : la vérité, elle, est toujours absurde. Et le pire de tout, c'est que c'est seulement quand on le sait, quand on apprend ce qu'on peut apprendre ici, quand on accepte finalement la vérité, et seulement alors qu'on peut être heureux. Je vais te le dire autrement : avant je haïssais la guerre et je haïssais la vie et surtout je me haïssais moi-même ; maintenant j'aime la vie et la guerre et surtout je m'aime moi-même. Maintenant, je suis heureux."

Je pourrais glaner quelques passages semblables dans les lettres que Rodney écrivit à cette époque : elles sont toutes d'un ton similaire, toutes également sombres, immorales ou absconses. Il est vrai qu'on est tenté de voir dans ces mots déséquilibrés comme le négatif d'une radiographie de l'esprit de Rodney à ce moment-là de sa vie, et même de lire bien plus que ce que Rodney voulut peut-être y mettre. Je résisterai à la tentation, j'éviterai toute interprétation.

A peine sorti de l'hôpital, Rodney réintégra sa compagnie et, deux mois plus tard, quelques jours avant la fin de son séjour obligatoire au Viêtnam, grâce à une connaissance qui le laissa entrer à l'ambassade américaine à Saigon, il téléphona pour la première fois à ses parents et leur apprit qu'il n'allait pas rentrer à la maison. Il avait décidé de se rengager. Sans doute parce qu'ils comprirent immédiatement que sa décision était irrévocable, les parents de Rodney ne tentèrent pas même de le faire changer d'avis mais uniquement de le comprendre. En vain. Toutefois, après une conversation aussi longue qu'entrecoupée de supplications et de sanglots, ils finirent par s'accrocher à l'espoir précaire que leur fils n'avait pas perdu la raison mais que la guerre l'avait tout simplement transformé, qu'il n'était plus le garçon qu'ils avaient engendré et élevé et que pour cette raison il ne pouvait plus s'imaginer revenir à la maison comme si de rien n'était, car la seule perspective de reprendre sa vie d'étudiant (en la prolongeant par une thèse, comme il l'avait tout d'abord prévu) ou celle de chercher un travail dans un lycée ou, pire, celle de retrouver pendant une longue période de repos la placidité provinciale de Rantoul lui semblait à présent ridicule ou inconcevable, et l'envahissait d'une panique qu'ils ne parvenaient pas à comprendre. Ainsi, Rodney resta au Viêtnam encore six mois. Son père ne savait presque rien de ce qui lui était arrivé à cette époque pendant laquelle Rodney cessa presque complètement d'écrire à sa famille qui n'eut de ses nouvelles que par quelques télégrammes où, avec un laconisme tout militaire, il les informait qu'il allait bien. Le seul renseignement que le père de Rodney réussit à obtenir plus tard fut qu'à cette époque son fils combattait dans une unité d'élite de lutte anti-résistance connue sous le nom de Tiger Force, attachée au 1er bataillon de la 101e division aéroportée et il ne fait aucun doute qu'au cours de ces six mois Rodney combattit bien plus souvent que jusqu'alors parce que, quand à la fin de l'été 1969 il prit l'avion du retour, il avait la poitrine bardée de médailles – notamment l'Etoile d'argent du courage et le Cœur pourpre – et une blessure à la hanche qui allait l'accompagner toute sa vie et le condamner pour toujours à marcher de son pas de perdant, claudicant et instable.

Le retour fut catastrophique. Le père de Rodney se souvenait très bien de l'arrivée de son fils à Chicago. Depuis deux semaines, Julia Flores et lui-même, qui se connaissaient à peine, s'appelaient souvent pour achever les préparatifs, mais quand le grand jour arriva, dès le début tout alla de travers : le car de la Greyhound, dans lequel sa femme et lui firent le voyage depuis Rantoul, arriva à Chicago avec presque deux heures de retard à cause d'un accident sur la route ; Julia, qui les attendait là-bas, les fit monter dans sa voiture et les conduisit à toute allure à l'aéroport d'O'Hare, mais un embouteillage à l'entrée les retarda encore, de sorte que, quand ils pénétrèrent tous les trois dans le terminal, l'avion de Rodney avait déjà atterri depuis une heure. Ils demandèrent à droite et à gauche, et finalement, après avoir tourné en rond et beaucoup cherché, ils se virent obligés d'aller au commissariat. C'est là qu'ils trouvèrent Rodney, seul et hors de lui, mais il ne voulut donner aucune explication, ni ce jour-là ni par la suite et, pour ne pas gâcher davantage les retrouvailles, ils préférèrent ne rien demander à la police. Ce n'est que plusieurs mois plus tard que le père de Rodney put avoir une idée précise de ce qui s'était passé cette matinée-là à l'aéroport. C'était après le procès intenté contre Rodney – et à la suite duquel celui-ci fut condamné à payer une amende prise en charge par sa famille –, un procès auquel Rodney interdit à son père et à sa mère d'assister et dont celui-ci n'apprit le développement et le contenu qu'après avoir parlé en secret avec l'avocat de son fils. Maître Donald Pludovsky, un homme de gauche très renommé, qui avait accepté de s'occuper de ce dossier parce qu'il était l'ami d'un ami du père de Rodney et qui, dès le début de la conversation, avait essayé de le tranquilliser en n'accordant aucune importance à l'épisode, le reçut dans son cabinet de la rue Wabash et lui raconta tout d'abord que Rodney avait voyagé avec un soldat noir pendant trois jours (en partant de Saigon jusqu'à Tokyo dans un C-41 de la force aérienne, ensuite depuis les Philippines jusqu'à San Francisco dans un avion à réaction de la World Airways et, finalement, de là à Chicago) et qu'une fois à O'Hare et s'apercevant que personne ne les attendait, tous deux avaient décidé d'aller prendre un petit-déjeuner dans une cafétéria. Dans le terminal, anormalement bondé, régnait une atmosphère de fête, ou du moins fut-ce la première impression, étourdie et joyeuse, qu'eurent les deux jeunes hommes fraîchement débarqués, mais à un moment donné, tandis qu'ils traînaient leurs havresacs à travers un couloir plein de monde, une jeune fille se détacha d'un groupe d'étudiants, aborda Rodney qui des deux vétérans était le seul à encore porter l'uniforme, et lui demanda s'il venait du Viêtnam. Etonné par l'absence de ses parents et de Julia, qui avaient promis de l'attendre à l'aéroport, Rodney imagina peut-être que la jeune fille avait été envoyée par eux, il s'arrêta donc et sourit, et lui dit sur un ton enjoué que oui. Alors, la jeune fille lui cracha à la figure. En la regardant sans comprendre, Rodney lui demanda pourquoi elle avait fait ça mais, comme elle ne répondait pas, il hésita un instant, avant de s'essuyer le visage et de reprendre sa marche. Les étudiants les suivirent : ils proféraient en chœur des slogans contre la guerre, riaient, leur criaient des choses qu'ils ne comprenaient pas, les insultaient. Jusqu'à ce que Rodney n'en pût plus, se retournât et leur fît face ; le soldat noir l'attrapa par le bras et lui demanda de ne pas leur prêter attention mais Rodney se libéra et, alors que les étudiants continuaient de scander leurs insultes et de crier, il essaya en vain de leur parler, il essaya de les raisonner mais finit par y renoncer ; il leur dit qu'il ne leur avait rien fait et leur demanda de les laisser tranquilles. Ils allaient reprendre leur chemin quand un commentaire injurieux ou provocateur, prononcé par un garçon aux cheveux très longs, émergea du vacarme des étudiants, et, un instant après, Rodney se jeta sur le garçon et se mit à lui flanquer une raclée qui l'aurait tué si, au dernier moment, la police de l'aéroport n'était pas intervenue. "Et c'est tout", dit Pludovsky au père de Rodney en s'affalant dans son fauteuil avec une cigarette à la main et un air ouvertement satisfait, adoptant le ton détaché de celui qui vient de raconter une farce non dépourvue d'humour. Le père de Rodney ne sourit pas, ne dit rien, se contenta de garder le silence quelques instants et puis, sans le regarder, il demanda à l'avocat de lui rapporter ce que le garçon avait dit à Rodney. "Ah, oui, essaya de sourire Pludovsky. Eh bien, c'est vrai que je ne m'en souviens pas exactement. – Bien sûr que vous vous en souvenez, dit le père de Rodney sans hésiter. Et je veux que vous me le disiez." Soudainement gêné, Pludovsky soupira, éteignit sa cigarette, croisa les mains sur son grand bureau en chêne. "Comme vous voulez, dit-il agacé, comme si une affaire venait de lui échapper au dernier moment et de la plus stupide des manières. Ce que le garçon a dit, c'était : «Regardez-moi la trouille qu'ils ont, ces assassins d'enfants.»"

En sortant du cabinet de l'avocat, le père de Rodney avait déjà compris que la bagarre à l'aéroport d'O'Hare n'avait été que le reflet de ce qui s'était passé les mois précédents et une préfiguration de ce qui allait se passer à l'avenir. Il ne s'était pas trompé. Parce que la vie de Rodney ne ressembla plus jamais à celle que, un an et demi plus tôt, il avait abandonnée de force pour aller au Viêtnam. Le jour même de son arrivée à Rantoul, ses amis de toujours lui avaient préparé une fête de bienvenue ; sa mère le convainquit de s'y rendre mais, bien qu'il sortît de chez lui habillé pour l'occasion et les clés de la voiture à la main, et qu'il ne revînt qu'à l'aube, le lendemain matin ses parents apprirent qu'il ne s'était pas même présenté à la fête, et dans les jours suivants ils apprirent aussi, de voisins et d'amis, que Rodney avait passé cette nuit-là à téléphoner depuis une cabine située près de la gare et à faire des tours en ville dans la Ford de son père. Quelques mois après, Julia et lui se marièrent et partirent vivre dans une banlieue de Minneapolis où elle enseignait dans un lycée. Si leur union dura deux ans, ce fut uniquement grâce à la ténacité de Julia ; de fait, elle mit beaucoup moins de temps à se rendre compte que c'était un mariage impossible, comme l'aurait été n'importe quel autre mariage qu'à l'époque Rodney aurait accepté de vivre. En apparence, Rodney était certes revenu du Viêtnam, mais c'était en réalité comme s'il s'y trouvait encore, ou comme s'il avait ramené le Viêtnam chez lui. Pire encore : pendant qu'il était au Viêtnam, Rodney ne cessait d'en parler dans les lettres qu'il écrivait à ses parents, à Julia et à ses amis ; mais à présent il avait complètement cessé de le faire, non sans doute parce qu'il ne le souhaitait pas – à la vérité, c'était plutôt le contraire : il n'y avait probablement rien au monde qu'il ne désirât autant –, mais parce qu'il ne pouvait pas – qui sait si ce n'était pas à cause de la certitude qu'il avait de ce que personne ne se trouverait en mesure de comprendre ce qu'il avait à raconter, ou parce qu'il pensait qu'il ne devait pas le faire, comme s'il avait vu ou vécu quelque chose que tous ceux qui le connaissaient devaient continuer à ignorer. L'évidence qui sautait aux yeux était que, pendant qu'il était au Viêtnam, il ne pensait qu'aux Etats-Unis et que, maintenant qu'il était aux Etats-Unis, il ne pensait qu'au Viêtnam. Il est possible qu'en maintes occasions il eût la nostalgie de la guerre, qu'il pensât qu'il n'aurait jamais dû rentrer et qu'il aurait dû mourir là-bas, luttant aux côtés de ses compagnons. Il est possible qu'en maintes occasions il sentît que, comparée à la vie de vermine traquée qu'il menait à présent aux Etats-Unis, la vie au Viêtnam était plus sérieuse, plus authentique, plus digne d'être vécue. Il est possible qu'il comprît qu'il ne pouvait plus jamais revenir dans ce pays qu'il avait abandonné pour le Viêtnam, non seulement parce que celui-ci n'existait plus et qu'il était devenu autre, mais parce que lui-même n'était plus non plus celui qui l'avait abandonné. Il est possible que très vite il se fît à l'idée que personne ne revient du Viêtnam : qu'une fois qu'on s'y est retrouvé tout retour est impossible. Et il est presque certain que, comme tous les vétérans du Viêtnam, il se sentit bafoué car, à peine eut-il touché le sol américain, il sut que tout le pays le méprisait ou, dans le meilleur des cas, souhaitait le cacher comme si sa seule présence était une honte, une insulte ou une accusation. Rodney ne s'attendait pas à être reçu en héros (parce qu'il ne l'était pas et parce qu'il n'ignorait pas que les vaincus ne sont jamais reçus en héros, même s'ils le sont), mais pas non plus que ce même pays, qui avait exigé de lui qu'il renonce à sa conscience et réponde à son devoir d'Américain en prenant part à une guerre infâme et lointaine sans déserter au Canada, fuie maintenant sa présence comme s'il était un criminel ou un pestiféré – sa présence et celle de tant d'autres vétérans comme lui qui, s'ils étaient coupables de quelque chose, l'étaient parce que les circonstances brutales de la guerre et le pays qui les avait obligés à la mener les avaient poussés à le devenir. Ou c'est du moins ce qu'à l'époque Rodney devait penser, comme tant d'autres vétérans du Viêtnam à leur retour. Il est incontestable que Rodney avait à présent bien plus d'arguments que pendant ses années d'études, du temps de son ancien engagement pacifiste : il considérait que cette guerre était une escroquerie autant orchestrée par le fanatisme que par l'irresponsabilité de la classe politique, et nourrie par l'usage frauduleux que cette dernière avait fait de la rhétorique des anciennes valeurs américaines ; mais il est tout aussi incontestable – ou du moins cela l'était-il pour le père de Rodney – que le fait d'être ou non contre la guerre se réduisait, à ses yeux, à une question presque banale, ayant été reléguée au second plan par la lancinante ignominie des Etats-Unis qui avaient été prêts à envoyer des milliers et des milliers de jeunes gens à l'abattoir et à les abandonner à leur sort dans un lieu perdu sur la carte, malades, épuisés et fous, aveuglés par le désir et l'impuissance, luttant à mort contre leur propre ombre dans les marécages d'un pays calciné.

Mais ce ne sont là en fin de compte que des conjectures : il est raisonnable d'imaginer que, pendant une longue période après son retour du Viêtnam, Rodney pensait ou sentait ce qui vient d'être dit ; il n'est pas impossible d'imaginer qu'il pensait ou sentait tout le contraire. Les faits sont pourtant les faits ; je m'en tiens à eux. Lors des premiers mois qui suivirent son retour, Rodney sortit à peine de chez lui (autant de la maison familiale que de celle qu'il partageait avec Julia à Minneapolis) et quand il commença à le faire, c'était uniquement pour se retrouver dans des altercations qui plus d'une fois dégénérèrent en bagarres, presque toujours provoquées par son irrépressible tendance à interpréter n'importe quel commentaire sur le Viêtnam ou sur son séjour au Viêtnam, si insignifiant ou anodin fût-il, comme une agression personnelle. Il perdit ses amis de Chicago et aussi ceux de Rantoul, et coupa tout lien avec ses anciens compagnons du Viêtnam, peut-être parce que, volontairement ou pas, il souhaitait cacher sa condition d'ancien combattant, ce qui expliquerait le fait que pendant longtemps il refusa catégoriquement de chercher de l'aide ou de la compagnie dans des centres de l'Association des vétérans. Malgré les efforts incessants de Julia, leur vie conjugale s'était dégradée de manière irréversible très peu de temps déjà après leur mariage. Quant à sa famille, il ne maintenait des rapports qu'avec sa mère, et, des années durant, il évita la compagnie et la conversation de son père. Il buvait et fumait beaucoup, du whisky, de la bière, du tabac et de la marijuana, et il faisait souvent des dépressions qui le laissaient prostré pendant des semaines, voire des mois, et qui l'obligeaient à se gaver de médicaments. Il ne sortit plus jamais pour chasser ou pêcher. Il ne reparla plus jamais de son frère Bob. Il vivait dans un état d'anxiété permanent. Durant presque un an et demi, il souffrit d'une insomnie chronique qu'il n'arrivait à vaincre qu'en allant au cinéma avec Julia : elle le prenait alors par la main et le sentait peu à peu se laisser aller dans l'obscurité murmurante de la salle et plonger dans le sommeil comme dans les profondeurs d'un lac. De jour, il ne s'asseyait jamais le dos tourné à la fenêtre et veillait de façon obsessionnelle à ce que tous les volets de la maison restent fermés. Il passait ses nuits à apaiser son inquiétude en faisant les cent pas dans les couloirs et, avant d'aller inutilement au lit, il se livrait à un infaillible rituel qui consistait à inspecter absolument toutes les portes et les fenêtres de la maison, à vérifier que rien n'entravait sa fuite et que ce dont il avait besoin pour se défendre restait à portée de main, et aussi à s'imaginer le *modus operandi* le plus adapté au cas improbable où il y aurait une urgence. Avec le temps, il réussit à s'endormir dans son propre lit, mais les cauchemars le faisaient souvent sursauter, et un craquement inoffensif dans le jardin suffisait à le réveiller et à le faire sortir précipitamment pour voir ce qui l'avait provoqué. Après le divorce d'avec Julia, il revint chez ses parents et, au fil des années, il traversa plusieurs fois le pays d'un bout à l'autre : soudainement, il faisait ses valises, chargeait la voiture et s'en allait sans prévenir ni donner de destination précise, et au bout d'un, deux, trois ou quatre mois, il rentrait à la maison sans donner la moindre explication, comme s'il était sorti faire une promenade dans le quartier. Il survécut à deux tentatives de suicide, et à la suite de la seconde il finit par accepter l'aide médicale de l'Association des vétérans de Chicago. S'il ne tarda pas longtemps à chercher du travail, il tarda à en trouver ; en effet, malgré certaines prérogatives dont il jouissait en raison de son statut d'ancien combattant, pendant longtemps il considéra comme humiliant de les faire valoir et chaque fois qu'il se présentait à un rendez-vous d'embauche il rentrait à la maison pris d'une rage incontrôlable, convaincu que ses employeurs potentiels se mettaient à le regarder comme s'il était un monstre à deux têtes dès qu'ils découvraient qu'il était un vétéran de guerre. Le premier des emplois qu'il eut était un travail confortable et assez bien rémunéré dans l'administration d'une fabrique de conserves, mais cela dura à peine quelques mois, plus ou moins comme ceux qui suivirent. Plus tard, il essaya de donner des cours de langue dans les collèges de Rantoul ou des environs, et tenta aussi de reprendre ses études en s'inscrivant à un mastère de philosophie à la Northwestern University. Tout fut inutile. Quand Rodney revint du Viêtnam, n'étant plus que l'ombre du garçon brillant, travailleur et judicieux qu'il avait été, son père crut que le temps finirait par lui rendre sa nature perdue, pourtant huit ans s'étaient écoulés depuis son retour et Rodney restait plongé dans une brume impénétrable, converti en un fantôme ambulant ou en un zombi : à Rantoul, il passait des jours entiers allongé sur son lit, à lire des romans, à fumer de la marijuana et à regarder de vieux films à la télévision, et quand il sortait de chez lui, c'était uniquement pour conduire pendant des heures sur des autoroutes qui ne menaient nulle part ou pour boire tout seul dans les cafés de la ville. C'était comme s'il vivait hermétiquement enfermé dans une bulle d'acier, mais ce qui est bizarre (ou ce que son père considérait comme tel), c'est le fait qu'il ne semblait pas vivre cette situation d'abandon et d'absolue solitude comme une condamnation mais comme l'heureux résultat d'un calcul précis, comme l'antidote idéal contre sa méfiance, non moins démesurée, à l'égard des autres et contre sa méfiance, non moins démesurée, à l'égard de lui-même. Si bien qu'à un moment donné les parents de Rodney finirent par accepter, avec une résignation non dépourvue de soulagement, que le Viêtnam avait pour toujours transformé leur fils et qu'il ne serait plus jamais celui qu'il avait été.

Et subitement, tout changea. Un an et demi avant que Rodney n'eût commencé à donner des cours à Urbana, sa mère mourut d'un cancer de l'estomac. L'agonie fut longue mais non pénible, et Rodney l'endura sans s'affoler ou dramatiser, renonçant du jour au lendemain à ses habitudes de loisirs indéfinis afin de s'occuper de la moribonde qui, pendant toutes ses années de convalescence de guerre, avait été son unique et silencieux soutien moral ; du reste, l'après-midi où elle fut enterrée, personne ne le vit verser une seule larme. Pourtant, quelques jours plus tard, au retour d'une consultation, le père de Rodney retrouva son fils accoudé à la table de la cuisine, éclairé par l'ardent soleil de midi qui entrait par la fenêtre, pleurant à chaudes larmes. Son père ne se souvenait pas d'avoir vu pleurer Rodney depuis que celui-ci était enfant, mais il ne dit rien : il laissa ses affaires dans le vestibule, retourna à la cuisine, prépara deux infusions à la camomille, une pour son fils et une pour lui, s'assit à la table, lui prit la main – une main grande, âpre et veinée –, et resta un long moment à côté de lui, silencieux, en buvant sa camomille et aussi celle de Rodney, sans lui lâcher la main et l'écoutant pleurer comme si celui-ci avait pendant toutes ces années accumulé une réserve inépuisable de larmes et que ses pleurs n'allaient plus jamais tarir. Depuis longtemps, le père et le fils vivaient ensemble sous le même toit en s'adressant à peine la parole mais, ce soir-là, au coucher du soleil, Rodney se mit à parler, et c'est seulement alors que son père eut une idée stupéfiante des remords vertigineux dans lesquels son fils vivait depuis toutes ces années, car il comprit que Rodney se sentait non seulement coupable de la mort de son frère et de sa mère et de celle d'un nombre indéfini de personnes, mais aussi de ne pas avoir eu le courage d'obéir à sa conscience et d'avoir obtempéré à l'ordre d'aller à la guerre, d'avoir assisté à l'inexcusable horreur du Viêtnam et d'y avoir survécu. La conversation finit à l'aube et le lendemain, au réveil, Rodney lui demanda sa voiture et s'en alla à Chicago. Le voyage se répéta la semaine suivante puis la semaine d'après, et les visites de Rodney à la capitale devinrent bientôt une routine hebdomadaire. Au début, il faisait l'aller-retour dans la même journée, partant très tôt le matin et revenant de nuit, mais avec le temps il commença à s'absenter de Rantoul deux, voire trois jours. Pour ne pas risquer d'altérer ses rapports avec son fils qui s'étaient améliorés après la mort de sa femme, le père de Rodney ne chercha pas à en savoir plus et se limitait à lui prêter sa voiture et à lui demander quand il envisageait de revenir. Mais un après-midi, au retour d'un de ces voyages, Rodney lui raconta : il allait toutes les semaines à Chicago au siège de l'Association des vétérans du Viêtnam – association où il avait été auparavant hospitalisé à deux reprises et traité par des injections de Largactil ; il y recevait l'aide d'un psychiatre spécialisé en troubles causés par la guerre et se réunissait avec d'autres vétérans avec lesquels il collaborait à l'organisation de rencontres publiques, de manifestations et de conférences, aussi bien qu'à la rédaction d'une revue où pendant plusieurs années il avait publié des articles sur le cinéma et la littérature ainsi que des pamphlets contre la condamnable frivolité de la classe politique de son pays et contre sa soumission servile au diktat des grandes multinationales. La nouvelle ne surprit pas le père de Rodney, qui avait déjà depuis un certain temps remarqué le changement qui en très peu de mois s'était opéré chez son fils, et pas seulement vis-à-vis de lui : Rodney avait abandonné l'alcool et la marijuana, avait commencé à prendre part aux tâches domestiques, à enterrer ses habitudes d'excentrique et à retrouver quelques-uns de ses amis de toujours. Peu à peu, cette transformation devint plus ferme et plus visible car très vite Rodney accepta un travail de comptable dans un restaurant d'Urbana, commença à collaborer comme bénévole à un petit syndicat indépendant et à fréquenter le centre que les vétérans des guerres étrangères avaient en ville. C'était comme si, avec la mort de sa mère, la vie entière de Rodney avait atteint un point critique : comme si la boule dans laquelle il s'asphyxiait depuis plus de quinze ans avait commencé à se fissurer grâce à ses voyages à Chicago et à l'aide de l'Association des vétérans, et comme s'il était en train de surmonter la honte d'être un ancien combattant du Viêtnam ou de trouver une forme de fierté dans le fait d'être l'un des survivants de cette guerre fantasmagorique. Au moment où il eut son poste de professeur d'espagnol à Urbana, Rodney menait donc une vie ordonnée et active, et rien n'autorisait à imaginer qu'il n'avait pas définitivement laissé derrière lui les interminables séquelles de son passage par le Viêtnam.

Mais il n'en fut pas ainsi. Le père de Rodney l'apprit une nuit pendant les fêtes de Noël de 1988, quelques mois seulement avant qu'il ne me raconte l'histoire de son fils dans sa maison de Rantoul, et à peine quelques jours après que Rodney et moi nous étions quittés devant le *Treno's* avec la promesse, finalement non tenue, de nous revoir dès que je serais de retour de mon voyage par le Middle West en compagnie de Barbara, Gudrun et Rodrigo Ginés. Ce soir-là, un homme avait appelé en demandant à parler à son fils. Rodney était sorti, si bien que son père voulut savoir qui l'appelait. "Tommy Birban", dit l'homme. Le père de Rodney n'avait jamais entendu ce nom, ce qui ne l'étonna guère, parce que depuis que Rodney était sorti de sa réclusion il n'était pas rare que des inconnus appellent chez eux. L'homme dit qu'il était un ami de Rodney, promit de rappeler plus tard et laissa un numéro de téléphone au cas où Rodney voudrait l'appeler. Quand, ce soir-là, Rodney arriva à la maison, son père lui transmit le message et lui tendit le papier avec le numéro de téléphone de son ami ; la réaction de son fils le surprit : un peu pâle, prenant le papier tendu, il lui demanda s'il était sûr du nom de l'inconnu et, bien que son père l'assurât que oui, il le lui fit répéter plusieurs fois, pour être certain qu'il ne s'était pas trompé. "Qu'est-ce qui se passe ?" demanda le père de Rodney. Rodney ne répondit pas ou répondit d'un geste mi-dissuasif mi-méprisant. Mais plus tard dans la soirée, tandis qu'ils dînaient, le téléphone sonna une nouvelle fois et, avant que son père pût se lever pour le prendre, Rodney l'arrêta net par un cri. Les deux hommes restèrent immobiles à se regarder : c'est alors que le père de Rodney sut que quelque chose n'allait pas. Le téléphone continua de sonner un temps, avant de se taire. "C'est peut-être quelqu'un d'autre", dit le père de Rodney. Rodney ne dit rien. "Il va rappeler, n'est-ce pas ?" demanda le père de Rodney après un silence. Rodney acquiesça. "Je ne veux pas lui parler, dit-il. Dis-lui que je ne suis pas là. Ou plutôt, que je suis parti en voyage et que tu ne sais pas quand je reviendrai. Oui : dis-lui ça." Cette nuit-là, le père de Rodney ne se risqua pas à poser d'autres questions, puisqu'il savait que son fils n'allait pas y répondre, et il passa toute la journée du lendemain à attendre le coup de fil de Tommy Birban. Bien sûr, coup de fil il y eut et le père de Rodney décrocha immédiatement et fit ce que son fils lui avait demandé de faire. "Vous ne m'aviez pas dit hier qu'il était parti", fit Tommy Birban, suspicieux. "Je ne me souviens pas très bien de ce que je vous ai dit hier", répondit-il. Puis il improvisa : "Mais il serait mieux que vous n'appeliez plus. Rodney est parti et je ne sais ni où il est ni quand il reviendra." Il était sur le point de raccrocher quand, à l'autre bout de la ligne, la voix de Tommy Birban cessa d'être menaçante pour devenir implorante, tel un sanglot parfaitement articulé : "Vous êtes bien le père de Rodney, n'est-ce pas ?" Le père de Rodney n'eut pas le temps de répondre. "Je sais que Rodney vit avec vous, on me l'a dit à l'Association des vétérans de Chicago, c'est eux qui m'ont donné votre numéro. J'aimerais vous demander un service. Si vous me le rendez, je vous promets de ne plus appeler, mais vous devez me le rendre. Ayez l'obligeance de dire à Rodney que je ne vais rien lui demander, même pas qu'on se voie. La seule chose que je souhaite, c'est lui parler un moment, dites-lui que je souhaite lui parler un moment, dites-lui que j'ai besoin de lui parler. C'est tout. Mais dites-le-lui, s'il vous plaît. Vous le lui direz ?" Le père de Rodney ne put refuser de transmettre le message mais le fait que son fils le reçoive sans broncher ni sans faire le moindre commentaire lui permit de se laisser bercer par l'illusion que cet épisode, qu'il ne pouvait ni ne voulait comprendre, s'était conclu sans conséquences graves. De façon prévisible, quelques jours après, Tommy Birban rappela une nouvelle fois. Entre-temps, Rodney ne répondait plus au téléphone, de sorte que ce fut son père qui décrocha. Tommy Birban et lui discutèrent quelques secondes, violemment, et quand celui-ci était déjà sur le point de raccrocher, son fils lui demanda de lui passer le combiné ; non sans hésiter ni sans l'avertir du regard qu'il était encore temps d'éviter toute erreur, il le lui donna. Les deux anciens amis se parlèrent pendant longtemps mais il s'interdit d'écouter la conversation, de laquelle il saisit à peine quelques bribes isolées. Cette nuit-là, Rodney n'arriva pas à trouver le sommeil et, le lendemain, Tommy Birban rappela et tous deux reprirent leur conversation pendant plusieurs heures. Ce rituel de mauvais augure se répéta pendant plus d'une semaine, et à l'aube du Jour de l'an le père de Rodney entendit du bruit au rez-de-chaussée, se leva, sortit sur le perron et vit son fils charger le dernier ballot dans le coffre de la Buick. La scène ne le surprit pas ; en réalité, il s'y attendait presque. Rodney ferma le coffre et monta les marches du perron. "Je pars, dit-il. J'allais monter pour te dire au revoir." Son père sut qu'il mentait mais acquiesça. Il regarda la rue enneigée, le ciel presque blanc, la lumière grise ;

il regarda son fils qui se tenait devant lui, grand et détruit, et eut l'impression que le monde était un endroit vide, uniquement habité par eux deux ; et il faillit le lui dire. "Où vas-tu ? faillit-il lui dire. Ne sais-tu pas que le monde est un endroit vide ?" Mais il ne le lui dit pas. Il lui dit ceci : "N'est-il pas temps que tu oublies tout ça ? – Je l'ai déjà oublié, papa, répondit Rodney. C'est tout ça qui ne m'a pas oublié." "Et c'est la dernière chose que je l'aie entendu dire", conclut le père de Rodney, enfoncé dans son fauteuil à oreilles, si épuisé qu'on aurait dit qu'il avait non pas consacré cette interminable soirée dans sa maison de Rantoul à reconstruire pour moi l'histoire de son fils mais à essayer en vain d'escalader une montagne impraticable, chargé d'un équipement inutile. "Puis on s'est embrassés et il est parti. Le reste, vous le savez."

C'est ainsi que le père de Rodney a fini son histoire. Aucun de nous deux n'a plus rien eu à ajouter, mais je suis encore resté un moment avec lui et pendant un temps indéfini, dont je ne saurais s'il fallait le compter en minutes ou en heures, nous étions assis face à face, en feignant de poursuivre une conversation épuisée, comme si nous partagions un secret infamant ou l'identité de l'auteur d'un crime, ou comme si nous cherchions des excuses pour que je ne sois pas obligé d'affronter tout seul le chemin du retour à Urbana et lui la solitude printanière de cette grande maison déserte, et quand finalement j'ai pris la décision de partir, au petit matin déjà, j'ai eu la certitude que je me rappellerais pour toujours l'histoire que le père de Rodney m'avait racontée et que je n'étais plus celui qui, cet après-midi-là, quelques heures plut tôt, était venu à Rantoul. "Vous êtes trop jeune pour penser à avoir des enfants, m'a dit le père de Rodney au moment de nous séparer, et je ne l'ai pas oublié. N'en faites pas, parce que vous vous repentirez. La vie est comme ça : quoi que vous fassiez, vous vous repentirez. Mais laissez-moi vous dire une chose : toutes les histoires d'amour sont insensées, parce que l'amour est une maladie ; mais avoir des enfants, c'est s'aventurer dans une histoire d'amour tellement insensée que seule la mort est capable de l'interrompre."

Voilà ce que m'a dit le père de Rodney, et je ne l'ai pas oublié.

Après cela, je ne l'ai plus jamais revu.

LA PORTE EN PIERRE

Je suis revenu en Espagne un peu plus d'un an après cet après-midi de printemps où le père de Rodney m'avait raconté l'histoire de son fils. Durant la fin de mon séjour à Urbana, plusieurs choses se sont passées. Je ne vais pas essayer de les raconter ici, non seulement parce que ce serait ennuyeux mais surtout parce que la plupart d'entre elles n'appartiennent pas à cette histoire. Ou peut-être qu'elles en font partie mais que je ne m'en suis pas encore rendu compte. Peu importe. Je dirai seulement qu'au cours de l'été j'ai passé un mois de vacances en Espagne ; qu'à la rentrée j'ai repris mes cours à Urbana et poursuivi mes projets, et qu'à cette époque j'ai commencé une thèse de doctorat (que je n'ai jamais finie) sous la direction de John Borgheson ; que j'ai eu des amis et des liaisons et que mon amitié s'est renforcée avec les amis que j'avais déjà, Rodrigo Ginés, Laura Burns et Felipe Vieri, surtout ; que j'étais occupé à vivre et non à mourir ; que durant tout ce temps, j'ai travaillé à mon roman avec acharnement. A tel point qu'au printemps de l'année suivante je l'avais terminé. Etait-ce un bon roman ? je n'en suis pas sûr, mais c'était mon premier, et l'écrire m'avait rendu extrêmement heureux, pour la simple raison qu'il me donnait la preuve que j'étais capable d'écrire. J'ajouterai aussi qu'il ne parlait pas de Rodney, malgré la présence d'un personnage secondaire dont l'aspect physique m'avait été inspiré par lui ; il s'agissait d'un roman de fantômes ou de zombis situé à Urbana, et dont le protagoniste me ressemblait en tout point et se trouvait exactement dans la même situation que moi… Je suis donc parti d'Urbana très heureux, en emportant dans ma valise mon premier roman, et avec la conscience que, même si je n'avais pas beaucoup voyagé ni vu grand monde, si je n'avais pas vécu très intensément ni accumulé trop d'expériences, ce long séjour aux Etats-Unis avait été mon véritable doctorat ; j'étais convaincu que je n'avais plus rien à apprendre là-bas et que, si je voulais devenir un vrai écrivain et non un fantôme ou un zombi – comme Rodney, comme les personnages de mon roman et comme certains habitants d'Urbana –, je devais immédiatement rentrer chez moi.

C'est ce que j'ai fait. J'étais certes décidé à revenir coûte que coûte, mais je dois dire que les conditions de mon retour ont été moins précaires que prévu car au mois de mai, juste au moment où je m'apprêtais à faire mes bagages, Marcelo Cuartero m'a téléphoné de Barcelone pour m'offrir un poste de professeur associé à l'université autonome. Le salaire était maigre mais, avec les rentrées que me procuraient quelques boulots occasionnels, il me permettait de louer un studio dans le quartier de Sant Antoni et de tenir sans trop de soucis jusqu'à la publication du roman. C'est donc ainsi que j'ai retrouvé avec avidité ma vie barcelonaise et, bien sûr, que j'ai aussi retrouvé Marcos Luna. A l'époque, Marcos vivait déjà avec Patricia (une photographe qui travaillait pour un magazine de mode), gagnait sa vie en dessinant dans un journal, exposait assez régulièrement et avait commencé à se faire un nom parmi les peintres de sa génération. A la fin de cette même année, après la publication de mon roman par une petite maison d'édition, dans un silence à peine troublé par un papier inutile et frénétiquement élogieux d'un disciple de Marcelo Cuartero (ou de Marcelo Cuartero lui-même, sous un pseudonyme), Marcos m'a arrangé un rendez-vous avec le sous-directeur de son journal, lequel m'a proposé d'écrire des chroniques et des comptes rendus pour son supplément culturel. Ainsi, avec l'aide de Marcos et de Marcelo Cuartero, j'ai commencé à m'établir tant bien que mal à Barcelone, en même temps que je me mettais à mon deuxième roman. Mais, bien avant que je ne sois arrivé à le terminer, il y a eu Paula, ce qui a tout chamboulé, y compris le roman. Paula était blonde, timide, élancée et diaphane, une de ces trentenaires froides et disciplinées dont l'apparence hautaine n'est que le masque évident d'un impérieux besoin d'affection. Elle venait de se séparer de son premier mari et travaillait pour les pages culturelles du journal ; comme j'allais rarement dans les bureaux de la rédaction, j'ai mis du temps à faire sa connaissance, mais quand cela s'est produit j'ai compris que le père de Rodney avait raison et que tomber amoureux, c'est se laisser vaincre à la fois par le délire et par une maladie que seul le temps est capable de guérir. Je veux dire par là que je suis tombé amoureux de Paula au point que, dès notre rencontre, j'ai eu la certitude, propre à tous les amoureux, que c'était la première fois que j'étais amoureux. Notre idylle a été merveilleuse et exténuante mais elle a surtout été un délire et, comme un délire en entraîne un autre, au bout de quelques mois je suis allé vivre avec Paula, puis nous nous sommes mariés et puis nous avons eu un fils, Gabriel. Tout cela a eu lieu dans un laps de temps très bref (ou dans ce qui m'a paru être un laps de temps très bref) et, quand j'ai ouvert les yeux, je vivais déjà dans une petite maison accolée à d'autres, avec un jardin et beaucoup de soleil, dans un quartier résidentiel de la banlieue de Gérone, et j'étais devenu d'un coup le personnage presque involontaire d'une insipide représentation du bien-être provincial que je n'aurais même pas imaginé dans le pire de mes cauchemars de jeune aspirant écrivain saturé de rêves de triomphe.

Mais, à ma grande surprise, la décision de changer de ville et de vie a été la bonne. En théorie, nous l'avions prise parce que Gérone était moins chère et plus tranquille que Barcelone, à une heure seulement du centre de la capitale, mais à l'usage, et avec le temps, j'ai découvert que les avantages ne s'arrêtaient pas là : à Gérone, le salaire que gagnait Paula au journal arrivait presque à couvrir les besoins de la famille, j'ai donc pu très vite abandonner mon travail à l'université et les articles de presse pour me consacrer entièrement à l'écriture de mes livres ; il faut ajouter qu'à Gérone nous pouvions en toutes circonstances compter sur l'aide de parents et d'amis avec des enfants, et qu'il n'y avait guère de distractions, si bien que notre vie sociale était inexistante. En plus, comme Paula allait chaque jour à Barcelone, je m'occupais de la maison et de Gabriel, ce qui me laissait beaucoup de temps pour mon travail.

Grâce à cette conjugaison de circonstances favorables, j'ai vécu les années les plus heureuses de ma vie et écrit quatre livres, deux romans, un recueil de chroniques et un essai. Il est vrai qu'ils sont tous passés inaperçus, autant que le premier, mais il est vrai aussi que je ne vivais pas cette invisibilité comme une frustration, encore moins comme un échec. D'abord, en raison d'un mélange défensif d'humilité, d'orgueil et de lâcheté : si je n'étais pas agacé par le fait que mes livres ne méritaient pas plus d'attention, c'est parce que je croyais tout simplement qu'ils n'en méritaient pas et que très peu de lecteurs étaient capables de les apprécier, mais c'est aussi parce que je craignais secrètement que s'ils recevaient plus d'attention qu'ils n'en méritaient ils ne finissent par révéler fatalement leur flagrante indigence. Et puis, je l'avais déjà compris, si j'étais écrivain, c'était parce que j'étais devenu un cinglé ayant pour obligation de regarder la réalité et la voyant parfois et, si j'avais choisi ce sale métier, c'était peut-être parce que je ne pouvais pas être autre chose : car, dans un certain sens, ce n'était pas moi qui avais choisi mon métier, c'était mon métier qui m'avait choisi.

Le temps a passé. Je commençais à oublier Urbana. En revanche, je n'ai pas pu oublier (ou pas tout à fait) les amis d'Urbana, surtout parce que, de temps à autre et sans que j'y sois pour rien, ils continuaient à me donner de leurs nouvelles. Le seul qui était encore à Urbana était John Borgheson, que j'ai revu à plusieurs reprises lors de ses rares visites à Barcelone et dont l'allure professorale me paraissait chaque fois plus vénérable et plus britannique. Felipe Vieri avait terminé ses études à l'université de

New York, où il avait réussi à décrocher un poste de professeur, et vivait à Greenwich Village, ayant réalisé son rêve de toujours : être un New-Yorkais jusqu'au bout des ongles. La vie de Laura Burns était plus turbulente et variée : elle avait terminé son doctorat à Urbana, s'était mariée avec un ingénieur informaticien de Hawaii, avait divorcé et, après être passée par différentes universités de la côte ouest, avait atterri à Oklahoma City où elle s'était remariée, cette fois avec un homme d'affaires qui lui avait fait quitter son travail et l'obligeait à vivre à cheval entre Oklahoma et Mexico. Quant à Rodrigo Ginés, lui aussi avait terminé son doctorat à Urbana et, après avoir enseigné deux ans à Purdue University, il était retourné au Chili, non pas à Santiago mais à Coyhiaque, dans le Sud du pays, où il s'était remarié et donnait des cours à l'université de Los Lagos.

Le seul dont je n'ai eu longtemps aucune nouvelle était Rodney, même si, chaque fois qu'il m'arrivait d'être en contact avec quelqu'un ayant été à Urbana à l'époque où j'y étais (ou immédiatement avant ou immédiatement après), je cherchais à savoir ce qu'il était devenu. Mais que je sois resté sans nouvelles de Rodney ne signifie pas que je l'avais oublié. Il serait, à présent, facile d'imaginer que je n'ai jamais cessé de penser à lui durant toutes ces années, or cela n'est que partiellement vrai. Certes, de temps en temps, je me demandais ce qu'il en était de Rodney et de son père, combien de temps mon ami avait mis à rentrer chez lui après sa disparition et combien de temps s'était écoulé avant qu'il ne reparte. Certes, en deux occasions au moins, j'ai été violemment saisi par le désir ou la nécessité de raconter son histoire et, chaque fois, j'époussetais les trois chemises noires fermées par un élastique que m'avait remises son père et je relisais les lettres qu'elles contenaient et les notes que j'avais prises, dès mon retour à Urbana, du récit qu'il m'avait fait cet après-midi-là à Rantoul ; il est vrai que je me suis aussi très bien documenté sur la guerre du Viêtnam en lisant tout ce qui me passait entre les mains sur le sujet, que j'ai pris des pages et des pages de notes, fait des plans, défini des personnages et projeté des scènes et des dialogues, mais, pour tout dire, il restait toujours des pièces isolées qui ne cadraient pas, des points obscurs impossibles à clarifier (surtout deux : que s'était-il passé à My Khe, qui était Tommy Birban), et sans doute est-ce à cause de cela que, chaque fois que je me décidais à commencer à écrire, j'abandonnais presque aussitôt, empêtré dans mon incapacité à doter d'un sens cette histoire qui, au fond, n'en avait peut-être pas (c'est du moins ce que j'imaginais à cette époque-là). C'était une impression étrange, comme si, en dépit du fait que le père de Rodney avait en quelque sorte fait de moi le responsable de l'histoire du désastre de son fils, je ne parvenais pas complètement à m'approprier cette histoire, comme si ce n'était pas à moi de la raconter et que je manquais par conséquent du courage, de la folie et du désespoir nécessaires, ou bien comme si elle demeurait toujours une histoire inachevée, qu'elle n'avait pas encore atteint le point d'ébullition, de maturité ou de cohérence qui fait qu'une histoire ne résiste plus obstinément à être écrite. Et il est vrai aussi que pendant des années j'ai été presque incapable de me mettre à écrire sans sentir, comme à Urbana pour mon premier roman raté, la respiration de

Rodney dans mon dos, sans imaginer ce qu'il aurait pensé de telle ou telle phrase, de tel ou tel adjectif – comme si l'ombre de Rodney était à la fois un juge furibond et un ange gardien –, et j'étais, bien sûr, encore moins capable de lire les écrivains favoris de Rodney – et j'en lisais beaucoup – sans discuter mentalement les goûts et les opinions de mon ami. Tout cela est vrai, mais il n'en reste pas moins qu'avec le temps le souvenir d'Urbana s'estompait comme la trace écumeuse d'un avion qui s'éloigne dans le bleu du ciel, et avec lui le souvenir de Rodney, si bien que lorsque mon ami est réapparu de façon inattendue j'étais convaincu que je n'écrirais jamais son histoire et que, à moins d'un hasard improbable, je ne le reverrais plus.

Cela s'est produit, il y a trois ans, mais non par hasard. Quelques mois plus tôt, j'avais publié un roman qui tournait autour d'un épisode infime de la guerre civile espagnole ; si ce n'est par sa thématique, ce roman n'était pas très différent des précédents – même s'il était plus complexe et plus intempestif, peut-être plus saugrenu – mais, à la surprise générale et à quelques exceptions près, la critique l'avait accueilli avec un certain enthousiasme et, peu après sa sortie, j'en avais vendu plus d'exemplaires que de tous mes livres précédents additionnés, ce qui, à vrai dire, ne suffisait pas à en faire un best-seller : il s'agissait tout au plus d'un *succès d'estime* retentissant et, en tout cas, plus que suffisant pour rendre heureux et même euphorique quelqu'un qui, comme moi, avait déjà commencé à sombrer dans le scepticisme vicieux de ces plumitifs quadragénaires ayant abandonné, depuis longtemps et en silence, les furieuses aspirations de gloire qu'ils nourrissaient dans leur jeunesse, résignés à la médiocrité dorée que l'avenir leur réserve, presque sans nostalgie et avec juste le cynisme nécessaire pour survivre avec une certaine dignité.

C'est alors, au beau milieu de ce bonheur inespéré, que Rodney est réapparu. Un samedi soir, au retour d'une tournée de promotion du livre dans plusieurs villes andalouses, Paula m'a accueilli en m'annonçant que Rodney était passé le jour même à Gérone.

— Qui ? me suis-je exclamé, sans pouvoir y croire.

— Rodney, répéta Paula. Rodney Falk. Ton ami d'Urbana.

J'avais souvent parlé de Rodney à Paula, évidemment, mais mon étonnement d'entendre de la bouche de ma femme ce prénom à la fois familier et étranger n'en a pas été moindre pour autant. Paula s'est mise ensuite à me raconter la visite de Rodney. Vers dix heures du matin, a-t-elle dit, la sonnette de la maison avait retenti ; comme elle n'attendait personne, elle avait d'abord regardé à travers le judas et avait été si alarmée en voyant de l'autre côté de la porte un inconnu assez corpulent, avec l'œil droit caché par un morceau de tissu, qu'elle avait failli se taire et ne pas ouvrir. Mais sa curiosité avait été plus forte que son inquiétude et elle avait fini par lui demander qui il était. Rodney s'était présenté, avait demandé si j'étais là, s'était présenté de nouveau, et Paula, s'étant enfin souvenu de lui, lui avait ouvert la porte, lui avait dit que j'étais en voyage, l'avait invité à entrer, lui avait proposé un café. Pendant qu'ils buvaient, sous l'œil attentif de Gabriel qui se tenait prudemment à distance, Rodney avait raconté qu'il voyageait à travers l'Espagne depuis une semaine et qu'il était arrivé à Barcelone trois jours plus tôt, qu'il avait vu mon dernier livre dans une librairie, l'avait acheté, l'avait lu, avait appelé ma maison d'édition et, après avoir beaucoup insisté et raconté une histoire à l'une des attachées de presse, il avait réussi à obtenir mon adresse. Il n'en a pas fallu beaucoup pour que Gabriel abandonne sa méfiance initiale et sympathise très vite avec mon ami – selon Paula, il avait peut-être trouvé drôle le castillan orthopédique de Rodney ou son impossible catalan appris avec moi à Urbana, ou bien Rodney avait eu l'intelligence ou l'instinct de le traiter comme un adulte, ce qui est la meilleure façon de plaire aux enfants –, si bien qu'avant même que Paula s'en rende compte Gabriel et Rodney étaient déjà en train de jouer au ping-pong dans le jardin. Ils ont passé la journée tous les trois : ils ont mangé à la maison, se sont promenés dans la vieille ville et ont joué un bon moment au baby-foot dans un café de la place Sant Domènec, un jeu qui passionnait Gabriel et que Rodney ignorait complètement, ce qui ne l'a pas empêché, toujours selon Paula, de jouer avec l'ardeur du néophyte et de pousser des cris de joie à chaque but, tout en prenant Gabriel dans ses bras pour le lever en l'air et l'embrasser. Aussi, quand Rodney leur a annoncé à la fin de l'après-midi qu'il devait partir, Gabriel et Paula ont essayé en vain de le faire changer d'avis, en l'assurant que dans quelques heures tout au plus je serais de retour ; Rodney a prétexté que la nuit même il devait prendre à Barcelone un train pour Pampelune où il avait prévu de passer les fêtes de San Fermín.

— C'est là qu'il loge, a dit Paula à la fin de son récit, en me tendant un bout de papier avec un nom et un numéro de téléphone griffonnés de l'écriture pointue et inimitable de Rodney. Hôtel *Albret.*

Cette nuit-là, une double inquiétude m'a tenu en éveil, qui n'était liée que pour moitié à la visite de Rodney. D'un côté, cela faisait à peine vingt-quatre heures que j'avais couché avec une romancière locale chargée de présenter mon livre à Málaga ; ce n'était pas la première fois, ces derniers temps, que je trompais Paula, mais après chaque infidélité les remords s'acharnaient à me torturer pendant des jours. De l'autre, la réapparition inopinée de Rodney, au moment précis de ma consécration comme écrivain, me troublait aussi, comme si je craignais que mon ami ne soit pas venu pour célébrer mon succès mais pour m'en dévoiler son côté bouffon et m'humilier en me rappelant mes ridicules débuts d'aspirant écrivain à Urbana. Je crois que je me suis endormi cette nuit-là sans avoir apaisé mes remords mais bien décidé à ne pas faire signe à Rodney et à oublier sa visite le plus vite possible.

Pourtant le lendemain, on aurait dit qu'à la maison il n'y avait pas d'autre sujet de conversation que Rodney. Paula et Gabriel m'ont raconté notamment que mon ami résidait à Burlington, une ville de l'Etat du Vermont, qu'il avait une femme et venait d'avoir un fils, et qu'il travaillait dans une agence immobilière. Je ne sais pas ce qui m'a le plus surpris : le fait que Rodney, toujours si peu enclin à me parler de sa vie privée, en avait parlé à Paula et à Gabriel, ou le fait non moins insolite que Rodney menait à présent, à en juger par ce qu'il avait raconté à ma femme et à mon fils, une vie tranquille de père de famille, incompatible avec l'homme secrètement rongé par son passé que, sans que personne n'ait pu le soupçonner, il était encore à Urbana, comme si le temps qui s'était écoulé avait fini par guérir ses blessures de guerre et lui avait permis de sortir de l'interminable tunnel de malheur dans lequel il avait cheminé seul et dans le noir pendant trente ans. Le lundi, Paula a fait développer les photos qu'elle et Gabriel avaient prises avec Rodney ; c'étaient des photos heureuses : sur la plupart, on ne voyait que Gabriel et Rodney (sur l'une, ils jouaient au baby-foot ; sur une autre, ils étaient assis sur les marches de la cathédrale ; sur une autre encore, ils se promenaient sur la Rambla, main dans la main) ; il y en avait deux où on voyait aussi Paula : une photo avait été prise sur le pont des Peixeteries Velles, l'autre à l'entrée de la gare, juste avant que Rodney ne prenne son train. Finalement, le mardi matin, après avoir beaucoup hésité, je me suis décidé à l'appeler. Si je l'ai fait, ce n'est pas parce que, durant ces trois jours, Gabriel et Paula n'avaient cessé de me demander si je l'avais eu au téléphone, mais pour trois raisons, différentes bien que complémentaires : premièrement, c'est que je m'étais rendu compte que j'avais envie de parler avec Rodney ; deuxièmement, j'avais fini par comprendre que la crainte que Rodney ne soit venu pour me gâcher la joie de mon succès était absurde et mesquine ; troisièmement – et cette raison n'est pas la moindre –, cela faisait plus de six mois que je n'avais pas écrit une seule ligne, et à un moment donné l'idée m'était venue que, si j'arrivais à parler avec lui de son séjour au Viêtnam et à éclaircir les points obscurs de cette histoire telle que je la connaissais à travers les témoignages de son père et les lettres envoyées du front par Rodney

d'un tissu à fleurs identique à celui des rideaux ouverts sur un échangeur d'autoroute, sur un coin profusément arboré de la Casa de Campo et, au-delà, sur les avant-derniers faubourgs de la ville, je m'attendais à tout moment que Rodney frappe à la porte et je m'amusais à imaginer ce qu'allait être notre rencontre. Je me demandais si Rodney avait changé et comment depuis la dernière fois que je l'avais vu, une nuit d'hiver quatorze ans plus tôt, sur le trottoir enneigé du *Treno's* ; je me demandais si son père lui avait parlé de ma visite à Rantoul et de ce qu'il m'avait raconté à son sujet ; je me demandais s'il accepterait de me parler de ses années au Viêtnam, de m'expliquer ce qui s'était passé à My Khe, qui était Tommy Birban ; je me demandais pourquoi il avait pris la peine de venir me voir à Gérone et ce qu'il pensait de mon roman. Vers neuf heures, rongé d'impatience et fatigué de me poser des questions, j'ai fini par descendre et demandé au réceptionniste de dire à Rodney, quand il serait de retour, que je l'attendais au café.

Le café était plein de gens. Je me suis assis à la seule table libre, ai commandé une bière et me suis plongé dans le roman que j'avais apporté avec moi. Après plusieurs bières, j'ai commandé un sandwich, puis un café et un double whisky. Le temps passait ; les gens entraient et sortaient, mais Rodney n'apparaissait toujours pas. Quand j'ai demandé un autre café, il devait être bien tard, car l'effet euphorisant du whisky et du premier café s'était déjà dissipé. "Je suis désolé, a répondu le serveur. Nous allons fermer." J'ai réussi à le convaincre de me donner le café dans un verre en plastique que j'ai emporté au salon où le réceptionniste s'occupait à ce moment-là d'un couple de touristes retardataires. Quelques heures plus tôt, quand j'étais descendu dîner, le salon était abondamment éclairé par une rangée de spots encastrés dans le plafond mais, à présent, il était envahi par l'obscurité que seules atténuaient la lumière venant de la réception et celle d'une paire de lampadaires dont les cercles lumineux parvenaient à peine à arracher à la pénombre les gravures du vieux Madrid, les reproductions de Goya et les natures mortes sans grâce qui décoraient les murs. Je me suis assis sous un des lampadaires, tournant le dos à la baie vitrée qui courait d'un bout à l'autre du salon, et presque en face de l'escalier venant du hall, à côté duquel une horloge indiquait deux heures du matin ; plus loin, sous le second lampadaire, un homme solitaire regardait un film en noir et blanc à la télé. L'homme n'a pas tardé à éteindre le poste et à prendre l'ascenseur pour monter dans sa chambre. Cela faisait un bon moment que le réceptionniste s'était débarrassé du couple de touristes et qu'il somnolait derrière son comptoir. Je suis resté là à attendre, découragé par la fatigue et le sommeil et, levant les yeux de mon livre, je me suis demandé si Rodney ne s'était pas éclipsé une nouvelle fois et s'il ne serait pas plus raisonnable d'aller me coucher.

Il est apparu peu après. J'ai entendu la porte du hall s'ouvrir et, comme chaque fois, je suis resté un moment aux aguets, puis j'ai vu Rodney surgir de la pénombre de l'escalier et se diriger de son pas rapide et saccadé vers le comptoir de la réception sans s'apercevoir de ma présence. Pendant que Rodney réveillait le réceptionniste qui somnolait, j'ai senti mon cœur battre la chamade : j'ai laissé le livre sur la table basse, me suis levé et suis resté là, debout, sans parvenir à faire un pas ou à dire quoi que ce soit, comme ensorcelé par l'apparition tant attendue de mon ami. La voix du réceptionniste rompant le silence m'a sorti de mon engourdissement.

— Ce monsieur vous attend, a-t-il dit en me montrant à Rodney par-dessus son épaule.

Rodney s'est retourné et, après quelques secondes d'hésitation, s'est mis à marcher dans ma direction, explorant la pénombre du salon d'un regard plus scrutateur qu'étonné, comme si ses yeux fatigués n'arrivaient pas à me reconnaître.

— Tiens, tiens, tiens, a-t-il grogné sourdement, à quelques pas de moi, en souriant de toutes ses mauvaises dents et en ouvrant ses bras comme les ailes d'un moulin. Je n'en reviens pas. L'illustre écrivain en personne. Mais est-ce qu'on peut savoir ce que tu fous ici ?

Il ne m'a pas laissé répondre : il m'a serré dans ses bras.

— Ça fait longtemps que tu attends ? a-t-il demandé encore une fois.

— Ça fait un moment, ai-je répondu. J'ai appelé hier au numéro de Pampelune que tu as donné à Paula et on m'a dit que tu étais ici. J'ai essayé de te contacter, mais sans succès, cet après-midi j'ai donc pris un avion et je suis venu à Madrid.

— Rien que pour me voir ? a-t-il dit en feignant d'être surpris tout en me secouant les épaules. Tu aurais pu au moins prévenir que tu allais venir. Je t'aurais attendu.

Comme pour s'excuser, Rodney m'a raconté les circonstances qui avaient bouleversé son plan de voyage. Au début, a-t-il expliqué, son projet était de passer la semaine de San Fermín à Pampelune, mais quand, le dimanche précédent, il était arrivé en ville et s'était installé à l'*Albret* – un hôtel assez éloigné du centre, proche de la clinique universitaire –, il avait compris qu'il avait fait une erreur et que ce n'était pas la peine de courir le risque de voir les *sanfermines* réels gâcher les rayonnants *sanfermines* imaginaires qu'il avait en mémoire grâce à Hemingway. Aussi, le lendemain, il avait refait ses bagages, annulé la réservation de l'hôtel et, sans même jeter un coup d'œil à la ville en fête, il était parti pour Madrid. Après avoir raconté cela, Rodney m'a décrit par le menu l'itinéraire tortueux de son voyage à travers l'Espagne, puis il a parlé avec enthousiasme de sa visite à Gérone, de Gabriel et de Paula. Pendant ce temps, j'essayais de superposer au souvenir flou que je conservais de lui l'homme réel que j'avais à présent devant moi ; malgré les années qui s'étaient écoulées depuis la dernière fois que je l'avais vu, les deux coïncidaient sans qu'il soit presque nécessaire de procéder à un quelconque ajustement, car durant tout ce temps le physique de Rodney n'avait pas beaucoup changé : peut-être les kilos pris lui donnaient-ils un aspect moins anguleux ou plus vulnérable, peut-être ses traits s'étaient-ils estompés un peu, peut-être son corps penchait-il un peu plus à droite, mais il était habillé avec la même négligence militante de toujours – chaussures de sport, jean usé, chemise bleue à carreaux –, et ses cheveux longs, rougeâtres et un peu chaotiques, l'inquiétude permanente de ses yeux, chacun d'une couleur presque différente, et sa corpulence disloquée de pachyderme lui donnaient toujours ce même air d'égarement qui dans mon souvenir était le sien.

A un moment donné, Rodney a brusquement interrompu son récit.

— Demain à sept heures, je prends le train pour Séville, a-t-il dit. On a toute la nuit devant nous. On va prendre quelque chose ?

Nous avons demandé au concierge de nous indiquer un café à proximité où prendre un verre, mais il nous a dit qu'à cette heure-ci tout était fermé dans le quartier et qu'au centre il n'y avait que les discothèques qui seraient ouvertes. Contrariés, nous lui avons demandé s'il pouvait nous servir quelque chose dans le salon.

— Non, je suis désolé, a-t-il dit. Mais, si vous voulez, il y a une machine à café au premier étage.

Nous sommes montés au premier étage en nous moquant des "interminables nuits madrilènes" que, selon Rodney, vantaient les guides touristiques, puis, avec le breuvage expédié par la machine à café, nous sommes retournés nous asseoir sur le canapé du salon où je l'avais attendu. Rodney n'a pas résisté à la tentation de jeter un coup d'œil sur la couverture du roman posé sur la table ; en remarquant sa moue perplexe, moi non plus je n'ai pas résisté à la tentation de lui demander s'il en connaissait l'auteur.

— Bien sûr, a-t-il répondu. Mais il est trop intelligent pour moi. En réalité, je crains qu'il ne soit trop intelligent pour être un bon romancier. Il ne cesse de montrer à quel point il est intelligent, au lieu de laisser le roman l'être lui-même. Après une gorgée de café, il s'est enfoncé dans le canapé et a continué : A propos de romans, je suppose que tu es déjà en passe de devenir un crétin ou un fils de pute, pas vrai ?

Je l'ai regardé sans comprendre.

— Allons, ne fais pas cette tête, a-t-il ri. C'était une blague. Mais, après tout, les types qui ont du succès finissent tous par le devenir, non ?

— Je n'en suis pas sûr, me suis-je défendu. Peut-être le succès fait-il seulement sortir le crétin ou le fils de pute que certains portent en eux. Ce n'est pas la même chose. En plus, je suis désolé de te le dire, mais mon succès est trop insignifiant : il n'en est même pas un.

— Ne sois pas si optimiste, a-t-il insisté. Depuis que je suis en Espagne, on m'a déjà parlé deux ou trois fois de ton livre. *Malum signum.* A propos : Paula t'a dit que, même moi, je l'avais lu ?

J'ai acquiescé et, pour ne pas m'humilier en lui demandant trop vite ce qu'il en pensait, j'ai fini mon café d'un trait et pris une cigarette. Rodney s'est penché vers moi avec son vieux Zippo jauni et rouillé qu'il conservait du Viêtnam.

— Eh bien, à vrai dire, je crois les avoir tous lus.

Je me suis étouffé avec la première bouffée.

— Tous ? ai-je demandé, une fois que j'ai cessé de tousser.

— Je crois que oui, a-t-il dit après avoir allumé lui aussi une cigarette. De fait, je crois que je me suis fait un remarquable spécialiste de ton œuvre. "Œuvre" en majuscules ou en minuscules ?

— Va te faire foutre.

Rodney a ri de nouveau, heureux. Il paraissait réellement content que nous soyons ensemble ;

je l'étais aussi mais moins, sans doute, car les provocations de Rodney ne me permettaient pas d'écarter complètement la crainte paranoïaque que mon ami ne soit venu des Etats-Unis que pour tourner en ridicule mon succès ou, du moins, pour me remettre à ma place. Peut-être pour écarter complètement cette crainte, ou pour la confirmer, vu que Rodney ne semblait pas prêt à continuer, j'ai demandé :

— Alors, tu ne vas pas me dire ce que tu en penses ?

— De ton dernier roman ?

— De mon dernier roman.

— Je l'ai trouvé bon, a dit Rodney en faisant un vague geste d'approbation et en me regardant de ses yeux bruns et réjouis. Mais je peux te dire la vérité ?

— Bien sûr, ai-je dit en maudissant l'instant où l'idée m'était venue de venir à Madrid à la recherche de Rodney. A condition qu'elle ne soit pas trop insultante.

— Bon, la vérité, c'est que je préfère ton premier roman, a-t-il dit. Celui d'Urbana, je veux dire. Comment s'appelle-t-il déjà ?

— *A petites foulées.*

— C'est ça.

— Je m'en réjouis, ai-je menti en pensant à Marcelo Cuartero ou au disciple de Marcelo Cuartero qui en avait parlé. J'ai un ami qui en pense la même chose. Je crois qu'il a été le seul à le lire. Dans son papier, il disait plus ou moins qu'entre Cervantès et moi il y avait un vide immense dans la littérature universelle.

Rodney a éclaté de rire en faisant voir ses mauvaises dents.

— Ce qui me plaît, c'est qu'il a l'air d'être un roman intellectuel, alors qu'en réalité il est plein de sentiments, a-t-il dit ensuite. En revanche, le dernier a l'air d'être plein de sentiments, mais en fait il est trop intellectuel.

— Juste le contraire de ce que pensent les critiques qui ne l'ont pas aimé. Ils disent que c'est un roman sentimental.

— Non, c'est vrai ? Alors, j'ai raison. Aujourd'hui, quand un couillon veut démolir un roman, il dit qu'il est sentimental. Les couillons ne comprennent pas qu'écrire un roman, c'est choisir les mots les plus émouvants pour provoquer la plus grande émotion possible ; ils ne comprennent pas non plus que le sentiment, c'est une chose et que le sentimentalisme, c'en est une autre, que le sentimentalisme, c'est l'échec du sentiment. Et, comme les écrivains sont des lâches qui n'osent pas contredire les couillons qui ont le pouvoir et qui ont proscrit le sentiment et l'émotion, le résultat, ce sont tous ces petits romans corrects, froids, ternes et sans vie qui paraissent directement sortir du guichet d'un fonctionnaire d'avant-garde pour complaire aux critiques… Rodney a tiré avec avidité une bouffée de sa cigarette et, pendant quelques secondes, il a eu l'air absent. Mais dis-moi, a-t-il ajouté ensuite, en me regardant tout à coup droit dans les yeux. Le professeur cinglé du roman, c'est bien moi, n'est-ce pas ?

La question n'aurait pas dû me prendre au dépourvu. J'ai déjà dit que dans mon roman d'Urbana il y avait un personnage presque condamné dont l'aspect excentrique était inspiré par celui de Rodney ; je me suis rappelé à ce moment-là que, tandis que j'écrivais le roman, j'imaginais souvent qu'au cas improbable où il le lirait Rodney ne manquerait pas de s'y reconnaître. Pour gagner du temps, je suppose, et pour trouver une réponse convaincante qui, sans trahir la vérité, ne le blesserait pas, j'ai demandé :

— Quel professeur ? Quel roman ?

— De quel autre roman peut-il s'agir ? a répondu Rodney. *A petites foulées.* Olalde, c'est moi ?

— Olalde, c'est Olalde, ai-je improvisé. Et toi, c'est toi.

— A d'autres ! a-t-il dit en castillan, comme s'il venait d'apprendre l'expression et de l'employer pour la première fois. Ne viens pas me raconter que les romans sont une chose et la vie une autre, a-t-il continué, en reprenant l'anglais. Tous les romans sont autobiographiques, mon ami, même les mauvais. Et quant à Olalde, eh bien, je crois que c'est ce qu'il y a de mieux dans le livre. Mais ce qui m'amuse le plus, à vrai dire, c'est que tu me voies comme ça.

— Comment ? ai-je demandé sans plus essayer de cacher l'évidence.

— Comme le seul qui comprenne vraiment ce qui se passe.

— Et pourquoi ça t'amuse ?

— Parce que c'est exactement comme ça que je me voyais.

Nous nous sommes alors mis à rire tous les deux et j'en ai profité pour détourner la conversation. Evidemment, j'avais envie de lui parler du Viêtnam et de mes tentatives infructueuses de raconter son histoire mais, pensant que cela pouvait être contre-productif, car précipité ou prématuré, et pouvait le dissuader d'aborder un sujet dont il n'avait jamais voulu parler avec moi, j'ai décidé d'attendre, convaincu que la nuit finirait par me donner une occasion favorable, sans que cette rencontre entre amis ne se transforme en interrogatoire et ne fasse naître chez Rodney le soupçon pas tout à fait infondé que je n'étais venu le voir que pour lui soutirer quelque chose. Si bien qu'essayant de retrouver dans le petit matin d'été de cet hôtel madrilène la complicité des nuits d'hiver au *Treno's* – avec la neige fouettant les fenêtres et ZZ Top ou Bob Dylan résonnant dans les haut-parleurs – je me suis débrouillé pour qu'on parle d'Urbana : de John Borgheson, de Giuseppe Rota, du Chinois Wong et de l'Américain patibulaire dont nous avions tous les deux oublié le nom, ou que nous n'avions jamais su, de Rodrigo Ginés, de Laura Burns, de Felipe Vieri, de Frank Solaún. Puis, nous avons longuement parlé de Gabriel et de Paula, et je lui ai résumé ma vie à Urbana après sa disparition et aussi ma vie à Barcelone et à Gérone après la disparition d'Urbana, et ensuite, sans que je le lui demande, Rodney m'a raconté, en ajoutant quelques détails, ce que je savais déjà par Paula : que depuis presque dix ans il vivait à Burlington, dans l'Etat du Vermont, qu'il avait un fils (qui s'appelait Dan) et une femme (qui s'appelait Jenny), qu'il était employé dans une agence immobilière ; il m'a aussi raconté qu'il allait savoir dans les prochains jours si on lui avait donné le poste d'instituteur dans une école publique de Rantoul, ce qu'il souhaitait ardemment, a-t-il souligné, parce qu'il avait très envie de retourner vivre dans sa ville natale. A peine avait-il prononcé le nom de Rantoul que j'ai compris qu'il fallait sauter sur l'occasion.

— Je la connais, ai-je dit.

— C'est vrai ?

— Oui. Lorsque tu as cessé de donner tes cours à Urbana, je suis allé te chercher chez toi.

J'ai un peu vu la ville, mais j'ai surtout vu ton père. Je suppose qu'il t'en a parlé.

— Non, a dit Rodney. Mais c'est normal. Ça aurait été étonnant qu'il me le raconte.

— J'espère qu'il va bien, lui ai-je demandé pour dire quelque chose.

Rodney a mis du temps à me répondre ; assailli, sous la lumière jaunâtre du lampadaire, par l'obscurité du salon, il a soudain semblé fatigué et avoir sommeil, ou peut-être brusquement excédé, comme si rien ne pouvait moins l'intéresser que de parler de son père. Il a dit :

— Ça fait trois ans qu'il est mort.

J'allais me lancer dans quelque formule de condoléances quand Rodney est intervenu :

— Ne t'en fais pas. Il n'y a pas de quoi se désoler. Depuis pas mal d'années, mon père ne faisait rien d'autre que se tourmenter. Maintenant, au moins, il ne se tourmente plus.

Rodney a allumé une autre cigarette. J'ai cru qu'il allait changer de sujet, mais ça n'a pas été le cas ; un peu surpris, je l'ai entendu continuer :

— Alors tu es allé le voir. J'ai acquiescé. Et vous avez parlé de quoi ?

— La première fois, de rien, ai-je expliqué, choisissant soigneusement mes mots. Il n'a pas voulu. Mais quelque temps après il m'a appelé et je suis allé le voir. Il m'a alors raconté une histoire.

C'était Rodney qui me regardait à présent avec curiosité, levant des sourcils inquisiteurs. J'ai dit alors :

— Attends. Je voudrais te montrer quelque chose.

Je me suis levé, suis passé à toute allure devant le concierge qui a fait un bond dans son sommeil, ai pris l'ascenseur, suis allé dans ma chambre, ai saisi les trois chemises noires, suis redescendu au salon et les ai posées sur la table, devant Rodney. Avec un brin d'ironie dans les yeux et dans la voix, mon ami a demandé :

— Qu'est-ce que c'est ?

Je n'ai rien dit : je me suis contenté de montrer les chemises. Rodney a ouvert l'une d'elles, a observé la liasse d'enveloppes rangées chronologiquement, en a pris une, a lu l'adresse du destinataire et celle de l'expéditeur, m'a regardé, a sorti la lettre de l'enveloppe et, pendant qu'il essayait de déchiffrer sa propre écriture sur le papier défraîchi de l'armée américaine, et parce que le silence se prolongeait, j'ai demandé :

— Tu les reconnais ?

Rodney m'a lancé un regard, cette fois-ci fugace et, sans répondre, a posé la lettre sur la table, a pris une autre enveloppe, en a sorti une autre lettre, s'est aussi mis à la lire.

— Mon père te les a données ? a-t-il murmuré, me montrant celle qu'il tenait dans la main. Je n'ai pas répondu. C'est bizarre, a-t-il dit au bout de quelques secondes.

— Qu'est-ce qui est bizarre ?

— Qu'elles soient ici, à Madrid, a-t-il répondu sans quitter les lettres des yeux. Que ce soit moi qui les ai écrites et que je ne les comprenne plus. Que mon père te les ait données.

Il a lentement remis les lettres dans les enveloppes, et les enveloppes dans les chemises qu'il a ensuite fermées et a demandé :

— Tu les as lues ?

J'ai dit que oui. Il a acquiescé, indifférent, oubliant les lettres et s'est affalé de nouveau dans le canapé. Après une pause, il m'a redemandé avec un semblant d'intérêt :

— Et qu'est-ce que tu en as pensé ?

— De ça ? ai-je dit en montrant les chemises.

— De mon père, m'a-t-il corrigé.

— Je ne sais pas, ai-je avoué. Je ne l'ai vu que deux fois. Je n'ai pas pu me faire une opinion sur lui. Mais je crois qu'il n'était pas sûr d'avoir bien agi.

— Par rapport à quoi ?

— Par rapport à toi.

— Ah. Il a faiblement souri : sur son visage, il n'y avait plus la moindre trace de la vivacité qui l'animait l'instant d'avant. Là, tu te trompes. En réalité, il n'a jamais été sûr d'avoir bien agi. Ni avec moi ni avec personne. Les gens comme lui ne le sont jamais.

— Je ne comprends pas, ai-je dit.

Rodney a haussé les épaules ; il a ajouté, en guise d'explication :

— Je ne sais pas, en fin de compte, peut-être bien qu'il n'y a que deux types de personnes : celles qui agissent mal et croient toujours bien agir, et celles qui agissent bien et croient toujours agir mal. Au début, mon père faisait partie de la première catégorie et ensuite il est devenu un champion de la seconde. Je suppose que ça arrive à beaucoup de gens. Il a nerveusement passé sa main dans ses cheveux en bataille et, pendant un instant, il a eu l'air de vouloir rire, mais il n'a pas ri. Ce que je veux dire, c'est qu'à un moment donné mon père ne m'a plus donné beaucoup d'occasions de me sentir fier de lui. Evidemment, moi non plus je ne lui en ai pas beaucoup donné. De sorte que tout n'a été, je suppose, qu'un fichu malentendu. Mais bon, ce genre de chose arrive à tout le monde. Il a soupiré et continuait à sourire, tout en éteignant sa cigarette dans le cendrier plein de mégots. Esquissant le geste de se lever du canapé, il a montré l'horloge à côté de l'escalier : elle indiquait cinq heures. Enfin, je t'embête. Cette histoire n'intéresse plus personne et il faudrait que je dorme un peu, tu ne crois pas ?

Mais je n'étais pas prêt à laisser s'échapper cette occasion. Je lui ai dit d'attendre un peu, que cette histoire m'intéressait moi. Un peu surpris, Rodney m'a interrogé du regard avec une espèce de candeur malicieuse. Alors, conscient que c'était le moment de jouer le tout pour le tout, je lui ai raconté d'un trait que son père m'avait appelé à Rantoul pour précisément me parler de cette histoire, je lui ai dit ce que son père m'avait raconté et lui ai demandé quelle était, à son avis, la raison pour laquelle il l'avait fait, et pourquoi, de plus, il m'avait donné ces lettres. Rodney m'a écouté attentivement et s'est une nouvelle fois enfoncé dans le canapé ; après un long silence, durant lequel son regard s'est perdu au-delà du cercle de lumière qui nous tenait à l'écart de l'obscurité du salon, il m'a regardé une nouvelle fois et a éclaté de rire.

— Pourquoi tu ris ? ai-je demandé.

— Parce que, à moins que tu n'aies beaucoup changé, ta question est rhétorique.

— Qu'est-ce que tu veux dire ?

— Tu sais parfaitement ce que je veux dire, a-t-il répondu. Ce que je veux dire, c'est que, après avoir parlé avec mon père, tu es parti de chez moi convaincu que ce qu'il voulait, c'était que tu racontes mon histoire, ou que c'était toi, du moins, qui devais la raconter. Je me trompe ?

Je n'ai pas rougi ; je n'ai pas non plus nié la vérité. Rodney a eu un mouvement de tête qui semblait exprimer un reproche mais qui, en réalité, était un geste de moquerie.

— La présomption, a-t-il marmotté. La foutue présomption des écrivains. Il est resté silencieux durant un moment et a dit, en me regardant dans les yeux : Et alors ?

— Alors quoi ?

— Alors pourquoi tu ne l'as pas racontée ?

— J'ai essayé, ai-je avoué. Mais je n'ai pas pu. Ou plutôt je n'ai pas su.

— Ah bon, a dit Rodney, comme si ma réponse l'avait déçu, puis il a demandé : Dis-moi une chose. Mon père, qu'est-ce qu'il t'a raconté ?

— Je te l'ai déjà dit : tout.

— C'est quoi, tout ?

— Ce qu'il savait, ce que tu lui avais raconté, ce qu'il imaginait, ce qu'il y a dans les lettres, ai-je expliqué. Il m'a aussi raconté qu'il y avait des choses qu'il ne savait pas. Il m'a parlé d'un incident dans un village, par exemple. My Khe, c'était son nom. Il ne savait pas ce qui s'y était passé, mais il m'a expliqué qu'après cet incident tu étais resté un certain temps dans un hôpital, et qu'ensuite tu avais regagné le front. Enfin, ça aussi, c'est dans les lettres.

— Tu les as toutes lues, a dit Rodney comme si c'était une question.

— Bien sûr, ai-je dit. Ton père me les a données pour que je les lise. En plus, je t'ai déjà dit qu'à un moment donné j'ai voulu raconter cette histoire.

— Pourquoi ?

— Et pourquoi raconte-t-on des histoires ? Parce qu'elle m'obsédait. Parce que je ne la comprenais pas. Parce que je m'en sentais responsable.

— Responsable ?

— Oui, ai-je dit et j'ai ajouté, presque sans m'en rendre compte : Peut-être qu'on n'est pas seulement responsable de ce qu'on fait, mais aussi de ce qu'on voit, de ce qu'on lit ou de ce qu'on entend.

Mais j'ai aussitôt regretté d'avoir prononcé cette phrase. La réaction de Rodney m'a confirmé que c'était une erreur : ses lèvres ont esquissé un sourire narquois qui s'est immédiatement évanoui et, avant même que je puisse me corriger, mon ami avait commencé à parler en détachant ses mots, comme possédé par une rage sarcastique et contenue.

— Ah, la belle phrase ! a-t-il dit. Comme vous aimez les belles phrases, vous, les écrivains ! Dans ton dernier bouquin, il y en a quelques-unes. Des franchement belles. Si belles qu'elles semblent même vraies. Sauf que, bien sûr, elles ne le sont pas, elles sont seulement belles. Ce qui est étonnant, c'est que tu n'aies pas encore appris que bien écrire, c'est le contraire d'écrire de belles phrases. Aucune belle phrase n'est capable d'attraper la vérité. Peut-être même qu'aucune phrase n'en est capable, mais…

— Je n'ai pas dit que je voulais raconter la vérité, l'ai-je interrompu, irrité. J'ai seulement dit que je voulais raconter ton histoire.

— Et quelle est la différence ? a-t-il répondu en cherchant mon regard avec un triste air de défi. Les seules histoires qui valent la peine d'être racontées sont les histoires vraies et si tu n'as pas pu raconter la mienne, c'est parce qu'elle ne peut pas l'être.

Je n'ai rien dit. Je n'aurais pas dû, mais je n'ai rien dit. J'aurais dû lui dire : "Ça aussi, c'est une belle phrase, Rodney, et c'est peut-être la vérité." J'aurais dû lui dire : "Tu te trompes,

Rodney. Les seules histoires qui valent la peine d'être racontées sont celles qu'on ne peut pas raconter." J'aurais dû lui dire l'une de ces deux choses, ou peut-être les deux, mais je ne lui en ai dit aucune, je n'ai rien dit. J'ai eu envie de dormir, de manger, je me suis aperçu que la nuit laissait place à l'aurore, mais je ressentais surtout de la stupéfaction à être pris au piège par cette conversation avec Rodney que je n'aurais jamais crue possible, j'ai pensé que si je la poursuivais, c'était seulement parce que Rodney savait en secret qu'il me la devait, et peut-être aussi parce que, contre toute attente, le passage du temps avait fini par cautériser les interminables blessures de mon ami. J'ai laissé quelques secondes passer, j'ai allumé une cigarette et, après la première bouffée, je me suis entendu dire :

— Que s'est-il passé à My Khe, Rodney ?

Nous parlions presque à voix basse, mais dans la quiétude du salon la question a résonné comme un coup de feu. Cela faisait quatorze ans que je me la posais et, durant tout ce temps, j'avais découvert certains détails sur My Khe. J'avais appris, par exemple, que c'était aujourd'hui une vaste plage touristique, à quinze kilomètres de Quang Ngai, dans le district de Son Tihn, non loin du port de Sa Ky, un ruban de terre de sept kilomètres de long, coincé entre une sombre forêt de peupliers et les eaux transparentes du fleuve Kinh, dont j'avais vu de nombreuses photos offrant toutes les mêmes images anodines de loisir estival que n'importe quelle autre plage du monde : des femmes et des enfants en train de se baigner le long d'un calme rivage, une pente douce de sable fin hérissée de tables et de chaises en plastique rouge, une crête de collines se profilant paisiblement au loin contre un ciel aussi bleu que la mer ; j'avais appris aussi que trente-deux ans plus tôt, à côté de cette plage il y avait un village et qu'un jour de 1968 Rodney s'y était trouvé. Mais, bien que j'aie souvent imaginé ce qui s'était passé à My Khe – avec mon imagination alors corrompue par les reportages, les livres d'histoire, les romans, les documentaires et les films sur le Viêtnam –, je n'avais la certitude de rien. J'ai cru que Rodney avait lu dans mes pensées quand il m'a demandé, avec résignation ou indifférence :

— Tu ne l'imagines pas ?

— Si, plus ou moins, ai-je répondu, sincèrement. Mais je ne sais pas ce qui s'est passé.

— Tu n'as pas besoin de le savoir, m'a-t-il assuré. Ce que tu imagines, c'est ce qui s'est passé. Il s'est passé ce qui se passe dans toutes les guerres. Ni plus ni moins. My Khe n'est qu'une anecdote. En plus, au Viêtnam, il n'y a pas eu un My Khe : il y en a eu beaucoup. Ce qui s'est passé dans l'un s'est passé, plus ou moins, dans tous. Ça te va ?

Je n'ai rien dit.

— Non, bien sûr que non, a deviné Rodney en durcissant de nouveau sa voix, et il a ensuite continué comme s'il voulait que j'entende non pas ce qu'il disait mais ce qu'il voulait dire. Mais si tu y tiens tant, j'ai de quoi te satisfaire. Qu'est-ce que tu préfères ? Je connais beaucoup d'histoires. Moi aussi, j'ai de l'imagination. Dis-moi ce dont tu as besoin pour que ton histoire colle et que tu aies l'impression de la comprendre. Dis-le-moi, je te le raconte et on n'en parle plus, d'accord ? Mais avant, laisse-moi te prévenir : quoi que je te raconte, quoi que j'invente, tu n'arriveras jamais à comprendre que la seule chose qui importe, c'est que je ne veux pas de ta compassion. Tu comprends ? Ni de la tienne ni de celle de personne. Je n'en ai pas besoin. C'est la seule chose qui importe, en tout cas, la seule qui m'importe à moi. Tu comprends ?

J'ai acquiescé, m'en voulant d'avoir laissé la conversation en arriver là et, tandis que je fuyais le regard de Rodney, j'ai senti dans ma bouche un goût aigre de cendre ou de vieilles pièces de monnaie. Dans la baie vitrée donnant sur la gare de Príncipe Pío, le jour luttait déjà contre l'obscurité décroissante du crépuscule, balayant patiemment les ombres du salon. Cela faisait un moment que le gardien de nuit avait cessé de somnoler et qu'il s'affairait à l'intérieur de sa loge. J'ai échangé avec lui un regard vide et, me retournant vers Rodney, j'ai murmuré une excuse. Rodney a fait comme s'il n'avait rien entendu mais, au bout d'un long silence, il a soupiré et, à ce moment-là, j'ai cru deviner, à un changement à peine perceptible de son expression, ce qui allait se produire. Je ne me trompais pas. D'une voix apaisée et l'air fatigué, il a demandé :

— Tu veux vraiment que je te raconte ?

Conscient que j'avais gagné, ou que mon ami m'avait fait gagner, je n'ai rien dit. Alors, Rodney a croisé ses jambes et, après avoir réfléchi un instant, il s'est mis à me raconter son histoire. Il l'a fait d'une manière étrange, rapide, froide et précise à la fois ; j'ignorais s'il l'avait déjà racontée à quelqu'un mais, en l'écoutant, j'ai compris qu'il se l'était racontée à lui-même de nombreuses fois. La semaine précédant l'incident de My Khe, une patrouille de routine composée de soldats de sa compagnie avait été abordée par une jeune Vietnamienne qui, tout en s'accrochant à eux pour demander de l'aide avec des gestes pressants, avait laissé exploser une grenade à main qu'elle portait cachée dans ses vêtements ; en plus de l'adolescente, deux membres de la patrouille avaient péri déchiquetés, un autre avait perdu un œil et deux autres encore avaient été blessés, quoique moins gravement. Cet épisode les avait obligés à renforcer les mesures de sécurité, distillant dans l'unité une nervosité accrue qui expliquait peut-être en partie ce qui était ensuite arrivé.

Un matin, sa compagnie fut envoyée en mission de reconnaissance au village de My Khe pour vérifier une information, *a priori* fausse, selon laquelle des membres du Viêt-công s'y cachaient. Rodney se souvenait de tout comme dans un rêve brumeux : le Chinook qui le transportait survolant d'abord la mer, puis le sable pour finalement faire des cercles au-dessus de quelques champs paisibles, tandis que les paysans couraient vers la place du village, paniqués par les voix péremptoires que crachaient les haut-parleurs, l'atterrissage de l'hélicoptère près d'un cimetière puis le soleil aveuglant dans le bleu exemplaire du ciel et l'éclat des fleurs sur les rebords des fenêtres et une clameur diffuse ou lointaine de poules ou d'enfants dans l'air cristallin du matin pendant que les soldats se dispersaient à travers une impeccable géométrie de rues désertes jusqu'au moment où, sans qu'on sache très bien comment, ni pourquoi, ni qui en était l'initiateur, une fusillade éclata, un coup isolé d'abord puis, presque aussitôt, des rafales de mitraillette et, plus tard, des cris et des explosions, et en quelques secondes seulement une folle tempête de feu pulvérisa la miraculeuse quiétude du village et quand Rodney se dirigea vers l'endroit où il imaginait que le combat se déroulait, il entendit dans son dos la rumeur d'une foule en fuite ou prête à l'attaque et il se retourna et poussa un cri de fureur et d'effroi et il se mit à tirer, sans cesser de crier, et à tirer sans savoir pourquoi il criait, ni sur quoi il tirait, ni sur qui, à tirer, tirer, tirer, et aussi à crier, et quand il s'arrêta, la seule chose qu'il vit devant lui fut un amas inintelligible de vêtements et de cheveux trempés de sang et de mains et de pieds minuscules et arrachés et d'yeux sans vie ou encore suppliants, il vit une masse informe, humide et visqueuse qui échappa rapidement à sa compréhension, il vit toute l'horreur du monde concentrée sur quelques mètres carrés de mort et, incapable de supporter cette vision resplendissante, à partir de ce moment-là sa conscience abdiqua, et il ne garda de ce qui arriva ensuite, tel un rêve, qu'un très vague souvenir d'incendies et d'animaux éventrés et de vieillards en pleurs et de cadavres de femmes et d'enfants, leurs bouches ouvertes comme des viscères à l'air. Rodney ne se souvenait de rien d'autre et, durant les mois passés à l'hôpital aussi bien que pendant le reste de son séjour au Viêtnam, personne ne lui reparla de l'incident, et ce n'est que bien plus tard, quand le procès eut lieu aux Etats-Unis, que Rodney apprit ce qu'apprit aussi son père avant de me le raconter : qu'aucune bataille ne s'était livrée à My Khe, qu'aucun guérillero ne s'y cachait, qu'aucun des membres de sa compagnie n'avait même été blessé, et que l'épisode s'était soldé par la mort de cinquante-cinq Vietnamiens, en majorité des femmes, des vieux et des enfants.

Quand Rodney a eu fini de parler, nous sommes restés un moment en suspens, sans même oser nous regarder, comme si son récit nous avait emmenés dans un endroit où seule était réelle la peur, et que nous comptions sur l'apparition bienfaisante d'un visiteur qui nous rende la sécurité que nous avions partagée dans ce sordide salon d'hôtel madrilène. Il n'y a eu aucun visiteur. Rodney a appuyé ses grandes mains sur ses genoux et s'est levé du canapé dans un craquement d'articulations ; engourdi et un peu chancelant, comme s'il avait le vertige ou envie de vomir, il a fait quelques pas et est resté à regarder la rue, appuyé au cadre de la baie vitrée.

— Il fait presque jour, l'ai-je entendu dire.

C'était vrai : la lumière blafarde de l'aube inondait le salon, dotant tout ce qui l'habitait d'une réalité fantomatique ou précaire, comme si c'était un décor enseveli dans un lac, et aiguisant en même temps le profil de Rodney, dont la silhouette se découpait confusément contre le bleu cobalt du ciel ; un instant j'ai pensé que, plus que le profil d'un oiseau rapace, c'était celui d'un prédateur ou d'un félin.

— Bon, voilà plus ou moins l'histoire, a-t-il dit d'un ton parfaitement neutre en revenant vers le canapé, les mains cachées dans les poches de son pantalon. C'est comme ça que tu l'imaginais ?

J'ai réfléchi un moment à ce que j'allais répondre. Je n'avais plus dans la bouche ce goût de cendres ou de vieilles pièces de monnaie, mais un goût qui ressemblait fort à du sang, mais ce n'était pas du sang. Je ressentais de l'horreur mais je n'arrivais pas à ressentir de la compassion et, à un moment donné, j'ai aussi pensé – en me haïssant de le penser et en haïssant Rodney de m'y avoir obligé – que toutes les souffrances que son séjour au Viêtnam lui avait infligées étaient justifiées.

— Non, ai-je répondu finalement. Mais ça y ressemble.

Rodney a continué à parler, debout devant moi, mais j'étais trop abasourdi pour saisir ses paroles et, au bout d'un moment, il a sorti une main de sa poche pour montrer l'horloge.

— Mon train part dans un peu plus d'une heure, a-t-il dit. Ce serait bien que je monte prendre mes affaires. Tu m'attends ici ?

J'ai dit que oui et suis resté à l'attendre dans le salon, en regardant par la baie vitrée les gens qui entraient dans la gare de Príncipe Pío, le trafic et l'animation naissante du matin dans le quartier de la Florida, en les regardant sans les voir parce que la seule chose qui occupait mon esprit était la certitude erronée et aigre-douce que toute l'histoire de Rodney venait de trouver un sens pour moi, un sens atroce que rien ne pouvait alléger ou corriger et, dix minutes plus tard, Rodney, fraîchement douché, est redescendu avec ses valises. Pendant qu'il payait sa note, un type est entré dans l'une des deux cabines téléphoniques qui encadraient le bureau de la réception et, je ne sais pourquoi, en le voyant faire son numéro et attendre la réponse, je me suis brutalement rappelé un nom que j'ai failli prononcer tout haut. Sans cesser de regarder le type enfermé dans la cabine, j'ai entendu Rodney demander au réceptionniste comment aller à la gare d'Atocha et le réceptionniste lui répondre que le plus court était de prendre le train à Príncipe Pío. Rodney s'est alors tourné vers moi afin de prendre congé, mais j'ai insisté pour l'accompagner à la gare.

Nous sommes descendus dans le hall et, avant de sortir, Rodney s'est mis son morceau de toile sur l'œil. Nous avons traversé l'allée de la Florida, sommes entrés dans la gare, Rodney a acheté son billet et nous nous sommes dirigés vers le quai, sous une énorme structure d'acier et de verre translucide rappelant le squelette d'un énorme animal préhistorique. Pendant que nous attendions sur le quai, je lui ai demandé si je pouvais lui poser une dernière question.

— Si c'est pour ton livre, non, a-t-il répondu. J'ai essayé de sourire sans y arriver. Suis mon conseil et ne l'écris pas. N'importe qui peut écrire un livre s'il décide de le faire, mais ce n'est pas donné à n'importe qui de garder le silence. En plus, je t'ai déjà dit que cette histoire ne peut pas être racontée.

— C'est possible, ai-je admis, sans vouloir en rester là. Mais peut-être que les seules histoires qui valent la peine d'être racontées sont celles qui ne peuvent pas l'être.

— Encore une belle phrase, a dit Rodney. Si tu écris ton livre, pense à ne pas la mettre dedans. Qu'est-ce que tu voulais me demander ?

Sans hésiter une seconde, j'ai demandé :

— Qui est Tommy Birban ?

Le visage de Rodney est resté impassible et je n'ai pas su lire dans le regard de son œil unique, ou peut-être n'y avait-il rien à lire. Quand il a repris la parole, il a réussi à faire en sorte que sa voix paraisse naturelle.

— D'où est-ce que tu sors ce nom ?

— C'est ton père qui l'a mentionné. Il a dit qu'avant ton départ d'Urbana vous vous étiez tous les deux parlé au téléphone, et que tu es parti à cause de ça.

— Il ne t'a rien dit de plus ?

— Qu'aurait-il dû me dire ?

— Rien.

A ce moment-là, les haut-parleurs ont annoncé l'arrivée imminente du train d'Atocha.

— Tommy était un camarade, a dit Rodney. Il est arrivé à Quang Ngai quand j'étais déjà un vétéran, et on est devenus très amis. On est partis de là-bas presque en même temps, et après cela je ne l'ai plus revu... Il a fait une pause : Mais, tu sais quoi ?

— Quoi ?

— Quand je t'ai rencontré, tu m'as fait penser à lui. Je ne sais pas pourquoi. Avec un très léger sourire sur ses lèvres, Rodney a attendu ma réaction, qui n'est pas venue. Bon, en réalité, je le sais. Dans la guerre, vois-tu, il y a ceux qui coulent et ceux qui s'en sortent. C'est tout. Tommy était de ceux qui coulent, et, toi aussi, tu l'aurais été. Mais Tommy s'en est sorti, je ne sais pas comment, mais il s'en est sorti. Parfois, je crois qu'il aurait mieux valu pour lui qu'il ne s'en sorte pas... Enfin, voilà qui c'est, Tommy Birban : un gars qui avait déjà coulé et qui, pour s'en sortir, a coulé encore plus.

— Ce n'est pas la réponse à ma question.

— Quelle question ?

— Pourquoi est-ce que tu es parti après lui avoir parlé au téléphone ?

— Tu ne m'avais pas posé cette question.

— Je te la pose maintenant.

Conscient que le temps jouait en sa faveur, Rodney s'est contenté de répondre par un geste d'impatience et un faux-fuyant :

— Parce que Tommy voulait me mettre dans une embrouille.

— Quelle embrouille ? Tommy avait été à My Khe ?

— Non. Il est arrivé beaucoup plus tard.

— Alors ?

— Alors rien. Des histoires de compagnons d'armes. Crois-moi : si je te les expliquais, tu ne les comprendrais pas. Tommy était très faible et les histoires de la guerre l'obsédaient... Rancœurs, animosités et d'autres trucs du genre. Je ne voulais plus en entendre parler.

— Et c'est seulement à cause de ça que tu es parti ?

— Oui. Je me croyais guéri de tout, mais je ne l'étais pas. Aujourd'hui, je ne le ferais plus.

J'ai compris que Rodney me mentait ; j'ai compris aussi, ou j'ai cru comprendre, contrairement à ce que j'avais pensé dans le salon de l'hôtel un peu plus tôt, que l'horreur de My Khe n'expliquait pas tout.

— Bon, a dit Rodney, tandis que le train d'Atocha s'arrêtait devant nous. On a passé la nuit à parler de conneries. Je t'écrirai. Il m'a serré dans ses bras, a pris ses valises et, avant de monter dans le train, il a ajouté : Prends soin de Gabriel et de Paula. Et prends soin de toi.

J'ai acquiescé sans réussir à dire quoi que ce soit car je pensais seulement que c'était la première fois de ma vie que je serrais dans mes bras un assassin.

Je suis retourné à l'hôtel. Je suis arrivé dans ma chambre, trempé de sueur, j'ai pris une douche, j'ai changé de vêtements et me suis allongé sur le lit pour me reposer un moment avant de reprendre l'avion. J'avais un goût amer dans la bouche et mal à la tête, et mes tempes bourdonnaient ; je ne pouvais m'arrêter de penser à ma rencontre avec Rodney. Je regrettais d'être venu à Madrid pour le voir ; je regrettais de savoir la vérité et de m'être entêté à la rechercher. Evidemment, avant la conversation de cette nuit-là, j'imaginais bien que Rodney avait tué : il avait pris part à une guerre, et mourir et tuer, c'est ce qu'on fait dans une guerre ; mais ce que je n'arrivais pas à imaginer, c'était qu'il ait participé à un massacre, qu'il ait assassiné des femmes et des enfants. Savoir qu'il l'avait fait me remplissait d'une aversion sans appel qui ne laissait aucune place à la pitié ; l'avoir entendu raconter cela avec cette indifférence propre au récit d'une anecdote familière accentuait l'horreur jusqu'au dégoût. A présent, le calvaire de ces années où il avait été rongé par ses remords me paraissait un bien aimable châtiment, et je me demandais si le fait invraisemblable qu'il ait survécu à sa faute, loin de constituer un mérite, n'augmentait pas l'horrible poids de sa responsabilité. Il y avait, bien sûr, des explications à ce qu'il m'avait raconté, mais aucune d'elles ne pouvait faire le poids face à pareille ignominie. Et puis je ne comprenais pas qu'après m'avoir révélé sans détour ce qui s'était passé à My Khe Rodney ait voulu éviter de m'expliquer qui était Tommy Birban et ce qu'il représentait, à moins que par ses faux-fuyants il n'ait voulu me cacher une horreur plus grande encore que celle de My Khe, une horreur si injustifiable et si innommable que celle de My Khe devenait une abomination qu'à ses yeux et par contraste on pouvait nommer et justifier. Mais quelle horreur impossible à imaginer cela pouvait-il être ? Une horreur suffisante en tout cas pour pulvériser, quatorze ans plus tôt, l'équilibre mental de Rodney, pour l'obliger à abandonner maison et travail et reprendre sa vie de fugitif dès que Tommy Birban avait réapparu. Bien sûr, il était tout aussi possible que Rodney ne m'ait pas raconté toute la vérité sur My Khe et que Tommy Birban ait déjà été au Viêtnam au moment de l'incident et, d'une façon ou d'une autre, qu'il ait été lié à la tuerie. Et qu'avait-il voulu insinuer quand il avait dit que Tommy Birban était faible et qu'il n'aurait pas dû s'en sortir et qu'il me ressemblait ? Est-ce que cela signifiait qu'il avait protégé Tommy Birban ou qu'il était en train de le protéger comme il m'avait protégé, moi ? Mais de quoi avait-il protégé Tommy Birban, à supposer qu'il l'eût protégé ? Et de quoi m'avait-il protégé, moi ?

A midi, quand le réceptionniste m'a réveillé pour me dire que je devais libérer la chambre, il m'a fallu quelques secondes pour admettre que je me trouvais dans un hôtel de Madrid et que ma rencontre avec Rodney n'avait pas été un rêve, ni même un cauchemar. Deux heures plus tard, je prenais un avion pour Barcelone, décidé à définitivement oublier mon ami d'Urbana.

Mais je n'y suis pas arrivé. Ou c'est plutôt Rodney qui m'en a empêché. Dans les semaines qui ont suivi, j'ai reçu plusieurs lettres de lui ; au début, je n'y répondais pas mais mon silence ne l'a pas échaudé, il a continué à m'écrire et j'ai fini par céder devant son entêtement et la désagréable évidence que notre rencontre à Madrid avait scellé entre nous deux une intimité que je ne désirais pas. Ses lettres abordaient divers sujets : son travail, ses relations, ses lectures, Dan et Jenny, surtout Dan et Jenny. J'ai ainsi appris que la femme avec laquelle Rodney avait un fils était presque de mon âge, qu'elle avait quinze ans de moins que lui, qu'elle était née à

Middlebury, un petit village près de Burlington, et qu'elle travaillait comme caissière dans un supermarché ; dans plusieurs lettres, il me la décrivait en détail mais, curieusement, les descriptions divergeaient, comme si Rodney avait une trop profonde connaissance d'elle pour pouvoir la saisir en quelques mots improvisés. Un autre détail curieux (ou qui, à présent, me paraît curieux) : à deux ou trois reprises au moins, Rodney a essayé de me dissuader, comme il l'avait déjà fait à Madrid, de raconter son histoire ; une telle insistance m'a surpris, notamment parce que je la jugeais inutile, et je crois qu'à un moment donné elle a fini par éveiller chez moi le soupçon passager qu'au fond mon ami avait depuis toujours voulu que j'écrive un livre sur lui, et que la conversation que nous avions eue à Madrid, comme toutes celles que nous avions eues à Urbana, contenait obscurément des instructions (de celles que l'on trouve dans les manuels) sur la façon dont je devais l'écrire, ou du moins ne pas l'écrire, comme si depuis notre première rencontre et de manière subreptice Rodney m'entraînait pour qu'un jour je raconte son histoire. Au début du mois d'août, il m'a annoncé qu'on venait de lui proposer le poste d'instituteur qu'il attendait et qu'il allait s'installer avec Dan et Jenny dans la vieille maison familiale de Rantoul. Les semaines suivantes, Rodney a presque cessé de m'écrire et quand, à la mi-septembre, il a repris le rythme de sa correspondance, ma vie avait subi un changement dont je ne pouvais soupçonner alors la véritable portée.

Ç'a été un changement imprévisible, même si, d'une certaine façon, il est possible que Rodney l'ait prévu. J'ai déjà dit qu'avant la parenthèse de l'été l'accueil fait à mon roman sur la guerre civile, inopinément devenu un notable succès de critique et un modeste succès de ventes, avait dépassé tout ce que j'avais espéré de plus flatteur ; quoi qu'il en soit, entre la fin du mois d'août et le début du mois de septembre, au moment de la rentrée littéraire quand les livres de la saison précédente se retrouvent voués à l'oubli sur les rayonnages les plus reculés des librairies, la surprise a eu lieu : il semblait que les journalistes s'étaient donné le mot pendant l'été pour ne lire que mon roman, et tout d'un coup les journaux, les revues, les radios et les télévisions ont commencé à me solliciter pour des interviews ; et il semblait que pendant l'été les lecteurs s'étaient donné le mot pour ne lire que mon roman, et tout d'un coup de réjouissantes nouvelles ont commencé à m'arriver de ma maison d'édition, selon lesquelles les ventes du livre s'étaient emballées. Laissons de côté les détails de l'histoire car ils appartiennent au domaine public et plus d'un s'en souviendra encore, et gardons l'image de la boule de neige qui, bien qu'elle soit un cliché (ou précisément à cause de cela), n'en est pas moins exacte : un an ne s'était pas écoulé que le livre avait déjà connu quinze tirages, que plus de trois cent mille exemplaires étaient vendus, qu'on le traduisait en vingt langues et qu'une adaptation cinématographique était en cours. C'était un triomphe sans appel que personne n'aurait, dans ma situation, osé imaginer, pas même dans ses rêves les plus délirants, et du jour au lendemain, moi qui étais un écrivain inconnu et insolvable, qui menais une vie retirée de provincial, je suis devenu célèbre, me suis mis à gagner plus d'argent que je ne pouvais en dépenser, et me suis retrouvé emporté dans un tourbillon frénétique de voyages, de remises de prix, de présentations, d'interviews, de colloques, de salons et de fêtes littéraires qui m'a entraîné d'un bout à l'autre du pays et dans toutes les capitales du continent. Surpris et débordant de joie, je n'ai pas même été capable de me rendre compte au début que je tournoyais sans contrôle dans l'œil d'un cyclone dément. J'avais l'intuition que c'était une vie parfaitement irréelle, une farce démesurée, comme une énorme toile d'araignée que je sécrétais et tissais moi-même et dans laquelle je me trouvais pris mais, même si tout n'était qu'un leurre et moi un imposteur, j'avais envie de courir tous les risques, pourvu que personne ne me prive du plaisir de profiter pleinement de ce canular. Les professionnels du pharisaïsme affirment qu'ils n'écrivent que pour être lus par une minorité distinguée seule capable d'apprécier leurs distingués écrits, mais la vérité, c'est que tout écrivain, si ambitieux ou hermétique soit-il, désire en secret avoir d'innombrables lecteurs et que même le plus endurci, le plus marginal et le plus vaillant des poètes maudits rêve de voir un jour ses vers récités dans la rue par les jeunes gens. Sauf qu'au fond cet ouragan incontrôlé n'avait rien à voir avec la littérature et les lecteurs, mais avec le succès et la célébrité. Nous savons que les sages conseillent depuis toujours d'accueillir dans une même indifférence succès et échecs, de ne pas s'enorgueillir de la victoire ni de s'avilir en pleurant dans la défaite, mais nous savons aussi qu'ils ont eux-mêmes (surtout eux) pleuré, qu'ils se sont avilis et enorgueillis, incapables de respecter ce magnifique idéal d'impassibilité, et s'ils nous y ont exhortés, c'est parce qu'ils savaient mieux que personne qu'il n'y a rien d'aussi vénéneux que le succès, ni d'aussi fatal que la célébrité.

Même si j'en étais à peine conscient au début, le succès et la célébrité m'ont très vite avili. On dit de celui qui refuse un éloge qu'il en veut deux : celui qu'on lui a déjà fait et celui auquel sa fausse modestie oblige à cause de son refus. J'ai très vite appris à réclamer davantage d'éloges en les refusant, et à m'exercer à la modestie, ce qui est la meilleure façon d'entretenir la vanité ; j'ai aussi très vite appris à feindre la fatigue et le dégoût de la célébrité et à inventer des petits malheurs pour attirer la compassion et repousser la jalousie. Ces stratagèmes n'ont pas toujours été efficaces et, comme on pouvait s'y attendre, j'ai souvent été victime de mensonges et de calomnies ; mais ce qu'il y a de pire avec les calomnies et les mensonges, c'est qu'ils finissent presque toujours par nous contaminer, car il est très difficile de ne pas céder à la tentation de se défendre et de ne pas devenir à son tour menteur et calomniateur. Rien ne me faisait plus secrètement plaisir que de frayer avec les riches, les puissants et les vainqueurs, et de m'exhiber à leurs côtés. La réalité ne semblait plus offrir de résistance (ou alors infime, comparée à celle qu'elle m'offrait autrefois), si bien et de façon vertigineuse que tout ce que j'avais désiré auparavant semblait se trouver maintenant à ma portée, et que peu à peu tout ce qui auparavant avait du goût me paraissait désormais insipide. C'est pourquoi je buvais à toute heure : quand je m'ennuyais, pour ne pas m'ennuyer ; quand je m'amusais, pour m'amuser davantage. C'est sans doute la boisson qui m'a lancé sur des montagnes russes faites de nuits euphoriques où se mêlaient alcool et sexe, et de jours entiers de gueule de bois apocalyptique, et qui m'a fait découvrir le sentiment de culpabilité non pas comme un malaise occasionnel engendré par la violation de quelques normes que je m'imposais, mais comme une drogue dont le dosage devait sans cesse augmenter pour qu'elle continue à produire son effet narcotique. C'est sans doute à cause de cela – et parce que l'ivresse du succès m'aveuglait dans un mirage de toute-puissance, me murmurant à l'oreille que le moment tant attendu de me venger de la réalité était enfin arrivé – que je suis tout à coup devenu un homme à femmes écervelé ; j'aimais encore Paula et me sentais coupable chaque fois que je la trompais, mais je ne pouvais ni ne voulais cesser de la tromper. Pour les mêmes raisons, et parce que j'avais aussi l'impression que la célébrité m'avait soudain projeté au-dessus d'eux et qu'ils ne m'étaient plus nécessaires, je n'avais que mépris pour ceux que j'avais depuis toujours admirés et qui depuis toujours m'avaient montré leur affection, alors que j'adulais ceux qui m'avaient méprisé ou qui, à présent, me méprisaient, ou ceux que j'avais méprisés moi-même, dans l'espoir insatiable – car lorsqu'on a du succès, on ne désire plus que cela – de conquérir aussi leur approbation. Je me souviens, par exemple, de ce qui s'est passé avec Marcelo Cuartero. Un soir de cet automne frénétique, nous avons failli nous croiser dans une rue du centre de Barcelone mais, au moment où nous nous approchions l'un de l'autre, l'idée de devoir m'arrêter et de lui parler m'a tout à coup gêné et, au dernier moment, j'ai changé de trottoir pour l'éviter. Peu après cette rencontre manquée, quelqu'un a fait allusion à Marcelo dans un petit groupe improvisé, au cours d'un cocktail littéraire. J'ignore quel était le sujet de notre discussion mais, à un moment donné, un critique qui se voulait essayiste a cité un livre de Marcelo comme l'exemple type de l'académisme rébarbatif stérile et borné qui triomphait à l'université, et un essayiste à succès qui se voulait romancier a appuyé cette opinion par un commentaire plus sanglant que subtil. C'est à ce moment-là que je suis intervenu, sûr d'obtenir l'assentiment et le sourire du petit groupe.

— Bien sûr, ai-je dit en donnant raison au commentaire de l'essayiste, alors que j'avais lu le livre de Marcelo et que je l'avais trouvé brillant. Mais le pire chez Cuartero, ce n'est pas tant qu'il soit ennuyeux, ni même qu'il cherche à être admiré en faisant montre de ce qu'il a lu ce que personne n'a voulu lire. Le pire, c'est qu'il radote comme un vieux con.

Je n'ai pas non plus oublié ce qui s'est passé durant cette période avec Marcos Luna. S'il est vrai que personne ne s'attriste tout à fait du malheur d'un ami, il est tout aussi vrai que personne ne se réjouit tout à fait de sa joie ; mais il est possible qu'à cette époque-là personne n'ait été aussi disposé à se réjouir de mes joies que Marcos. Lesquelles coïncidaient, d'ailleurs, avec une période ingrate pour lui. Au mois de septembre, alors que mon livre amorçait sa trajectoire vers la notoriété, Marcos s'est fait opérer d'un décollement de la rétine ; l'intervention avait échoué et, deux semaines plus tard, il fallait le réopérer. La convalescence a été longue : Marcos est resté plus de deux mois prostré sur son lit d'hôpital, avec la déprimante certitude qu'il en sortirait handicapé. Mais il a eu de la chance et il est retourné chez lui en ayant presque entièrement recouvré la vision de son œil malade. Pendant son séjour à l'hôpital, je l'ai souvent eu au téléphone : il m'appelait de son lit pour me féliciter chaque fois qu'à la radio il entendait parler de mon livre ou m'entendait moi-même, ou chaque fois que quelqu'un lui parlait de mes triomphes ; mais, pris comme je l'étais par les croissantes obligations du succès, je n'ai jamais trouvé le temps d'aller le voir, et quand je l'ai brièvement croisé, à une terrasse de l'*Eixample*, juste avant un dîner d'affaires, j'ai failli ne pas le reconnaître : vieux et diminué, les cheveux clairsemés et complètement gris, il m'a paru être l'image même de la défaite. Nous avons mis du temps à nous revoir mais, dans l'intervalle, nous avons pris l'habitude (ou je l'avais prise moi-même, ou la lui avais imposée) de nous parler par téléphone presque une fois par semaine. Nous le faisions le samedi soir, quand j'avais déjà passé plusieurs heures à boire ; je l'appelais avec l'alibi de notre vieille amitié pour me défouler des angoisses causées par le changement abrupt qu'avait subi ma vie, et je m'enorgueillissais au passage de ce que le succès ne m'avait pas changé, puisque j'étais encore l'ami de mes amis de toujours. Je sais bien qu'il y a aussi de la vanité à se mortifier en s'attribuant des infamies qu'on n'a pas commises, et je ne veux pas tomber dans ce travers-là, mais je ne peux m'empêcher de penser que ces confidences nocturnes d'alcoolique fonctionnaient aussi entre Marcos et moi comme un rappel périodique et subliminal de mes succès, et que, lorsque je me plaignais hypocritement de ma situation de privilégié, c'était peut-être une autre façon d'infliger à mon ami l'humiliation de mon triomphe alors que sa santé se dégradait, que sa carrière de peintre s'enlisait et qu'il devait éprouver avec raison ce que, tant d'années plus tôt, nous avions dû éprouver sans raison dans l'appartement de la rue Pujol : qu'il était en train de foirer sa vie. Sans doute cela explique-t-il pourquoi, au cours de l'un de ces samedis, emporté par l'hypocrite orgueil de la vertu, je me suis rappelé la conversation que j'avais eue avec Rodney à Madrid.

— Ce n'est pas le succès qui fait de nous un crétin ou un fils de pute, ai-je dit à un moment donné à Marcos. Mais il peut faire sortir le fils de pute ou le crétin qu'on porte en soi. Et j'ai alors ajouté : Qui sait, si c'est toi qui avais eu du succès et pas moi, peut-être qu'on ne serait pas en train de se parler à l'heure qu'il est.

Marcos n'a pas raccroché ce soir-là, mais il l'a fait le lendemain, quand je l'ai rappelé afin de lui présenter des excuses pour ma mesquinerie : il ne les a pas acceptées, m'a rappelé mes paroles, me les a reprochées, m'a traité de fils de pute et de crétin, m'a demandé de ne plus l'appeler et sans plus d'explications m'a raccroché au nez. Mais, deux jours plus tard, j'ai reçu un message électronique où il me demandait de lui pardonner. "Si je ne suis même pas capable de conserver une amitié de plus de trente ans, c'est que je suis vraiment fini", se lamentait-il. Marcos et moi nous sommes réconciliés mais, quelques semaines plus tard, il y a eu un épisode qui résume mieux que n'importe quel autre l'étendue de ma déloyauté envers lui. Je n'entrerai pas dans les détails ; ce n'est pas le fait en lui-même qui a de l'importance mais ce qu'il révèle. Ça s'est passé après la présentation du livre d'un photographe mexicain que j'avais préfacé. L'événement avait eu lieu quelque part à Barcelone (peut-être au MACBA, peut-être au Palau Robert), et Marcos et sa femme Patricia, qui était apparemment une amie de longue date du photographe, s'y étaient rendus eux aussi. Pendant le cocktail qui suivait la présentation, nous avons bavardé tous les trois mais vers la fin, usant du prétexte qu'il devait se lever tôt le lendemain, mon ami n'a pas voulu se joindre au dîner, et Patricia et moi n'avons pas réussi à le faire changer d'avis. Mon souvenir de ce qui a suivi est vague, plus encore que celui des autres nuits de cette époque, parce qu'il est possible qu'en l'occurrence ma mémoire se soit efforcée d'éliminer ou de brouiller ce qui s'est passé. Ce dont je me souviens, c'est que Patricia et moi avons assisté à un dîner où il y avait plein de monde, à la *Casa Leopoldo*, que nous nous sommes assis l'un à côté de l'autre et qu'alors que depuis toujours nous avions eu une relation cordiale mais distante – comme s'il était convenu entre nous que mon amitié avec Marcos ne faisait pas automatiquement de nous des amis –, cette nuit-là, nous avons cherché une complicité que nous n'avions jamais désirée ou que nous ne nous étions jamais autorisée. Je crois que c'est avec le premier verre de whisky, après le dîner, que l'idée m'est passée par la tête de coucher avec elle ; effrayé par ma témérité, j'ai immédiatement tâché d'écarter cette pensée. Je n'y suis pas arrivé ou, du reste, je ne suis pas arrivé à l'empêcher de me trotter insidieusement dans la tête, comme une obscénité de moins en moins obscène et de plus en plus vraisemblable, tandis que la soirée se prolongeait au bar du *Giardinetto* où je prenais whisky sur whisky en parlant avec l'un ou l'autre des noctambules présents, tout en sachant que Patricia n'était pas loin. Finalement, au petit matin, le *Giardinetto* a fermé et Patricia m'a ramené à l'hôtel. Au cours du trajet, je n'ai pas arrêté de parler, comme si je cherchais une formule pour la retenir mais ce n'est que lorsqu'elle a garé sa voiture devant la porte et qu'elle m'a fait une bise en guise d'au revoir que j'ai eu le courage de lui proposer de prendre un dernier verre dans ma chambre. Patricia m'a jeté un regard amusé, presque comme si j'étais un adolescent et, elle, une vieille infirmière obligée de me déshabiller.

— Dis, tu ne serais pas en train de me draguer ? a-t-elle dit en riant.

Je n'ai pas eu honte parce que, avant d'en avoir le temps, j'ai été pris d'une rage froide qui me brûlait la gorge.

— T'es une sale pute, me suis-je entendu alors lui cracher. Tu passes toute la nuit à m'allumer et maintenant tu me laisses tomber. Va te faire foutre.

J'ai claqué la portière et, au lieu d'entrer à l'hôtel, je me suis mis à marcher. Je ne sais pas combien de temps mais, quand je suis revenu à l'hôtel, ma rage s'était transformée en remords. L'effet de l'alcool ne s'était pourtant pas dissipé, car la première chose que j'ai faite en entrant dans ma chambre a été d'appeler chez Marcos. Heureusement, c'est Patricia qui a décroché. Je lui ai demandé pardon en bredouillant, je l'ai prié de ne pas tenir compte de ce que j'avais dit, alléguant avoir trop bu et je lui ai encore demandé pardon. Patricia a sèchement accepté mes excuses et je lui ai demandé si elle comptait en parler à Marcos.

— Non, a-t-elle répondu avant de raccrocher. Et maintenant, mets-toi au lit et cuve ton whisky.

Je m'arrête là. Je pourrais continuer, mais je m'arrête là. Je pourrais raconter d'autres anecdotes, mais je ne veux pas oublier l'essentiel. L'autre jour, j'ai lu un poème écrit par Malcolm Lowry après la publication du roman qui l'avait rendu célèbre et lui avait apporté argent et prestige ; c'est un poème truculent et emphatique, mais parfois on n'a pas d'autre choix que d'être emphatique et truculent, parce que souvent la réalité, qui ne respecte presque jamais les règles du bon goût, abonde en truculences et en emphases. Le poème dit ceci :

Le succès est comme un horrible désastre,
pire que ta maison en flammes, le fracas de l'écroulement
les poutres tombant chaque fois plus précipitamment
alors que tu restes là, témoin désespéré de ta condamnation.

La gloire, comme un ivrogne, détruit la demeure de l'âme
et révèle que tu n'as travaillé que pour elle.
Ah ! Qu'aurais-je donné pour éviter ce traître baiser
et pour rester dans l'obscurité, à sombrer et à échouer.

Bien des années plus tôt, Rodney m'avait prévenu et, même si j'avais interprété alors ses paroles comme l'inévitable sécrétion moralisatrice d'un perdant imbibé de l'écœurante mythologie de l'échec qui gouverne un pays obsédé jusqu'à l'hystérie par le succès, j'aurais au moins dû prévoir que personne n'est vacciné contre le succès et que ce n'est qu'au moment de l'affronter qu'on comprend que c'est non seulement un malentendu et la joyeuse insolence d'un jour, mais que ce malentendu et cette insolence sont humiliants ; j'aurais aussi dû prévoir qu'il était impossible de survivre avec dignité au succès, parce qu'il détruit tel un ivrogne la demeure de l'âme et qu'il est si beau qu'on découvre, même si on se leurre avec des protestations d'orgueil et des démonstrations hygiéniques de cynisme, qu'en réalité on n'avait pas fait autre chose que de le chercher, de même qu'on découvre, quand on l'a entre les mains et qu'il est trop tard pour le refuser, qu'il ne sert qu'à nous détruire et à détruire tout ce qui nous entoure. J'aurais dû le prévoir, mais je ne l'ai pas prévu. En conséquence, j'ai perdu tout respect pour la réalité ; j'ai aussi perdu mon respect pour la littérature, la seule chose qui jusqu'alors avait donné un sens ou une illusion de sens à la réalité. Parce que ce que j'ai cru découvrir alors était exactement la pire des choses que je pouvais découvrir : que ma véritable vocation n'était pas d'écrire mais d'avoir écrit, que je n'étais pas un vrai écrivain, que ce n'était pas parce que je ne pouvais pas être autre chose que j'étais écrivain mais parce que l'écriture était le seul instrument que j'avais eu sous la main pour atteindre le succès, la célébrité et l'argent. A présent que j'y étais arrivé, je pouvais cesser d'écrire. C'est peut-être pour cette raison que j'ai cessé d'écrire ; pour ça, et parce que j'étais trop vivant pour écrire, que j'avais trop envie de profiter du succès jusqu'à la lie, alors qu'on ne peut écrire que lorsqu'on est comme mort, qu'on n'a plus que l'écriture pour évoquer la vie, que c'est le dernier cordon qui nous unit encore à elle. De sorte qu'après douze ans passés à ne vivre que pour écrire, avec la véhémence et la passion exclusives d'un mort qui ne se résigne pas à sa mort, j'ai tout à coup cessé d'écrire. C'est alors que j'ai vraiment commencé à être en danger : j'ai constaté, comme Rodney me l'avait aussi bien dit des années plus tôt – à une époque où j'étais si jeune et si naïf que je ne pouvais pas même imaginer qu'un jour le succès pourrait s'abattre sur moi comme une maison en flammes –, qu'en effet l'écrivain qui cesse d'écrire finit par chercher ou par attirer la destruction, car il a attrapé le vice consistant à regarder la réalité et à la voir parfois, mais il ne peut plus s'en servir, il ne peut plus la transformer en sens ou en beauté, il n'a plus le bouclier de l'écriture pour se protéger d'elle. Alors, tout s'arrête. C'est la fin. *Finito. Kaputt.*

La fin est arrivée un samedi d'avril 2002, juste un an après la publication de mon roman. A cette époque-là, il y avait des mois que j'avais complètement cessé d'écrire et que je savourais le jubilatoire poison du triomphe ; et les mensonges, les infidélités et l'alcool avaient complètement gangrené ma relation avec Paula. Le propriétaire d'une revue littéraire, qui venait de me donner le prix du meilleur livre de l'année, avait organisé ce soir-là un dîner en mon honneur dans sa maison de campagne, dans un village d'Empordà ; pas mal de monde s'était retrouvé là : journalistes, écrivains, cinéastes, architectes, photographes, professeurs, critiques littéraires, amis de la famille. Je suis venu au rendez-vous avec Paula et Gabriel. Ce n'était pas habituel et je ne me souviens pas pourquoi je les ai emmenés : peut-être parce que mon hôte m'avait assuré au téléphone que ce serait une fête presque familiale et que les autres invités viendraient, eux aussi, accompagnés de leurs enfants, ou peut-être pour faire taire la mauvaise conscience que me donnait le fait de tromper régulièrement Paula et de consacrer si peu de temps à Gabriel, peut-être aussi parce que je jugeais que cette image familiale cautionnerait ma réputation d'écrivain imperméable aux flatteries, une réputation de modestie et d'incorruptibilité qui, comme je l'avais très tôt découvert, constituait l'instrument idéal pour gagner la faveur des membres les plus puissants de la société littéraire – qui sont toujours les plus candides, car ils sentent leur hiérarchie moins menacée –, et aussi pour me protéger de l'hostilité que mon succès avait suscitée parmi ceux qui se sentaient lésés, parce qu'ils considéraient que je les avais privés du leur. Ce qui est certain, c'est que, exceptionnellement, je me suis rendu au dîner avec Gabriel et Paula. On m'a fait asseoir à table face à notre hôte, un vieil homme d'affaires ayant des intérêts dans des journaux et des maisons d'édition de Barcelone ; j'avais d'un côté Paula et, de l'autre, une jeune journaliste de radio, nièce de notre hôte, qui, suivant les instructions de son oncle, s'est arrangée pour que toute la conversation tourne autour des causes du succès inattendu de mon livre. Comme la journaliste obligeait presque tous les invités à intervenir, il y a eu des opinions pour tous les goûts ; quant à moi, plaisamment installé dans ma position de héros de la soirée, je me contentais d'approuver d'un air dubitatif tout ce qui se disait et, avec un ton légèrement ironique, de prier de temps en temps notre hôte de changer de sujet, ce qui était interprété par tous comme une preuve d'humilité et non comme une ruse destinée à éviter que la discussion sur mes mérites ne retombe. Une fois le dîner terminé, on a pris le café et des liqueurs dans un ancien hall aménagé en salon, où les invités formaient des groupes qui se faisaient et se défaisaient au hasard des conversations. Il était déjà minuit quand Paula a interrompu celle que j'avais, un verre de whisky à la main, avec un scénariste de cinéma, sa femme et la nièce de notre hôte à propos de l'adaptation cinématographique de mon roman : Gabriel avait sommeil, et le lendemain elle devait travailler.

— On y va, a-t-elle annoncé, ajoutant sans aucune conviction : Mais tu peux rester, si tu veux.

Je cherchais des arguments pour essayer de la convaincre de rester tous les trois encore un moment, quand le scénariste a tranché.

— Bien sûr, a-t-il dit, appuyant la proposition insincère de Paula et montrant sa femme. Nous, on rentre cette nuit à Barcelone. Si tu veux, on peut s'arrêter à Gérone et te déposer chez toi.

Soulagé, j'ai cherché les yeux de Paula.

— Ça ne t'ennuie pas ?

Tous les regards ont convergé vers elle. Je savais que cela l'ennuyait mais elle a dit :

— Bien sûr que non.

J'ai accompagné Gabriel et Paula jusqu'à la voiture et, une fois Gabriel allongé sur le siège arrière mort de sommeil, Paula a fermé la portière et murmuré entre ses dents :

— La prochaine fois, tu pourras y aller tout seul, à tes fêtes.

— Tu n'as pas dit que ça ne t'ennuyait pas que je reste ?

— T'es un salaud.

Nous avons discuté ; je ne me rappelle pas ce que nous nous sommes dit, mais pendant que je regardais ma voiture s'éloigner à toute vitesse par le chemin couvert de gravier qui sortait de la propriété, j'ai pensé ce qu'il m'arrivait si souvent de penser à cette époque-là : qu'il vient un moment dans la vie des couples où tout ce qu'on dit, on le dit pour faire mal, que mon ménage s'était transformé en une forme raffinée de torture et que plus tôt il se déferait, mieux ce serait pour tous.

Mais j'ai aussitôt oublié ma scène avec Paula et j'ai continué à profiter de la fête. Elle s'est prolongée jusqu'au matin, et quand je suis monté dans la voiture du scénariste et de son épouse, je me suis vu assis à côté d'une jeune femme très sérieuse aux allures d'intellectuelle, que j'avais à peine remarquée de toute la soirée. Le voyage jusqu'à Gérone a été bref mais a suffi pour que je me rende compte que la fille était ivre, pour avoir la certitude qu'elle me faisait des avances et pour vaguement apprendre qu'elle était une amie de la nièce de notre hôte et qu'elle travaillait à la télévision locale. Quand on est arrivés, la jeune fille a proposé qu'on prenne un dernier verre dans le bar d'amis à elle qui ne fermait pas avant l'aube. Le scénariste et sa femme ont décliné son invitation, car il était très tard et qu'ils devaient aller jusqu'à Barcelone ; moi, j'ai accepté.

Nous nous sommes rendus au café. Nous avons bu, parlé, dansé, et j'ai fini la nuit dans le lit de la fille. Quand je suis sorti de chez elle, l'aube pointait. Dans la rue, le taxi que j'avais demandé par téléphone m'attendait ; j'ai donné mon adresse au chauffeur et somnolé pendant tout le trajet mais, quand le chauffeur s'est arrêté devant la porte de la maison, j'aurais voulu être mort : debout, devant une voiture cellulaire, deux agents attendaient à côté de la rampe d'accès au garage. J'ai payé le chauffeur en tenant un billet d'une main tremblante et en sortant de la voiture je me suis aperçu que la rampe d'accès, où nous avions l'habitude de garer la voiture, était vide, et j'ai compris que Paula et Gabriel n'étaient pas à la maison.

— Qu'est-ce qui s'est passé ? ai-je demandé en m'approchant des deux agents.

Jeunes, graves, presque comme des spectres dans la lumière livide du petit matin, ils m'ont demandé si j'étais moi. J'ai dit que oui.

— Qu'est-ce qui s'est passé ? ai-je répété.

L'un des policiers a demandé en montrant la porte de la maison :

— Peut-on parler un moment à l'intérieur, s'il vous plaît ?

Je les ai fait entrer tous les deux, on s'est assis dans la salle à manger, et j'ai redemandé ce qui s'était passé. C'est le policier qui avait déjà parlé qui a répondu :

— On vient pour vous annoncer que votre femme et votre fils ont eu un accident.

La nouvelle ne m'a pas surpris ; dans un filet de voix, j'ai réussi à demander :

— Ils sont blessés ?

L'agent a avalé sa salive avant de répondre :

— Ils sont morts.

Il a ensuite sorti un calepin et commencé un récit aseptisé et détaillé des circonstances dans lesquelles s'était produit l'accident mais, malgré mes efforts pour écouter ses explications, je ne captais que des mots isolés, des phrases incohérentes ou dépourvues de sens. Le souvenir qui me reste des heures qui ont suivi est encore plus incertain : je sais que ce matin-là je me suis rendu à l'hôpital où avaient été déposés les corps de Paula et de Gabriel, que je n'ai pas vu ou pas voulu voir leurs cadavres, qu'aussitôt la famille et quelques amis ont commencé à arriver, que j'ai organisé dans la confusion ce qui était lié à l'enterrement, que celui-ci a eu lieu le lendemain, que je n'y ai pas assisté, qu'un journal a évoqué mon nom dans l'annonce de l'accident et que ma maison s'est remplie de télégrammes et de fax de condoléances que je ne lisais pas ou que je lisais comme des accusations voilées. En réalité, de ces jours-là, il n'y a qu'une seule chose dont je me souvienne avec une clarté hallucinée, ce sont mes visites au commissariat. En très peu de temps, je m'y suis rendu quatre fois, peut-être cinq, même si à présent j'ai l'impression que tout se confond. J'étais reçu dans un bureau par une femme sergent en uniforme, belle, froide et qui s'efforçait d'être professionnelle et, tandis que nous étions tous deux assis à une table d'un bureau très gai, décoré de fleurs et de photos de famille, elle m'exposait et m'exposait encore les informations que la police avait recueillies sur l'accident, faisait des croquis, répondait à mes questions. C'étaient de longues séances mais, même si les causes et les circonstances de la collision ne laissaient aucun doute (la chaussée glissante à cause de la fraîcheur nocturne, peut-être une distraction minime, un virage pris à une vitesse excessive, une embardée désespérée qui conduit sur la voie opposée, l'horreur finale des lumières qui aveuglent), j'en sortais toujours avec de nouvelles questions qu'au bout de quelques heures ou de quelques jours je revenais tenter d'éclaircir. Le sergent m'a organisé un rendez-vous avec les deux agents qui étaient arrivés les premiers sur le lieu de l'accident et qui s'en étaient occupés et, en compagnie de l'un d'eux, elle m'a amené au virage exact où il s'était produit ; le lendemain matin, j'y suis retourné tout seul et suis resté un moment à regarder les voitures passer, la tête vide, à regarder le ciel et l'asphalte et la désolation de ces terres balayées par la tramontane. Je ne saurais dire avec certitude pourquoi j'agissais de cette manière, mais je n'exclus pas qu'une partie de moi soupçonnait que quelque chose ne cadrait pas, qu'il y avait dans cette histoire des questions en suspens, que la police me cachait quelque chose et que, si je réussissais à le découvrir, une porte allait s'ouvrir instantanément et laisser passer Paula et Gabriel, vivants et souriants, comme si tout n'avait été qu'une erreur ou une plaisanterie de mauvais goût. Jusqu'à ce qu'un matin, en entrant dans le bureau du sergent pour notre énième entrevue, je la trouve en compagnie d'un homme âgé, barbu, en civil. Le sergent a fait les présentations et l'homme m'a expliqué qu'il était psychologue et qu'il dirigeait une association appelée Soutien à la douleur (ou quelque chose comme ça), destinée à apporter de l'aide aux familles dont les membres étaient morts dans un accident. Le psychologue a continué pendant un moment son explication, mais j'ai cessé de l'écouter ; je ne le regardais même pas : je me contentais de regarder le sergent qui, lasse de fuir mon regard, a fini par l'interrompre.

— Suivez mon conseil et accompagnez-le, a-t-elle dit en me regardant enfin et, pour la première fois, j'ai perçu une note de cordialité ou d'émotion dans sa voix. Moi, je ne peux plus rien faire pour vous.

Je suis sorti du commissariat sans plus jamais y revenir. Cet après-midi-là, je me suis rendu dans une agence immobilière, j'ai loué le premier appartement qu'on m'a proposé à Barcelone, un appartement près de la Sagrada Familia, et, après avoir mal et en toute hâte vendu la maison de Gérone et m'être débarrassé des affaires de Gabriel et de Paula, je suis parti m'y installer définitivement, décidé à m'occuper consciencieusement à la tâche de mourir et non à celle de vivre. Une obscurité totale s'est alors emparée de ma vie. J'ai découvert que le père de Rodney avait raison et que le monde était un endroit vide ; mais j'ai aussi découvert qu'à ce moment-là la solitude était pour moi non une condamnation mais le seul baume possible, l'unique bénédiction. Je ne voyais pas ma famille, je ne voyais pas mes amis, je n'avais pas de télé ni de radio ni de téléphone. Pour le reste, je veillais à ce que seules les personnes indispensables aient mes nouvelles coordonnées, et quand l'une d'elles (ou quelqu'un qui m'avait retrouvé par leur truchement) sonnait à ma porte, je n'ouvrais simplement pas. C'est ce qui s'est passé avec Marcos Luna qui, pendant un temps, est venu régulièrement et qui s'est lassé de sonner alors qu'il savait que j'étais à l'intérieur à l'écouter et qu'il n'arriverait jamais à me parler, et qui, à partir de ce moment-là, s'est contenté de laisser dans ma boîte aux lettres, tous les vendredis à midi, un paquet de tabac plein de joints qu'il venait de rouler. Mon agent littéraire, même si je ne lui répondais jamais, m'envoyait aussi de temps en temps la liste des gens qui avaient appelé à son bureau pour solliciter ma présence ici ou là, ou pour demander de mes nouvelles. Je ne travaillais pas, bien sûr, mais les ventes du livre m'avaient procuré des revenus suffisants pour vivre pendant des années, et je ne voyais aucune raison pour ne pas laisser passer le temps jusqu'à ce que l'argent s'épuise. Mon seul effort consistait à ne pas penser, surtout à ne pas me rappeler. Au début, c'était impossible. Avant d'abandonner la maison que j'avais partagée avec Paula et Gabriel et de partir pour Barcelone, la pensée de l'accident ne cessait de me torturer : je me demandais si au dernier moment Gabriel ne s'était pas réveillé et n'avait pas été conscient de ce qui allait se produire ; je me demandais ce que Paula avait pensé à ce moment-là, quel souvenir, pendant qu'elle conduisait, l'avait distraite, provoquant l'embardée qui, à son tour, avait provoqué l'accident, ce qui se serait passé si, au lieu de rester à la fête, j'étais revenu à la maison avec eux… Ceux qui ont connu les sévices programmés des camps de concentration nazis et soviétiques affirment que, pour les supporter, ils se donnaient du courage en se rappelant le bonheur qu'ils avaient laissé derrière eux, parce que, si lointain qu'il ait été, ils gardaient toujours l'espoir qu'un jour ils pourraient le retrouver ; je n'avais pas cette consolation : comme les morts ne ressuscitent pas, je ne pouvais pas retrouver mon passé, je m'appliquais alors consciencieusement à l'abolir. C'est peut-être à cause de cela qu'une fois installé à Barcelone je me suis mis à vivre la nuit. Je passais des semaines entières sans sortir de chez moi, à lire des romans policiers au lit, consommant soupes en sachet, boîtes de conserve, tabac, marijuana et bière, mais, le plus souvent, je passais la nuit dehors, arpentant la ville sans répit, marchant sans direction ni objectif précis, m'arrêtant de temps en temps pour prendre un verre, me reposer un moment et reprendre des forces avant de continuer mon errance jusqu'à l'aube, et je revenais chez moi anéanti, je m'allongeais sur le lit, tombant de sommeil et incapable de dormir, irrité par les bruits étrangers du monde qui, incroyablement, poursuivait son cours imperturbable. L'insomnie a fait de moi un théoricien passionné du suicide, et à présent je pense que si je ne l'ai pas mis en pratique, ce n'est pas seulement par lâcheté ou par excès d'imagination, mais aussi parce que je craignais que mes remords ne me survivent, ou, plus probablement, parce que j'avais découvert que, plus que mourir, je souhaitais n'avoir jamais vécu, et c'est pourquoi je m'endormais parfois d'un sommeil transparent et sans rêves, où je m'imaginais vivre dans les limbes purs de la non-existence, dans le bonheur d'avant la lumière, d'avant les mots. J'ai pris goût à jouer avec la mort. De temps en temps, je prenais la voiture et conduisais de façon compulsive et téméraire des jours entiers, au hasard, m'arrêtant seulement pour manger ou pour dormir, réconforté par la certitude permanente que je pouvais, à tout moment, donner une embardée comme celle qui avait tué Gabriel et Paula, et une nuit, dans une maison de passe de Montpellier, je me suis embarqué dans une absurde discussion avec deux individus qui ont fini par me tabasser au point d'être envoyé dans un hôpital d'où je suis sorti le nez cassé et le corps couvert de bleus. Je me suis aussi acheté un pistolet : je le gardais dans un tiroir et de temps en temps je le prenais, le chargeais et l'appuyais sur mon front ou sous le menton ou je me le mettais dans la bouche et je l'y maintenais, savourant l'acidité brûlante du canon et caressant à peine la détente tandis que la sueur me coulait sur les tempes et que mon souffle haletant semblait marteler dans ma tête et envahir le silence de l'appartement. Une nuit, je me suis promené un bon moment sur la balustrade de ma terrasse, heureux, nu et en équilibre, l'esprit vide, conscient seulement de la brise qui me hérissait la peau, des lumières qui éclairaient la ville et du précipice vertigineux qui s'ouvrait près de moi, chantonnant entre les dents une chanson que j'ai oubliée.

J'ai passé le printemps, l'été et l'automne dans cet état de funambule sans issue, et ce n'est qu'une nuit du début de l'hiver dernier, grâce à l'alliance providentielle d'un incident désagréable, d'une découverte fortuite et d'un souvenir ressuscité, que j'ai soudain eu la preuve fugace que je n'étais pas condamné à mener pour toujours cette vie de sous-sol qui avait été mienne ces derniers mois. Tout a commencé au *Tabou*, une boîte de nuit située dans la partie basse de la Rambla et fréquentée par des touristes à la recherche de spectacles pornos à des prix accessibles. C'est un endroit obscur et décrépit, avec un comptoir disposé en angle près de l'entrée et une scène entourée de tables et de chaises métalliques au-dessus desquelles tournoient des boules à facettes, et où, sur la gauche, un rideau cache les chambres réservées aux prostituées et à leurs clients. J'y étais déjà venu plusieurs fois, toujours très tard, et, comme lors de mes visites antérieures, j'ai demandé un whisky à la petite vieille outrageusement maquillée qui semblait être la patronne du local, et je suis resté au bout du comptoir, à boire, à fumer et à contempler le spectacle de loin. Cela devait être un jour de semaine car, malgré la présence ostensible d'un groupe de jeunes gens bruyants et enthousiastes qui fraternisaient chaleureusement avec les artistes et montaient sur la scène dès qu'elles leur faisaient signe, le reste de l'établissement était presque désert ; il n'y avait que deux couples accoudés à quelques mètres de moi : l'un, au centre du comptoir, et l'autre, un peu plus loin. J'avais déjà bu le premier whisky et j'allais en demander un autre quand, au moment précis où, sur la scène, une femme nue pratiquait une fellation à un homme habillé en soldat romain, j'ai senti que quelque chose d'anormal se passait à côté de moi ; je me suis tourné et j'ai vu le couple au centre du comptoir en train de se disputer violemment. Je mens : ce n'est pas ce que j'ai vu ; ce que j'ai vu, en à peine quelques fulgurantes secondes de stupéfaction, c'est que l'homme et la femme se criaient après furieusement, que l'homme flanquait une gifle à la femme, que la femme essayait en vain de la lui rendre, que l'homme, pris d'une rage aveugle, se mettait à la rouer de coups, qu'il continuait à la frapper et à la frapper encore jusqu'à la faire tomber par terre, d'où elle tâchait de se défendre entre larmes, insultes, coups de poing et coups de pied en l'air. J'ai aussi vu que le couple qui se tenait plus loin s'éloignait de l'algarade, fasciné et effrayé, que le volume de la musique empêchait le public devant la scène de se rendre compte de la bagarre et que la seule personne qui semblait vouloir l'arrêter, criant à tue-tête derrière le comptoir, était la vieille patronne. Quant à moi, je suis resté immobile, paralysé, regardant la rixe accroché à mon verre de whisky vide, regardant les deux portiers de la boîte qui, sans doute alertés par la patronne, sont apparus et ont maîtrisé l'agresseur à grand-peine avant de le sortir dans la rue en lui tordant le bras derrière le dos, et la patronne, escortée par d'autres prostituées, qui amenait la fille derrière la scène. C'est aussi la patronne qui, en revenant dans la salle, s'est occupée de calmer les clients inquiets qui, pour la plupart, n'avaient eu qu'une vision brève et confuse de la fin de l'altercation ; c'est elle aussi qui, après s'être assurée que le spectacle continuait, en passant à côté de moi pour reprendre sa place derrière le comptoir, m'a lancé sans même me regarder, comme si j'étais un habitué et comme si elle pouvait se décharger sur moi de la tension accumulée :

— Et vous, vous auriez aussi pu faire quelque chose, non ?

Je n'ai rien dit ; je n'ai pas demandé un autre whisky ; je suis sorti de l'établissement. Dehors, il faisait un froid qui glaçait les os. Je suis monté par la Rambla vers la place de Catalogne et, au premier bar ouvert, je suis entré et j'ai demandé le whisky que je n'avais pas osé demander au *Tabou*. Je l'ai bu en quelques gorgées rapides et j'en ai commandé un autre. Réconforté par l'alcool, j'ai réfléchi à ce qui venait de se passer. Je me suis demandé dans quel état devait se trouver la femme qui avait fini par ne plus opposer de résistance aux coups de pied de son agresseur, gisant sans défense sur le sol, inerte et peut-être inconsciente. Je me suis dit que, s'il n'y avait pas eu l'intervention *in extremis* des deux portiers, tout indiquait que l'homme aurait pu continuer à tabasser sa victime jusqu'à ce qu'il n'ait plus de force ou qu'il la tue. En revanche, je ne me suis pas posé la question que la patronne s'était, elle, posée : pourquoi je n'avais rien fait pour arrêter la raclée ; je ne me la suis pas posée parce que j'en connaissais la réponse : par peur ; peut-être aussi par indifférence ; et même par cruauté, en fût-ce une ombre : il est possible qu'une partie de moi-même ait pris plaisir à ce spectacle de douleur et de furie, et que cette même partie n'ait vu aucun inconvénient à ce qu'il dure. C'est alors, comme si elle émergeait d'un abîme de siècles, que je me suis souvenu d'une scène parallèle et inverse à celle à laquelle je venais d'assister au *Tabou*, une scène qui avait eu lieu trente ans plus tôt dans un bar d'une ville lointaine que je ne connaissais pas. Là, quelque part à Saigon, mon ami Rodney avait défendu une serveuse vietnamienne de la brutalité d'un sous-officier des bérets verts complètement ivre ; il n'avait été ni indifférent ni cruel : il avait vaincu sa peur et n'avait pas manqué de courage. Exactement ce que je n'avais pas fait quelques minutes plus tôt. Plus que de la honte liée à ma lâcheté, ma cruauté et mon indifférence, c'est de l'étonnement que j'ai éprouvé à me souvenir de Rodney à cet instant précis, alors que cela faisait presque deux ans qu'il était sorti de mon esprit.

Quelques heures plus tard, en repassant dans ma tête ce qui s'était déroulé au cours de la nuit, j'ai pensé que ce souvenir intempestif était en réalité une prémonition. Je l'ai pensé alors (mais j'aurais pu le penser bien plus tôt), au moment précis où, finissant mon whisky dans ce bar de la Rambla et sortant mon portefeuille pour payer, j'ai fait tomber par terre un tas de papiers qui s'y trouvaient en désordre ; je me suis baissé pour les ramasser : il y avait des cartes bancaires, mon permis de conduire et ma carte d'identité, des factures à payer, des bouts de papier sur lesquels étaient griffonnés des numéros de téléphone et des noms vaguement connus. Parmi eux, il y avait la photographie, pliée et froissée ; je l'ai dépliée, l'ai regardée une seconde, moins d'une seconde, la reconnaissant sans vouloir la reconnaître, surpris plus que stupéfait ; ensuite, je l'ai rapidement repliée et l'ai rangée avec les autres papiers. Immédiatement après, j'ai payé, je suis sorti dans la rue avec une sensation de vertige ou de danger réel, comme si je portais une bombe dans mon portefeuille, et je me suis mis à marcher très rapidement, sans sentir le froid nocturne, sans voir les lumières ni les gens de la nuit, essayant de ne pas penser à la photographie mais conscient que cette image provenant d'une vie que je croyais presque annulée pouvait exploser devant la porte en pierre qu'était devenu mon avenir et ouvrir une brèche par laquelle allaient immédiatement s'infiltrer dans le présent l'avenir et le passé, la réalité. Je suis monté par la Rambla, j'ai traversé la place de Catalogne, j'ai pris l'avenue de Gràcia, j'ai tourné à gauche en arrivant à Diagonal et j'ai continué à marcher très rapidement, comme si j'avais besoin de m'épuiser au plus vite, ou de retrouver du courage, ou de retarder autant que possible le moment inévitable. A un croisement de la rue Balmes, à la lumière d'un feu, j'ai fini par me décider : j'ai ouvert mon portefeuille, j'ai pris la photographie et je l'ai regardée. C'était l'une des photographies que Paula et Gabriel avaient prises avec Rodney lors de la visite de mon ami à Gérone, et aussi la seule image de Paula et Gabriel que j'avais conservée par mégarde : je m'étais défait des autres au moment du déménagement. Ils étaient là tous les deux, sur ce bout de papier oublié, comme deux fantômes qui résistent à l'effacement, diaphanes, souriants et intacts, sur le pont des Peixeteries Velles ; Rodney était là aussi, très droit entre les deux, avec son morceau de tissu sur l'œil et ses deux énormes mains posées sur les épaules de ma femme et de mon fils, comme un cyclope prêt à les protéger d'une menace encore invisible. Je suis resté là à regarder la photographie ; je n'essaierai pas de décrire ce que je pensais : ce serait dénaturer ce que je ressentais pendant que je le pensais. Je dirai seulement que je devais fixer la photographie depuis longtemps déjà quand je me suis rendu compte que je pleurais, car les larmes, qui coulaient abondamment sur mes joues, étaient en train de mouiller ma chemise en flanelle et les revers de mon manteau. Je pleurais comme si je n'allais jamais plus cesser de pleurer. Je pleurais pour Paula et Gabriel, mais peut-être pleurais-je surtout parce que jusqu'alors je n'avais pas pleuré pour eux, ni quand ils sont morts ni durant les mois de panique, de culpabilité et de réclusion qui avaient suivi. Je pleurais pour eux et pour moi ; j'ai aussi compris, ou j'ai cru comprendre, que je pleurais pour Rodney et, avec une étrange impression de soulagement – comme si de penser à lui était le seul moyen de ne pas avoir à penser à Paula et à Gabriel –, je l'ai imaginé à cet instant précis dans sa maison de Rantoul, sa maison provinciale à deux étages de Belle Avenue, avec son chien-assis, son perron, son jardin et ses deux érables, avec son travail paisible et routinier de maître d'école, regardant son fils grandir et sa femme s'épanouir, ayant racheté son destin d'incurable inadapté qui l'avait traqué avec acharnement pendant plus de trente ans, possédant tout ce que j'avais moi aussi possédé à l'époque satinée et révolue de cette photographie, époque qu'elle me rendait à présent.

Je ne sais pas combien de temps je suis resté près du feu avant de pouvoir remettre la photographie dans mon portefeuille, de traverser Balmes et, sans cesser de pleurer (ou c'est ce que je crois), de marcher jusqu'à Muntaner, puis jusqu'à la partie haute de la ville. J'essayais encore une fois de ne penser à rien, mais je pensais à Paula et à Gabriel ; cela me faisait mal comme une amputation : pour éviter la douleur, je me suis forcé à repenser à Rodney. Je me rappelais nos discussions sans fin au *Treno's*, ma visite à son père à Rantoul, mon projet toujours remis d'écrire son histoire et la conversation que nous avions eue à Madrid, lors de laquelle j'avais découvert avec répugnance – une répugnance que je trouvais à présent répugnante – que mon ami avait sur la conscience la mort de femmes et d'enfants. Et à un moment donné, parmi les images qui traversaient comme des nuages ou des aérolites mon cerveau obnubilé, je me suis rappelé Rodney à la fête de Wong, le Chinois, entouré de gens mais imperméable à eux, aussi seul qu'un animal égaré au milieu d'un troupeau d'une autre espèce, je me le rappelais sur les marches du perron de Wong, cette même nuit, grand, délabré, désemparé et vacillant, se protégeant de la neige avec sa veste en cuir et sa casquette, tandis que je l'observais d'une fenêtre donnant sur la rue et que de gros flocons tombaient sur la chaussée, et lui regardant la nuit sans pleurer (même si au début j'avais l'impression qu'il pleurait), la regardant comme s'il marchait sur un sentier étroit au bord d'un abîme très noir et que personne au monde n'avait autant le vertige ni autant peur que lui. Et tout à coup, j'ai compris ce que je n'avais pas compris cette nuit si lointaine : si j'avais abandonné la fête et que j'étais parti à la recherche de Rodney, c'était parce que j'avais compris, en l'observant depuis la fenêtre, qu'il était l'homme le plus seul au monde et que, pour une raison indubitable qui, pourtant, n'était pas à ma portée, j'étais le seul à pouvoir l'accompagner, et j'ai aussi compris, au cours de cette nuit-là, tant d'années plus tard, que les rôles avaient changé. A présent, j'étais, moi aussi, responsable de la mort d'une femme et d'un enfant (ou je me sentais responsable de la mort d'une femme et d'un enfant), à présent, c'était moi l'homme le plus seul au monde, un animal égaré au milieu d'un troupeau d'une autre espèce, à présent, c'était Rodney, et peut-être seul Rodney, qui pouvait m'accompagner, parce qu'il avait parcouru bien plus tôt et bien plus longtemps que moi la même galerie d'épouvante et de remords où, depuis plusieurs mois, je marchais à tâtons, et parce qu'il en avait trouvé la sortie : seul Rodney, mon semblable, mon frère – un monstre comme moi, un assassin comme moi –, pouvait me montrer un rai de lumière dans ce tunnel de malheur à travers lequel, sans même avoir la force de désirer en sortir, j'étais en train de marcher tout seul et dans l'obscurité depuis la mort de Gabriel et de Paula, tout comme Rodney l'avait fait pendant trente ans depuis qu'au détour d'un sentier d'un lieu sans nom du Viêtnam il avait vu apparaître un soldat qui était lui-même.

Cette nuit-là, je suis rentré chez moi plus tôt que d'habitude, je me suis mis au lit les yeux grands ouverts et, pour la première fois depuis des mois, j'ai dormi six heures d'affilée. J'ai fait deux rêves. Dans le premier, il n'y avait que Gabriel. Il jouait au baby-foot dans un énorme local vide comme un garage, frappant les balles avec une joie d'adulte, presque féroce ; il n'avait pas d'adversaire, ou je ne pouvais pas le distinguer, et il ne semblait pas entendre les cris par lesquels j'essayais d'attirer son attention ; puis, tout à coup, il a lâché les manettes et, agacé ou furieux, il s'est tourné vers moi. "Ne pleure pas, papa, a-t-il dit d'une voix qui n'était pas la sienne, ou que je n'ai pas réussi à reconnaître. Ça ne m'a pas fait mal." Le second rêve était plus long et plus complexe, plus incohérent aussi. J'ai d'abord vu les visages de Paula et de Gabriel, très près l'un de l'autre, presque joue contre joue, me souriant d'un air interrogateur, comme s'ils étaient de l'autre côté d'une paroi de verre. Puis, Rodney les a rejoints et les trois visages ont commencé à se superposer comme des calques, se fondant les uns dans les autres, de sorte que le visage de Gabriel changeait jusqu'à devenir celui de Paula ou de Rodney, et le visage de Paula changeait jusqu'à devenir celui de Rodney ou de Gabriel, et le visage de Rodney changeait jusqu'à devenir celui de Gabriel ou de Paula. A la fin du rêve, je me voyais arriver, par une journée bleue et ensoleillée, chez Rodney à Rantoul, et découvrir avec une angoisse indicible, au milieu des faux sourires et des regards méfiants, que ceux qui vivaient avec mon ami n'étaient ni sa femme ni son fils, mais Paula et Gabriel, ou une femme et un garçon qui, avec une certaine perversité, imitaient la voix, le physique et même les gestes affectueux de Paula et de Gabriel.

Le lendemain, c'est l'angoisse qui m'a réveillé. Je me suis rasé, j'ai pris une douche, je me suis habillé et, pendant que je prenais le café et fumais une cigarette, j'ai décidé d'écrire à Rodney. Je me souviens bien de la lettre. Je commençais par m'excuser d'avoir cessé de lui écrire ; puis je lui demandais des nouvelles de lui, de sa femme et de son fils ; puis je lui mentais : je lui parlais de Gabriel et de Paula comme s'ils étaient toujours vivants, et je lui parlais aussi de moi comme si depuis de nombreux mois je n'étais pas occupé à mourir mais à naître et que je n'étais pas devenu un fantôme ou un zombi mais que je continuais à vivre et à écrire comme si la demeure de mon âme n'était pas détruite. Je me suis immédiatement aperçu qu'écrire à Rodney agissait sur moi tel un calmant et, pendant que je regardais les mots surgir comme des insectes sur l'écran de l'ordinateur, presque sans m'en rendre compte, l'idée s'est imposée à moi comme une évidence qu'aller voir Rodney à Rantoul était le seul moyen de rompre la logique d'anéantissement dans laquelle je me trouvais piégé. A peine avais-je fini de formuler cette idée que j'ai commencé à la mettre par écrit mais, comprenant qu'elle était contraignante et brutale et qu'elle exigeait trop d'explications, je l'ai aussitôt supprimée ; après l'avoir tournée dans tous les sens et fait plusieurs brouillons, j'ai fini par simplement lui exprimer mon désir de revenir un jour à Urbana et de le revoir là-bas ou à Rantoul, une déclaration suffisamment vague pour ne pas détonner avec l'humeur calme et informelle du reste de ma missive. Il faisait déjà nuit quand j'ai eu fini de l'écrire, et je l'ai envoyée le lendemain matin à Rantoul en courrier prioritaire.

Pendant deux ou trois semaines, j'ai en vain attendu la réponse de Rodney. Craignant que ma lettre ne se soit perdue, je l'ai réimprimée et la lui ai renvoyée ; avec le même résultat. Ce silence m'a déconcerté. Qu'aucune des deux lettres ne soit arrivée à leur destinataire me paraissait moins probable que l'idée que Rodney les ait reçues mais qu'il ait refusé d'y répondre, ce pour une raison ou pour une autre (peut-être parce qu'il avait pris pour de l'ingratitude ou pour un affront qu'emporté par mon succès j'aie sans explication interrompu notre correspondance) ; il était aussi possible que Rodney ne vive plus à Rantoul, une conjecture confirmée par le fait que, d'après mes recherches, aucun numéro de téléphone à Rantoul ne correspondait au nom de Falk. Les deux hypothèses étaient aussi plausibles l'une que l'autre, mais je ne sais plus comment je suis arrivé à la conclusion que la seconde était plus raisonnable, bien qu'étant la plus inquiétante et la moins optimiste : après tout, si le silence de Rodney était dû à son orgueil blessé, il y avait alors l'espoir de le briser, car il n'était pas insensé de penser que tôt ou tard l'orgueil se cicatriserait ; mais si son silence était dû au fait que Rodney n'avait pas reçu mes lettres parce qu'il était parti vivre avec sa famille dans une autre ville (ou, pire, parce qu'il avait de nouveau pris la fuite, redevenu un fugitif chronique, incapable de s'affranchir de l'opprobre de son passé), alors toute chance de revoir Rodney se dissipait pour toujours. Très vite, ma confusion a tourné au découragement, et l'illusion fugace qu'une rencontre avec Rodney puisse exercer sur moi l'effet d'un sortilège salutaire est soudain apparue comme le dernier leurre de mon impuissance, et le plus ridicule. Une fois encore, il n'y avait devant moi qu'une porte en pierre.

Je suis retourné à ma vie de sous-sol ; j'ai laissé passer le temps. Un vendredi de février, plus ou moins deux mois après ma tentative pour renouer ma correspondance avec Rodney, en ouvrant ma boîte aux lettres afin de prendre le paquet de joints que Marcos m'y laissait chaque semaine, j'ai trouvé une lettre de mon agent littéraire. Contrairement à ce que je faisais d'habitude, cette fois-ci, je l'ai ouverte : mon agent m'annonçait que l'ambassade d'Espagne à Washington me proposait de faire un voyage de promotion dans plusieurs universités des Etats-Unis. Je ne sais pas si j'ai déjà dit que ce genre d'invitations à voyager à droite et à gauche était devenu aussi routinier que le silence administratif par lequel j'y répondais. J'étais sur le point de jeter la lettre quand j'ai pensé à Rodney ; j'ai ouvert le paquet de Marcos, j'en ai sorti un joint, je l'ai allumé, j'ai pris plusieurs bouffées et j'ai mis la lettre dans ma poche. Puis je suis sorti dans la rue et je me suis mis à marcher vers le centre. Cette nuit-là, je n'ai rien fait d'autre que ce que je faisais depuis des mois ; de même que la nuit de samedi et celle de dimanche. Mais, pendant tout le weekend, je n'ai cessé de penser à cette proposition, et le lundi après-midi, après être resté si longtemps sans avoir donné signe de vie, j'ai appelé mon agent. Elle a à peine eu le temps de se remettre de la surprise de mon coup de fil, qu'elle en a eu une autre quand je lui ai dit que j'avais décidé d'accepter le voyage à travers les Etats-Unis, à la condition *sine qua non* qu'une de mes étapes soit Urbana. A partir de là, tout s'est déroulé très vite : l'ambassade et les universités ont accepté, ont organisé le voyage et mi-avril, presque quinze ans après avoir quitté Urbana, j'ai repris l'avion pour les Etats-Unis.

L'ALGÈBRE DES MORTS

Mon voyage à travers les Etats-Unis a duré deux semaines, durant lesquelles j'ai parcouru ce pays d'est en ouest, tout d'abord en proie à des sentiments pour le moins contradictoires : d'un côté, j'étais impatient, aspirant non seulement à retrouver Urbana et à revoir Rodney mais aussi – ce qui peut-être revenait au même – à m'extraire un peu de la boue du sous-sol et à me délester du poids d'un passé qui, sur le rivage où j'allais aborder, n'existait pas ou dont je pouvais feindre l'inexistence ; mais, d'un autre côté, je ressentais une appréhension aiguë, car, pour la première fois depuis presque un an, j'allais sortir de l'état d'hibernation par lequel j'avais essayé de me préserver de la réalité, et j'ignorais quelle serait ma réaction quand je l'affronterais de nouveau, la chair à vif. De sorte que, même si je me suis très vite rendu compte que je ne m'étais pas déshabitué du grand jour, j'ai eu d'abord l'impression de marcher un peu à tâtons, comme celui qui, après un long moment passé dans l'obscurité, met du temps à s'habituer à la lumière. Je suis parti d'Espagne un samedi pour n'arriver à Urbana qu'une semaine plus tard, mais à peine avais-je touché le sol américain que m'arrivaient déjà des nouvelles des gens d'Urbana. L'université de Virginie, dont le siège était à Charlottesville, était la première escale de mon voyage. Mon hôte, le professeur Victor T. Davies, un spécialiste réputé de la littérature des Lumières, est venu me chercher à l'aéroport Dulles, à Washington, et, durant les deux heures du trajet jusqu'à l'université, nous avons parlé de connaissances communes ; à un moment donné, le nom de Laura Burns a été prononcé. Cela faisait des années que je n'avais pas de nouvelles de Laura, pas plus que des autres amis d'Urbana, mais Davies était fréquemment en contact avec elle depuis qu'elle avait publié une édition critique (excellente, a-t-il précisé) de l'œuvre de Cadalso, *Les Erudits à la violette* ; d'après ce que m'a raconté Davies, Laura avait divorcé quelques années plus tôt de son second mari et enseignait à présent à l'université de Saint Louis, à moins de trois heures de voiture d'Urbana.

— Si j'avais su que vous étiez amis, je lui aurais dit que tu venais, a ajouté Davies, désolé.

En arrivant à Charlottesville, je lui ai demandé le numéro de téléphone de Laura et le soir même je l'ai appelée de ma chambre du *Colonnade Club*, un somptueux hôtel particulier du XVIIIe siècle où étaient hébergés les visiteurs officiels de l'université. Mon appel a rempli Laura d'une joie exagérée et presque contagieuse et, passé ce premier instant de surprise, il a été décidé après un rapide échange de nouvelles qu'elle se mettrait en contact avec John Borgheson, à présent chef du département et l'organisateur de mon séjour à Urbana, et qu'en tout cas on se verrait là-bas le samedi suivant.

La deuxième ville où je me suis rendu était New York, où je devais donner une conférence au Barnard College, une institution qui dépendait de l'université Columbia. Le soir de mon arrivée, après la conférence, mon hôte, un professeur espagnol qui s'appelait Mercedes Esteban, m'a invité à dîner en compagnie de deux autres collègues dans un restaurant mexicain de la 43e Rue ; là, assis à une table, nous attendait Felipe Vieri. Mercedes Esteban et lui s'étaient connus quand ils enseignaient tous deux à l'université de New York et depuis ils étaient restés bons amis ; c'est elle qui lui avait appris que j'allais venir, et ensemble ils avaient organisé cette rencontre inattendue. Cela faisait longtemps que Vieri et moi avions cessé de nous écrire et, à part quelques rares nouvelles recueillies çà et là (évidemment, Vieri lui aussi avait eu vent du succès de mon roman), nous ignorions tout l'un de l'autre, mais au cours du dîner mon ami a fait de son mieux pour combler ce vide. J'ai ainsi appris que Vieri enseignait toujours à l'université de New York, qu'il habitait toujours Greenwich Village, qu'il avait publié quelques romans et plusieurs livres d'essais, dont l'un consacré au cinéma d'Almodóvar ; pour ma part, je lui ai menti comme j'avais menti dans ma lettre inutile envoyée à Rodney, comme j'avais menti à Davies et à Laura : je lui ai parlé de Gabriel et de Paula comme s'ils étaient vivants et de ma vie heureuse d'écrivain provincial à succès. Mais c'est surtout d'Urbana que nous avons parlé. Vieri avait apporté plusieurs exemplaires de *Línea Plural* ("une perle rare", s'est-il moqué, avec un geste et une voix efféminés, en s'adressant aux autres invités) et un tas de photos parmi lesquelles j'ai reconnu celle de la réunion des collaborateurs de la revue dans laquelle Rodrigo Ginés avait relaté sa rencontre dadaïste avec Rodney tandis qu'il collait des affiches trotskistes contre General Electric. Montrant un jeune homme au sourire rayonnant qui, coincé entre Rodrigo et moi, regardait l'objectif, Vieri a demandé :

— Tu te souviens de Frank Solaún ?

— Bien sûr, ai-je répondu. Qu'est-ce qu'il est devenu ?

— Ça fait sept ans qu'il est mort, a dit Vieri sans quitter la photo des yeux. Du sida.

J'ai acquiescé, mais personne n'a ajouté aucun commentaire et nous avons continué à parler : de Borgheson, de Laura, de Rodrigo Ginés, d'amis et de connaissances ; Vieri avait des nouvelles assez précises de la plupart d'entre eux, mais je n'ai pas osé au cours du dîner lui en demander de Rodney. Je l'ai fait plus tard, dans un bar situé au coin de Broadway et de la 121e Rue, près d'Union Theological Seminary – le dortoir de l'université où je logeais – où nous avons bavardé en tête à tête jusqu'à l'aube. Comme c'était prévisible, Vieri se souvenait très bien de Rodney ; comme c'était prévisible, il ne savait rien de lui ; et comme c'était prévisible aussi, il s'est étonné que ce soit moi, son seul ami à Urbana, qui lui demande de ses nouvelles.

— Sûrement qu'à Urbana quelqu'un pourra te dire ce qu'il est devenu, a-t-il hasardé.

C'est avec cet espoir-là que, venant de Chicago, je suis finalement arrivé à Urbana le samedi à midi. Je me rappelle qu'en décollant de l'aéroport O'Hare et en survolant les faubourgs de la ville – avec la ligne dentelée des gratte-ciel qui se découpait sur le bleu enflammé du ciel et celui, intense, du lac Michigan – je n'ai pas pu m'empêcher de me souvenir de mon premier voyage de Chicago à Urbana, dix-sept ans plus tôt, dans un autobus de la Greyhound assiégé par la canicule d'août, tandis qu'autour de moi défilait une interminable étendue de terre brune et inhabitée identique à celle qui, à présent, semblait presque figée sous mon avion, parsemée çà et là de taches vertes et de ranchs isolés ; je me souvenais de ce premier voyage et il m'a semblé bizarre qu'au moment même où j'allais atterrir à Urbana après si longtemps cet endroit me paraisse soudain aussi illusoire qu'une invention du désir ou de la nostalgie. Mais Urbana n'était pas une invention. John Borgheson m'attendait à l'aéroport, plus chauve peut-être mais pas plus décrépit que la dernière fois que je l'avais vu à Barcelone quelques années plus tôt ; il était en tout cas toujours aussi affable et accueillant, et plus britannique que jamais. Tandis qu'il m'amenait au *Chancellor Hotel* et que je contemplais sans les reconnaître les rues d'Urbana, il m'a détaillé le plan qu'il avait imaginé pour mon séjour dans la ville, m'a annoncé une fête de bienvenue à six heures le soir même, et m'a proposé de passer me chercher à l'hôtel dix minutes avant. Au *Chancellor*, j'ai pris une douche et changé de vêtements ; ensuite, je suis descendu attendre Borgheson et à un moment donné, faisant les cent pas dans le hall pour tuer le temps, j'ai eu l'impression fugace de reconnaître quelqu'un ; surpris, j'ai reculé mais je n'ai vu que le reflet de mon visage dans un grand miroir accroché au mur. Tout en me demandant depuis combien de temps je ne m'étais pas regardé dans une glace, je fixais mon visage dans le miroir comme s'il était celui d'un inconnu et, ce faisant, j'ai pensé que j'étais en train de changer de peau et que c'était là le rivage où je devais aborder, j'ai pensé au poids du passé et à la boue du sous-sol et à la clarté promise du grand jour, et j'ai pensé aussi que, même si l'objectif de ce voyage était chimérique ou absurde, le fait de l'avoir entrepris, lui, ne l'était pas.

Borgheson est arrivé à l'heure convenue et m'a amené chez une collègue, professeur de littérature, qui avait insisté pour organiser la fête. Elle s'appelait Elizabeth Bell et était arrivée à Urbana presque au moment où je partais, si bien que je ne me souvenais d'elle que vaguement ; quant aux autres invités, dans leur majorité professeurs et assistants d'espagnol, je n'en connaissais aucun. Jusqu'à ce que Laura Burns apparaisse, blonde, belle et débordante de vie ; elle m'a serré dans ses bras et m'a embrassé avec exubérance, puis a embrassé et serré Borgheson dans ses bras avec la même exubérance, salué les autres invités toujours avec exubérance et s'est immédiatement emparée de la conversation, visiblement décidée à nous faire payer les deux heures et demie qu'il lui avait fallu pour venir en voiture de Saint Louis en occupant à elle seule le devant de la scène. Ce n'était pas la première fois qu'elle faisait ce voyage : pendant la conversation téléphonique que j'avais eue avec elle de Charlottesville, Laura m'avait raconté qu'elle venait de temps en temps voir Borgheson qui, comme j'ai pu le constater ce soir-là, ne la considérait plus comme une disciple exceptionnelle mais plutôt comme une belle-fille turbulente dont il trouvait, malgré lui, les frasques irrésistiblement drôles. Pendant le dîner, Laura n'a pas cessé un seul instant de parler, sans m'adresser la parole ni directement ni en aparté, alors que nous étions assis l'un à côté de l'autre ; mais elle a parlé de moi aux autres à la façon de ces épouses ou de ces mères qui, en créatures symbiotiques, ne semblent vivre qu'en fonction des réussites de leur époux ou de leurs enfants. Elle a d'abord parlé du succès de mon roman, sur lequel elle avait écrit un article élogieux dans *World Literature Today*, puis elle a discuté avec Borgheson, Elizabeth Bell et son mari – un linguiste espagnol qui s'appelait Andrés Viñas – des personnages réels qui se cachaient derrière les personnages fictifs dans *A petites foulées*, le roman que j'avais écrit et situé à Urbana, et à un moment donné elle a raconté que le chef du département alors en fonction s'était reconnu dans le personnage de chef du département du livre et qu'il s'était arrangé pour faire disparaître tous les exemplaires de la bibliothèque, mais j'ai trouvé étrange que ni Laura, ni Borgheson, ni Elizabeth Bell, ni Viñas n'évoquent Olalde, le professeur espagnol fictif dont le physique extravagant – et peut-être pas seulement le physique – était nettement inspiré par celui de Rodney. Puis Laura a semblé fatiguée de parler de moi et s'est mise à raconter des anecdotes sur ses deux ex-maris et à se moquer d'eux à gorge déployée et surtout d'elle en tant que femme de ses deux ex-maris. C'est seulement après le dîner que Laura a abandonné le monopole de la conversation laquelle a pris alors inévitablement la forme d'un catalogue raisonné des différences entre l'Urbana actuelle et celle d'il y a quinze ans, et d'un passage en revue décousu des vies, aussi différentes qu'aléatoires, menées par les professeurs et les assistants dont j'avais été le collègue à cette époque-là. Tout le monde connaissait au moins une histoire ou un bout d'histoire, mais celui qui semblait le mieux informé était Borgheson, le doyen du département, si bien que lorsque nous sommes sortis fumer une cigarette dans le jardin accompagnés de Laura, Viñas et un assistant, je lui ai demandé s'il avait des nouvelles de Rodney.

— Putain, c'est vrai, a dit Laura. Ce cinglé de Rodney.

Borgheson ne se souvenait pas de lui, mais Laura et moi avons réussi à lui rafraîchir la mémoire.

— Bien sûr, s'est-il rappelé enfin. Falk. Rodney Falk. Le géant qui était allé au Viêtnam. Je l'avais complètement oublié. Il était du coin, non ? De Decatur ou d'un endroit comme ça, n'est-ce pas ? Je n'ai rien dit et Borgheson a poursuivi : Bien sûr que je me rappelle. Mais j'ai eu très peu de contact avec lui. Ne me dis pas que vous étiez amis ?

— On a partagé le même bureau pendant un semestre, ai-je répondu, évasif. Puis il a disparu.

— Allons donc, a tranché Laura en s'accrochant à mon épaule. Mais vous étiez tous les jours à conspirer au *Treno's*, comme si vous faisiez partie de la CIA. Je me suis toujours demandé de quoi vous pouviez parler autant.

— De rien, ai-je dit. De livres.

— De livres ? a dit Laura.

— C'était un type curieux, est intervenu Borgheson en s'adressant à Viñas et à l'assistant qui suivaient la conversation avec l'air de s'y intéresser vraiment. On aurait dit un *redneck*, un vrai balourd et, en plus, il donnait toujours l'impression d'avoir la tête ailleurs. En fait, c'était quelqu'un de très cultivé, qui avait beaucoup lu. Ou du moins c'est ce que disait de lui Dan Gleylock, son ami. Tu te souviens de Gleylock ?

— Mais comment veux-tu qu'il ne se souvienne pas de lui ? a répondu Laura à ma place. Je ne sais pas ce qu'il en est pour toi mais, moi, je n'ai jamais rencontré un type pareil, capable de parler dix-sept langues amérindiennes. Tu sais quoi, John ? J'ai toujours pensé que si les Martiens atterrissent un jour sur Terre, on aura au moins une façon de s'assurer que ce sont des Martiens : on leur envoie Gleylock et, s'il ne les comprend pas, alors c'est que c'en sont bel et bien.

Borgheson, Viñas et l'assistant se sont mis à rire.

— Il a pris sa retraite il y a deux ans, a poursuivi Borgheson. Il vit maintenant en Floride et m'envoie de temps en temps un e-mail… Quant à Falk, en vérité, je n'ai plus entendu parler de lui.

La fête s'est terminée vers neuf heures mais Laura et moi sommes allés boire un verre avant qu'elle ne reprenne la route de Saint Louis. Elle m'a amené à *The Embassy*, un petit bar tout en longueur, à l'éclairage discret, au sol et aux murs recouverts de bois, près de Lincoln Square, et à peine étions-nous assis au comptoir, face à un miroir qui réfléchissait l'atmosphère paisible de l'établissement, que je me suis souvenu qu'une scène de mon roman se déroulait dans ce même café. Tandis que nous commandions nos verres, je l'ai dit à Laura.

— Bien sûr, a-t-elle fait en souriant. Pourquoi je t'aurais amené ici, sinon ?

On est restés à bavarder à *The Embassy* très tard. On a parlé un peu de tout ; aussi de ma femme et de mon fils morts, comme s'ils étaient vivants. Mais ce dont je me souviens le mieux, c'est de la fin de notre conversation, sans doute parce qu'à ce moment-là j'ai eu pour la première fois l'intuition fallacieuse que le passé n'est pas un lieu stable mais changeant, altéré en permanence par l'avenir, et que par conséquent rien de ce qui est déjà arrivé n'est irréversible. Nous avions déjà demandé l'addition quand Laura a déclaré, non pas comme si elle faisait le bilan de la soirée mais comme si lui échappait une remarque distraite, que le succès m'avait fait du bien.

— Pourquoi aurait-il dû me faire du mal ? ai-je demandé, et aussitôt je lui ai machinalement dit ce que je disais depuis deux ans déjà chaque fois que quelqu'un faisait la même erreur : Les écrivains à succès racontent que l'échec est la condition idéale de l'écrivain. Crois-moi : ne les crois pas. Il n'y a rien de mieux que le succès.

Et j'ai alors cité, comme je le faisais toujours, la phrase d'un écrivain français, Jules Renard peut-être, avec laquelle Marcos Luna avait cloué le bec vingt ans plus tôt à un collègue de la faculté des beaux-arts : "Oui, je sais. Tous les grands hommes furent d'abord méconnus ; mais je ne suis pas un grand homme, et j'aimerais autant être connu tout de suite." Laura a ri.

— Pas de doute, a-t-elle dit. Ça t'a fait du bien. Tu peux dire ce que tu veux, ça n'est pas si fréquent. Regarde mon second mari, par exemple. Ce sale *gringo* s'est rempli les poches en faisant ce qui lui plaît mais il n'arrête pas de se plaindre d'être l'esclave du succès, de ceci et de cela, et de Dieu sait quoi encore. *Bullshit.* Nous qui avons échoué, au moins nous ne passons pas notre temps à emmerder les gens avec notre échec.

Avec une ingénuité délibérée, j'ai demandé :

— Toi, tu as échoué ?

Un sourire sarcastique a tordu ses lèvres :

— Bien sûr que non, a-t-elle dit d'un ton ambigu, à la fois agressif et rassurant. C'est une façon de parler, voyons. Tout le monde sait qu'il n'y a que les idiots qui échouent. Mais, dis-moi : comment appelles-tu le fait d'avoir foutu deux mariages en l'air, d'être plus seule qu'une chienne, d'avoir quarante ans et de n'avoir même pas fait une carrière universitaire digne de ce nom ? Pendant un moment, elle a gardé le silence et, comme je ne répondais pas, elle a poursuivi sans amertume, comme apaisée par ses propres sarcasmes : Enfin, passons... Que vas-tu faire demain ?

Le serveur nous a apporté l'addition.

— Rien, ai-je menti tout en haussant les épaules, après avoir payé. Je vais faire un tour. Voir la ville.

— Bonne idée, a dit Laura. Tu sais quoi ? J'ai l'impression que pendant les deux ans que tu as passés à Urbana tu n'as rien vu, rien pigé. Pour tout te dire, mon vieux : j'avais l'impression que tu portais des œillères.

Laura est restée un instant à me regarder comme si elle n'avait pas fini de parler, comme si elle hésitait ou comme si elle allait s'excuser de ce qu'elle venait de dire mais elle a fini par poser son verre sur le comptoir, m'a caressé la joue, m'a embrassé sur la bouche, a souri doucement en détachant ses lèvres des miennes et a répété à voix basse :

— Rien de rien.

J'ai gardé le silence, perplexe. Laura a repris son verre et l'a fini d'un trait.

— Ne t'inquiète pas, mon gars, a-t-elle dit alors, reprenant son ton habituel. Je ne vais pas te demander de coucher avec moi, je suis trop vieille pour risquer de me faire envoyer sur les roses par un gamin comme toi, mais fais-moi au moins le plaisir d'arrêter de prendre cet air de con… Bon, on y va ?

Laura m'a conduit au *Chancellor* et quand elle s'est arrêtée devant la porte je lui ai proposé de prendre un dernier verre au bar de l'hôtel ; à peine avais-je dit cela que m'est revenu à l'esprit le souvenir de Patricia, la femme de Marcos, et j'ai aussitôt regretté mes paroles : plus qu'une proposition à mots couverts, cela semblait être une pathétique tentative de réparation, une petite tape de consolation sur l'épaule. Laura a refusé de la tête.

— Il vaut mieux pas, a-t-elle dit en souriant à peine. Il est très tard et j'ai encore plus de deux heures de route à faire.

Nous nous sommes serrés dans les bras et un instant j'ai senti le bref aiguillon d'une nostalgie anticipée car j'ai eu l'impression que c'était la dernière fois que je voyais Laura, et que Laura aussi avait cette impression.

— Je suis très contente de t'avoir vu, a dit mon amie tandis que j'ouvrais la portière. Et je suis très contente que tu ailles bien. Qui sait, peut-être qu'un jour j'irai à Barcelone, j'aimerais bien connaître ta femme et ton fils.

Avant de sortir tout à fait de la voiture, je l'ai regardée droit dans les yeux et j'ai voulu lui dire : “Ils sont tous les deux morts, Laura. C'est moi qui les ai tués.” Pourtant je lui ai dit :

— Bien sûr, Laura. Viens quand tu veux. Ils seront ravis de te connaître.

Puis j'ai fermé la portière et suis entré dans l'hôtel sans me retourner pour la regarder s'éloigner.

Le lendemain, je me suis réveillé en ne sachant pas où j'étais mais cette impression n'a duré que quelques secondes et, après m'être réconcilié avec le fait étonnant de me retrouver à Urbana, j'ai décidé, sous la douche, de rendre vrai le mensonge que j'avais fabriqué pour Laura à *The Embassy* et de remettre à midi ma visite à Rantoul. Si bien qu'après le petit-déjeuner au *Chancellor* je suis sorti et me suis dirigé vers le centre. C'était un dimanche, les rues étaient presque désertes et si tout me paraissait au début vaguement familier, très vite j'étais perdu, je n'arrivais pas à me départir de l'idée que Laura avait sans doute raison et que pendant deux ans j'avais vécu à Urbana avec des œillères, déambulant comme un fantôme ou un zombi au milieu de cette population de fantômes ou de zombis. J'ai dû arrêter un type qui faisait du jogging avec des écouteurs dans les oreilles, pour qu'il m'indique le chemin du campus ; grâce à ses indications, j'ai retrouvé mes repères en arrivant à Green Street. Ainsi, comme à la poursuite de l'ombre du kamikaze joyeux, redoutable et arrogant que j'avais été à Urbana, j'ai revu la pelouse si verte du Quad, le Foreign Languages Building, mon ancienne maison au 703 de West Oregon, le *Treno's*. Tout était plus ou moins resté comme dans mon souvenir, sauf le *Treno's*, devenu à présent l'un de ces cafés interchangeables, très européens (de Rome) aux yeux des snobs américains et très américains (de New York) aux yeux des snobs européens, mais qu'on ne peut voir ni à New York ni à Rome. Je suis entré, j'ai demandé un Coca-Cola au comptoir et, tout en regardant la matinée ensoleillée à travers les baies vitrées donnant sur Goodwin, je l'ai bu presque d'un trait. Puis j'ai payé et je suis sorti.

A la réception du *Chancellor*, on m'a donné l'adresse d'une agence de location de voitures qui était ouverte le dimanche. Là, j'ai loué une Chrysler, j'ai consulté un employé pour m'assurer que je me souvenais bien du chemin et une demi-heure plus tard, après avoir parcouru le même trajet qu'il y a quinze ans pour voir le père de Rodney (par Broadway et Cunningham Avenue, puis par l'autoroute du Nord), j'arrivais à Rantoul. En entrant dans la ville, j'ai aussitôt reconnu le croisement de Liberty Avenue et de Century Boulevard, ainsi qu'une station-service qui portait à présent le nom de *Casey's General Store* et avait été rafraîchie par de nouvelles pompes et agrandie avec un supermarché-cafétéria. Comme je n'étais pas sûr de pouvoir retrouver la maison de Rodney, je me suis garé là, je suis entré dans la cafétéria et j'ai demandé où se trouvait Belle Avenue à une grosse serveuse habillée et coiffée de blanc qui, sans cesser de s'occuper de ses clients, m'a crié quelques indications confuses. J'ai repris la voiture en tâchant de les suivre et, juste au moment où je croyais m'être encore perdu, j'ai vu les voies ferrées et j'ai instantanément su où j'étais. Après une marche arrière, j'ai tourné à droite, suis passé à côté de la porte fermée du *Bud's Bar* et j'ai aussitôt garé la voiture devant la maison de Rodney. Son aspect n'était pas très différent de celui qu'elle avait quinze ans plus tôt, même si sa taille et son allure un peu surannée de vieille maison de campagne contrastaient encore plus que dans mon souvenir avec la fonctionnalité anodine des immeubles voisins. Rodney l'avait sans doute aménagée pour sa famille, car la façade et le perron semblaient avoir récemment été repeints en blanc ; c'est pourquoi j'ai été surpris de voir flotter encore, entre les deux érables qui se dressaient dans le jardin de devant, les bandes et les étoiles du drapeau américain sur un petit mât fiché dans le gazon. Je suis resté un moment dans la voiture, le cœur battant et la gorge nouée, tâchant de concevoir que j'étais enfin là, à la fin du voyage, sur le point de retrouver Rodney et, quelques secondes plus tard, j'ai monté l'escalier et appuyé sur la sonnette. Personne n'a répondu. J'ai sonné une nouvelle fois, avec le même résultat. A quelques mètres de la porte, à droite, il y avait une fenêtre qui, d'après mes souvenirs, donnait sur le salon où je m'étais entretenu avec le père de Rodney, mais je n'ai pas pu voir à l'intérieur car des rideaux blancs m'en empêchaient. Je me suis retourné : un quatre-quatre conduit par un vieil homme a tourné au coin de la rue, est passé lentement devant moi et s'est éloigné en direction du centre. J'ai descendu l'escalier et, tandis que j'allumais une cigarette dans le jardin, l'idée m'est venue d'aller frapper à la porte d'un voisin pour lui demander s'il savait où était Rodney mais je l'ai écartée quand j'ai remarqué une femme en robe de chambre qui m'observait de sa fenêtre, de l'autre côté de la rue. J'ai décidé de faire un tour. J'ai marché d'abord vers les voies ferrées, au-delà desquelles la ville semblait se désintégrer dans un désordre de terrains vagues, de forêts minuscules et de champs cultivés, et puis, en longeant les voies, j'ai refait en sens inverse le chemin que je venais de parcourir en voiture et, en arrivant au niveau du *Bud's Bar*, j'ai vu qu'on venait de l'ouvrir : la porte était encore fermée mais une camionnette était juste garée devant elle et, malgré le soleil vertical de la matinée, les enseignes lumineuses de Miller Lite, de Budweiser, d'Icehouse et d'Ice Brewer se reflétaient, bien que faiblement, sur les fenêtres ; au-dessus d'elles, un grand panneau de soutien aux soldats américains combattant à l'étranger disait : *"Pray for peace. Support our troops."*

Je suis entré. Le local était vide. Je me suis assis sur un tabouret, face au comptoir, et ai attendu qu'on vienne prendre ma commande. Le *Bud's Bar* était toujours le bistrot de village sans intérêt que je me rappelais, avec sa légère odeur d'étable, ses billards et ses juke-box et, un peu partout, ses écrans de télévision ; quand j'ai vu apparaître par une porte battante un type flegmatique, coiffé d'une casquette des Red Socks, j'ai voulu croire que c'était le même serveur qui, quinze ans plus tôt, m'avait indiqué la maison de Rodney. L'homme a fait un commentaire que je n'ai pas tout à fait compris (du genre, qu'il ne fallait pas se fier aux gens qui commencent à boire avant le déjeuner), et une fois derrière le comptoir, un peu ébloui par la réverbération du soleil entrant dans mon dos par les baies vitrées, il m'a demandé ce que je voulais. J'ai observé un moment son visage anguleux, ses yeux bridés, son nez de boxeur et ses rares cheveux poivre et sel dépassant de sa casquette trempée de sueur ; non sans une certaine surprise, je me suis dit qu'en effet c'était le même homme, avec quinze ans de plus. J'ai commandé une bière, il me l'a servie, puis il a posé ses mains de boucher sur le comptoir et, avant que j'aie pu l'interroger à propos de Rodney, il a demandé :

— Vous n'êtes pas du coin, n'est-ce pas ?

— Non, ai-je répondu.

— Je peux vous demander d'où vous venez ?

Je le lui ai dit.

— Merde, s'est-t-il exclamé. C'est vachement loin, non ? Il s'est corrigé : Pas si loin, en fait. Maintenant plus rien n'est loin. En plus, vous aussi, vous êtes en guerre, non ?

— En guerre ?

— Bon Dieu, mais où est-ce que vous étiez l'année dernière, mon vieux ? L'Irak, Madrid ? Vous n'avez pas entendu parler de ça ?

— Si, ai-je dit après avoir allumé une cigarette. J'en ai entendu parler. Mais je ne suis pas sûr que nous soyons en guerre autant que vous.

L'homme a cligné des yeux.

— Je ne vous comprends pas.

Heureusement, à ce moment-là est entrée en coup de vent une jeune fille aux yeux cernés, avec un petit anneau d'argent qui brillait sur son nombril. Sans même la saluer, l'homme s'est mis à la réprimander mais la jeune fille l'a envoyé au diable avant de disparaître derrière la porte battante. J'en ai déduit qu'il était le propriétaire du café et me suis demandé si la jeune fille était sa fille.

— Merde, a redit le patron, comme s'il riait de son emportement. Ces jeunes ne respectent plus personne. A notre époque, c'était différent, vous ne croyez pas ? Et, comme si l'irruption de la jeune fille avait paradoxalement amélioré l'atmosphère de la matinée, il a ajouté : Ecoutez, ça ne vous dérange pas que je prenne une bière avec vous ?

Il était inutile de lui répondre. Tandis qu'il se servait une bière, j'ai pensé qu'il devait avoir une bonne cinquantaine d'années, plus ou moins l'âge de Rodney ; je me le suis répété mentalement : "Notre époque ?" Le patron a pris une gorgée de bière et a posé la bouteille sur le comptoir ; en ramenant ses cheveux sous sa casquette des Red Socks, il a demandé :

— De quoi on parlait ?

— De rien d'important, me suis-je empressé de répondre. Mais je voudrais vous poser une question.

— Allez-y.

— Je suis venu à Rantoul voir un ami, ai-je commencé. Rodney Falk. Je viens de sonner chez lui mais personne n'a répondu. Ça fait déjà longtemps que j'ai perdu sa trace, de sorte que je ne sais même pas s'il est encore…

Je me suis tu : le patron avait calmement levé une main pour se protéger de la lumière, et m'observait avec intérêt.

— Mais dites-moi, je vous connais, pas vrai ? a-t-il fini par dire.

— Vous me connaissez mais vous ne vous souvenez pas de moi, ai-je répondu. Je suis venu il y a longtemps.

L'homme a acquiescé et a baissé la main : en quelques secondes, la bonne humeur avait déserté son visage, remplacée par une expression qui n'était pas de la moquerie mais qui y ressemblait.

— Je crains que vous n'ayez fait le voyage pour rien, a-t-il dit.

— Rodney n'habite plus ici ?

— Rodney est mort il y a quatre mois, a-t-il répondu. Il s'est pendu à une poutre de sa remise, chez lui.

Je suis demeuré sans voix ; pendant une seconde, l'air m'a manqué. Etourdi, j'essayais de ne plus regarder le patron mais de fixer un point derrière le comptoir, et j'ai vu accrochés aux murs les photos des stars de base-ball et le grand portrait de John Wayne ; durant ces quinze années, les stars de base-ball avaient changé mais pas John Wayne ; il restait là, légendaire, imperturbable dans sa tenue de cow-boy, avec un foulard grenat autour du cou et un sourire invincible dans les yeux, comme une éternelle icône du triomphe de la vertu. J'ai éteint ma cigarette, pris une gorgée de bière et j'ai soudain eu une sensation glaciale de vertige, d'irréalité, comme si j'avais déjà vécu cet instant ou comme si j'étais en train de le rêver : un bar solitaire et perdu d'une ville solitaire et perdue du Middle West, la lumière qui entrait à flots par les fenêtres et un barman paresseux et bavard qui, comme s'il me murmurait à l'oreille un message dénué de sens précis mais qui, en ce même instant, avait pour moi tous les sens du monde, m'annonçait la nouvelle de la mort d'un ami qu'au fond je connaissais à peine et qui peut-être plus qu'un ami était un symbole dont je n'arrivais même pas à saisir complètement la portée, un symbole obscur et rayonnant comme celui que Hemingway avait vraisemblablement représenté pour Rodney. Et, pendant que je pensais à Rodney et à Hemingway sans véritablement penser à eux – au suicide de Rodney quatre mois plus tôt dans la remise de sa maison de Rantoul, dans l'Illinois, et au suicide de Hemingway dans sa maison de Ketchum, en Idaho, alors que Rodney n'était qu'un adolescent –, je pensais à Gabriel et à Paula ou, plus exactement, ils sont apparus devant moi, joyeux, lumineux et morts, et j'ai alors senti un désir irrépressible de prier, de prier pour Gabriel et pour Paula et pour Rodney, et aussi pour Hemingway, et à ce moment précis, comme si un papillon venait d'entrer par la fenêtre ouverte du *Bud's Bar*, je me suis brusquement souvenu d'une prière qui apparaît dans *Un endroit propre et bien éclairé*, une nouvelle désespérée de Hemingway que j'avais lue pour la première fois, et si souvent relue depuis, en cette nuit lointaine où le père de Rodney m'avait appelé à Urbana pour me raconter l'histoire de son fils, une prière qui, je l'ai su instantanément, était la seule prière appropriée pour Rodney, car Hemingway l'avait écrite pour lui sans le savoir, bien des années avant sa mort, une prière désespérée que Rodney avait sans doute lue autant de fois que moi et que, je l'ai imaginé une seconde, Rodney et Hemingway avaient peut-être faite avant de se suicider et que Paula et Gabriel n'ont pas même eu le temps de faire : "Notre nada qui êtes au nada, que votre nom soit nada, que votre règne nada, que votre volonté soit nada sur le nada comme au nada." J'ai fait mentalement cette prière pendant que je regardais le patron qui arrivait de l'autre bout du comptoir, gros, grave ou plutôt indifférent, en s'essuyant les mains à un torchon, comme s'il s'était retiré un moment par pure nécessité de s'occuper à quelque chose, ou comme si lui aussi avait prié. Pendant un moment, j'ai pensé m'en aller ; puis j'ai pensé que je ne pouvais pas m'en aller ; j'ai stupidement demandé :

— Vous le connaissiez ?

— Rodney ? a repris tout aussi stupidement le patron en s'accoudant de nouveau au comptoir.

J'ai acquiescé.

— Bien sûr, a-t-il souri. Comment voulez-vous que je ne le connaisse pas ? C'est un patelin ici, tout le monde connaît tout le monde. Il a fini sa bière et a poursuivi, retrouvant d'un coup sa loquacité : Comment j'aurais pu ne pas le connaître ? On est tous les deux nés ici, on vivait l'un à côté de l'autre, on a grandi ensemble, on est allés ensemble au collège. J'avais le même âge que lui, un an de plus que son frère Bob. Maintenant, ils sont morts tous les deux… Enfin, vous savez, Rodney était quelqu'un de bien, on était tous persuadés qu'il ferait quelque chose de grand, qu'il irait loin. Après, il y a eu la guerre, celle du Viêtnam, je veux dire. Vous saviez que Rodney avait été au Viêtnam ? J'ai de nouveau acquiescé. Moi aussi, j'ai voulu m'engager. Mais ils n'ont pas voulu de moi : un souffle au cœur, ils m'ont dit, ou quelque chose comme ça. Je suppose que j'ai eu de la chance, parce que, après, il s'est trouvé que tout n'était que mensonge, que les hommes politiques nous avaient tous trompés, comme maintenant : tous ces garçons qui tombent là-bas, en Irak, comme des mouches. Vous allez me demander pourquoi on est allés dans ce pays de merde. Et pourquoi on est allés au Viêtnam. Une fois j'ai entendu quelqu'un dire, Rodney peut-être, je ne me rappelle plus très bien, je l'ai entendu dire que quand on commence une guerre la moindre des choses, c'est de la gagner, parce que si on la perd, on perd tout, y compris la dignité. Je ne sais pas ce que vous en pensez mais il me semble qu'il avait raison. Rodney a perdu Bob là-bas, une mine l'a fait sauter. Eh bien, je suppose que d'une certaine manière lui aussi est mort là-bas. Quand il est revenu, il n'était plus le même. Maintenant, c'est facile à dire, mais peut-être que dans le fond on a toujours su qu'il allait finir comme ça. Ou peut-être que non, je ne sais pas. Vous, vous le connaissiez d'où ?

— Nous avons travaillé ensemble à Urbana, ai-je dit. Il y a longtemps, à l'université.

— Bien sûr, a dit le patron. Je ne savais pas qu'il s'était fait des amis là-bas, mais ça a été une bonne période pour lui. On voyait qu'il était content. Après il est parti pendant des années et il n'est quasiment pas revenu par ici. Quand il l'a fait, il était marié et il avait un fils. Il enseignait à l'école. Ma foi, je ne l'avais jamais vu en si bonne forme, on aurait dit quelqu'un d'autre, il paraissait… je ne sais pas, c'était presque celui qu'on avait toujours cru qu'il deviendrait. Jusqu'à cette affaire de reportage qui a tout foutu en l'air.

A ce moment-là, deux couples d'âge moyen sont entrés dans le café, joyeux et endimanchés. Le patron a cessé de parler, les a salués d'un geste, s'est tourné vers la porte battante et a appelé la jeune fille, mais, comme elle n'arrivait pas, il n'a pas eu d'autre choix que d'aller s'occuper lui-même de ses clients. Pendant ce temps, la jeune fille est réapparue et s'est chargée de la commande non sans échanger en passant encore quelques piques avec le patron. Puis il est revenu d'un pas lourd vers moi.

— Vous en voulez une autre ? a-t-il demandé en montrant ma bouteille de bière vide. C'est la maison qui invite.

J'ai refusé d'un signe de tête.

— Vous étiez en train de me parler de Rodney et d'un reportage.

Le patron a fait une grimace de dégoût, comme si son odorat venait de détecter dans l'air une poche d'air fétide.

— C'était un reportage pour la télévision, un reportage sur la guerre du Viêtnam, a-t-il expliqué à contrecœur. Apparemment, Rodney y racontait des choses horribles. Je dis "apparemment" parce que je ne l'ai pas vu et je n'ai pas du tout envie de le voir mais, de toute façon, après, on a parlé de ça partout. Dans les journaux, à la télévision, partout. Si vous aviez vécu ici, vous auriez été au courant, beaucoup de monde parlait de l'affaire.

— Et qu'est-ce que Rodney avait à voir avec le reportage ?

— On dit qu'il était dedans.

— "On dit" ?

— Les gens le disent. Je vous ai déjà dit que je n'ai pas vu le reportage. Ce que les gens disent, c'est que l'homme qui racontait toutes ces horribles choses, c'était Rodney. Il paraît qu'on ne le reconnaissait pas, ceux de la télé avaient fait en sorte qu'on ne le reconnaisse pas, il parlait le dos tourné à la caméra ou un truc comme ça, mais les gens se sont mis à faire des rapprochements et ils sont immédiatement arrivés à la conclusion que c'était lui. Moi, je ne sais pas, voyez-vous. Ce que je sais, par contre, c'est qu'avant qu'on passe ce reportage à la télé et que le scandale éclate Rodney avait déjà passé plusieurs semaines sans sortir de chez lui, et qu'après non plus on n'a rien su de lui, jusqu'à ce que, bref, jusqu'à ce qu'il se supprime. Mais ne me faites pas parler de ça, c'est vraiment une sale histoire et, moi, je ne la connais pas bien. Mais vous devriez voir sa femme. La femme de Rodney, je veux dire. Maintenant que vous vous êtes donné la peine de faire ce voyage…

— Sa femme est toujours à Rantoul ?

— Bien sûr. Juste à côté, dans la maison de Rodney.

— J'en viens et il n'y a personne. Je vous l'ai déjà dit.

— Ils seront allés quelque part. Je vous parie qu'ils vont revenir pour le repas. Je ne suis pas sûr que Jenny ait très envie de parler de ça après tout ce qu'elle a dû endurer, mais bon, au moins vous pourrez la saluer.

Je l'ai remercié et j'ai voulu payer la bière, mais il ne m'a pas laissé faire.

— Dites-moi, a-t-il ajouté tandis que nous nous serrions la main et qu'il retenait la mienne une seconde de plus qu'on ne le fait d'habitude. Vous pensez rester longtemps à Rantoul ?

— Non, ai-je répondu. Pourquoi ?

— Comme ça, il m'a lâché la main et a remis quelques mèches de cheveux sous sa casquette. Mais vous savez comment c'est, dans les patelins comme ici : si vous restez, écoutez-moi et ne croyez pas tout ce qu'on vous dira sur Rodney. Les gens racontent beaucoup de conneries.

Une explosion de lumière m'a aveuglé quand je suis sorti dans la rue : il était midi. Dérouté plus qu'abattu, je me suis dirigé de façon automatique vers Belle Avenue. J'avais l'esprit vide et la seule chose que je me rappelle, c'est d'avoir pensé, à tort, que c'était bel et bien la fin du voyage, et aussi, mais non pas à tort ou pas tout à fait à tort, que Rodney avait vraiment trouvé la sortie du tunnel, sinon que c'était une sortie différente de celle que j'avais imaginée. En arrivant devant la maison de Rodney, j'étais trempé de sueur et j'avais déjà décidé qu'il valait mieux retourner immédiatement à Urbana, notamment parce que ma présence dans cet endroit ne pouvait qu'importuner la famille de Rodney. Je suis entré dans la Chrysler, l'ai fait démarrer et j'étais sur le point de faire demi-tour dans Belle Avenue pour rentrer à Urbana quand je me suis dit que je ne pouvais pas partir comme ça, avec toutes ces interrogations ouvertes devant moi comme une clôture de barbelés, et sans même avoir vu la femme et le fils de Rodney. Je me faisais ces réflexions quand je les ai vus. Ils venaient de tourner au coin de la rue et ils marchaient dans l'ombre verte des érables, main dans la main, sur le sentier de ciment qui passait entre la chaussée et les jardins devant les maisons, et, pendant qu'ils avançaient vers moi, orphelins et sans hâte dans la rue déserte, j'ai vu tout à coup Gabriel et Paula marcher dans d'autres rues désertes, puis Gabriel lâcher la main de sa mère et en riant se mettre à courir de son pas irrégulier, impatient de se jeter dans mes bras. J'ai senti les larmes me monter aux yeux. En me retenant, j'ai arrêté le moteur, j'ai inspiré profondément, je suis ressorti dans la rue et je les ai attendus adossé à la voiture, en fumant ; la cigarette tremblait un peu dans ma main. Ils n'ont pas tardé à s'arrêter devant moi. Tout en me regardant avec un mélange d'inquiétude et de méfiance, la femme m'a demandé si j'étais journaliste, mais elle ne m'a pas laissé répondre.

— Si vous êtes journaliste, vous pouvez faire demi-tour et retourner d'où vous venez, m'a-t-elle enjoint, pâle et tendue. Je n'ai rien à vous dire et…

— Je ne suis pas journaliste, l'ai-je interrompue.

Elle m'a regardé, immobile. Je lui ai expliqué que j'étais un ami de Rodney, je lui ai dit mon nom. La femme a cligné des yeux et m'a demandé de le répéter ; ce que j'ai fait. Alors, sans cesser de me regarder, elle a lâché la main du petit, l'a pris par l'épaule, l'a serré contre sa hanche et, après avoir regardé ailleurs pendant une seconde, comme si quelque chose l'avait distraite, j'ai senti que tout son corps se détendait. Avant qu'elle ne parle de nouveau, j'avais compris qu'elle savait qui j'étais, que Rodney lui avait parlé de moi. Elle a dit :

— Tu arrives trop tard.

— Je le sais, ai-je dit et je voulais ajouter quelque chose mais je ne savais pas quoi.

— Je m'appelle Jenny, a-t-elle dit au bout d'un moment et, sans baisser le regard vers son fils, elle a ajouté : Lui, c'est Dan.

J'ai tendu la main au garçon et, après un instant d'hésitation, il me l'a serrée : un doux faisceau d'os enveloppé de chair rose ; quand il me l'a lâchée, il m'a regardé lui aussi : tout maigre et très sérieux, seuls ses grands yeux bruns rappelaient ceux de son père. Il avait les cheveux clairs et portait un pantalon de velours fin et une chemise bleue.

— Quel âge as-tu ? lui ai-je demandé.

— Six ans, a-t-il répondu.

— Il vient de les avoir, a dit Jenny.

En approuvant de la tête, j'ai commenté :

— Tu es déjà un homme.

Dan n'a pas souri, n'a rien dit, et il y a eu un silence pendant lequel on entendait le fracas d'un train de marchandises qui, dans mon dos, circulait en direction de Chicago, alors qu'un souffle de brise atténuait la chaleur de midi, faisant flotter le drapeau américain sur le mât du jardin et refroidissant la sueur sur ma peau. Une fois le train passé, Dan a demandé :

— Tu étais un ami de mon père ?

— Oui, ai-je dit.

— Un grand ami ?

— Oui, assez, ai-je dit et j'ai ajouté : Pourquoi tu demandes ça ?

Dan a haussé les épaules comme un adulte, d'un geste presque provocant.

— Pour rien, a-t-il dit.

Nous avons une nouvelle fois gardé le silence, un silence moins long qu'embarrassant, durant lequel j'ai pensé que la clôture de barbelés allait rester intacte. J'ai jeté ma cigarette sur le trottoir et l'ai écrasée du pied.

— Bon, ai-je dit. Je dois partir. Je suis content d'avoir fait votre connaissance.

J'ai fait demi-tour pour ouvrir la voiture, mais j'ai alors entendu la voix de Jenny dans mon dos :

— Tu as déjà mangé ?

Je me suis retourné et elle a répété sa question. J'ai dit la vérité.

— J'allais préparer quelque chose pour Dan et moi, a dit Jenny. Pourquoi tu ne resterais pas manger avec nous ?

Nous sommes entrés dans la maison, sommes allés dans la cuisine et Jenny s'est mise à préparer le repas. Je voulais l'aider mais elle ne m'a pas laissé faire et, tout en observant Dan en train de m'observer, appuyé contre le cadre de la porte, je me suis assis sur une chaise, à côté d'une table recouverte d'une nappe à carreaux bleus et rouges, devant la fenêtre qui donnait sur le jardin de derrière où poussaient des massifs d'hortensias et de chrysanthèmes ; je me suis dit que la remise dans laquelle Rodney s'était pendu devait se trouver dans ce même jardin. Sans interrompre son travail, Jenny m'a demandé si je voulais boire quelque chose. Je lui ai dit que non et je lui ai demandé si je pouvais fumer.

— J'aimerais mieux pas, a-t-elle dit. C'est pour le petit.

— Ce n'est pas grave.

— Avant, je fumais beaucoup, a-t-elle expliqué. Mais j'ai arrêté avec la grossesse. Depuis, je grille seulement une cigarette de temps à autre.

Alors que Dan se perdait à l'intérieur de la maison, comme s'il s'était à présent assuré que tout allait bien entre sa mère et moi, Jenny s'est mise à me raconter comment elle s'était libérée de sa dépendance au tabac. Elle était de profil devant moi et j'ai pu l'observer à loisir. C'est à peine si elle conservait une lointaine ressemblance avec la femme que je m'étais construite en imagination à partir des descriptions étrangement contradictoires que contenaient les lettres de Rodney. Petite et très mince, elle avait cette beauté discrète dont le destin ou la vocation est de passer inaperçue ; de fait, rien dans ses traits ne sautait aux yeux : des pommettes légèrement saillantes, un nez court, des lèvres effilées et peu charnues, des yeux d'un gris mat ; deux simples boucles dorées brillaient aux lobes de ses oreilles et soulignaient la couleur châtain foncé de ses cheveux, raides et négligemment relevés en chignon. Elle portait un jean décoloré et un pull en laine bleu qui dissimulait à peine la vigueur de ses seins. Pour le reste, tout son être, malgré sa fragilité physique, dégageait une sorte d'énergie sereine et, pendant que je l'écoutais parler, presque malgré moi, j'essayais de l'imaginer aux côtés de Rodney mais sans y parvenir et, presque sans le vouloir non plus, je me suis demandé comment cette femme d'apparence froide et insignifiante avait réussi à briser le solipsisme affectif de mon ami.

Dan est réapparu à la porte de la cuisine ; interrompant sa mère, il m'a demandé si je voulais voir ses jouets.

— Bien sûr, a répondu Jenny à ma place. Montre-les-lui pendant que je finis de préparer le repas.

Je me suis levé et j'ai accompagné Dan jusqu'au salon dont les murs étaient couverts de livres, avec une fenêtre donnant sur le perron, un canapé et des fauteuils en cuir, ce même salon où quinze ans plus tôt le grand-père de Dan m'avait raconté, lors d'une interminable soirée de printemps, l'histoire inachevée de Rodney. La pièce avait à peine changé, mais le sol couvert de tapis lie de vin était à présent un véritable champ de bataille couvert de jouets, qui m'a inévitablement rappelé le désordre régnant dans le salon de ma maison quand Gabriel avait l'âge de Dan. Sans préambule, celui-ci s'est mis à me montrer ses jouets, un par un, en m'informant de leurs caractéristiques et de leur fonctionnement avec ce sérieux extrême dont les enfants sont capables en toute circonstance et les hommes, seulement lorsqu'il en va de leur vie, et quand, au bout d'un moment, Jenny a annoncé que le déjeuner était prêt, nous étions déjà unis par l'un de ces courants souterrains de complicité que souvent les adultes n'établissent entre eux qu'après des mois ou des années.

Nous avons mangé une salade, des spaghettis à la sauce tomate et une tarte aux framboises. Dan a entièrement monopolisé la conversation, si bien que nous avons à peine parlé d'autre chose que de son école, de ses jouets, de ses goûts et de ses amis, et pas une seule fois nous n'avons évoqué Rodney. Jenny ne quittait pas son fils des yeux, quoiqu'il m'ait paru, à deux ou trois reprises, la surprendre en train de m'épier. Quant à moi, je ne pouvais m'empêcher par moments de me sentir en proie au soupçon insidieux d'être dans un rêve : encore sous le choc de la nouvelle de la mort de Rodney, j'avais du mal à me libérer de l'étonnement que j'éprouvais à me retrouver dans sa maison, en train de manger avec sa veuve et son fils, mais en même temps je me sentais apaisé par un calme presque familier, comme si ce n'était pas la première fois que je me mettais à table avec eux. Mais la fin du déjeuner n'a pas été paisible, car Dan a catégoriquement refusé de faire sa sieste obligatoire, et tout ce que sa mère a réussi à lui imposer, après de nombreuses négociations, a été qu'il s'allonge sur le canapé du salon, en attendant qu'elle et moi prenions notre café. Tandis que Jenny le préparait, je suis allé au salon et me suis assis à côté de Dan ; après avoir tapé furtivement sur la Game Boy à laquelle sa mère venait de lui interdire de jouer et avoir regardé un moment le ciel sans nuages, il s'était endormi dans une posture étrange, un bras un peu tordu dans son dos. Je l'observais sans oser bouger son bras de peur de le réveiller, plongé qu'il était dans ces profondeurs insondables où dorment les enfants, et je me suis rappelé Gabriel endormi à mes côtés, respirant silencieusement à un rythme régulier, infiniment paisible, transfiguré par son rêve et jouissant de la sécurité totale que lui procurait le fait que son père veille sur lui, et pendant un moment j'ai eu envie d'embrasser Dan comme j'avais tant de fois embrassé Gabriel, conscient alors que je ne l'embrassais pas pour le protéger mais pour qu'il me protège.

— Et voilà, a dit Jenny à voix basse en apportant dans le salon un plateau avec le café. Toujours la même histoire. Impossible de l'obliger à faire la sieste et après tu peux toujours courir pour le réveiller.

Elle a posé le plateau sur une table basse qu'il y avait entre les deux fauteuils et, après avoir légèrement bougé le bras tordu de Dan jusqu'à ce qu'il repose tranquillement sur la poitrine de l'enfant, elle est allée ouvrir, à l'autre bout du salon, le rideau de la fenêtre qui donnait sur le perron, afin de permettre au soleil doré de l'après-midi d'éclairer la pièce. Ensuite, elle a servi les cafés, s'est assise en face de moi en remuant le sien, l'a bu presque d'un trait, a laissé passer un moment de silence et, sans doute parce que je ne savais pas comment amorcer la conversation, elle a demandé :

— Tu penses rester longtemps ici ?

— Seulement jusqu'à mardi.

— A Rantoul ?

— A Urbana.

Jenny a acquiescé ; puis elle a dit :

— Je suis désolée que tu aies fait un si long voyage pour rien.

— Je l'aurais fait de toute façon, ai-je menti.

J'ai pris une gorgée de café et puis j'ai parlé de mon voyage à travers les Etats-Unis, j'ai expliqué qu'Urbana n'en était qu'une étape et, pensant que Jenny était probablement déjà au courant, j'ai expliqué que j'y avais vécu deux ans au cours desquels je m'étais lié d'amitié avec Rodney, et que j'avais voulu y revenir.

— Je croyais que je pourrais revoir Rodney, ai-je continué. Mais je n'en étais pas sûr. Ça faisait longtemps que je n'avais pas de nouvelles de lui et il y a trois mois je lui ai envoyé une lettre, mais je suppose que…

— Oui, a fait Jenny pour m'aider. La lettre est arrivée peu de temps après sa mort. Elle doit être quelque part par là.

Elle a fini son café et l'a posé sur la table basse. J'ai fait comme elle. Pour dire quelque chose, j'ai ajouté :

— Je regrette beaucoup ce qui est arrivé.

— Je le sais, a dit Jenny. Rodney m'a beaucoup parlé de toi.

— C'est vrai ? ai-je demandé en feignant la surprise, bien que celle-ci ait été vraie en partie.

— Bien sûr, a dit Jenny et pour la première fois je l'ai vue sourire : un sourire à la fois clair et espiègle, presque astucieux, qui a creusé un réseau infime de rides aux commissures de ses lèvres. Je connais toute l'histoire, Rodney me l'a racontée plusieurs fois. Il racontait des choses très drôles. Il disait toujours qu'avant de devenir ton ami il n'avait jamais rencontré quelqu'un d'aussi bizarre et qui semblait aussi normal.

— C'est curieux, ai-je dit en rougissant et en essayant en même temps d'imaginer ce que Rodney lui avait raconté. Moi, en revanche, j'ai toujours pensé que c'était lui qui était bizarre.

— Rodney n'était pas bizarre, m'a corrigé Jenny. C'est seulement que la malchance le poursuivait. Et c'est elle qui ne l'a pas laissé vivre en paix. Elle ne l'a même pas laissé mourir en paix.

Me demandant comment j'allais faire pour l'interroger sur les circonstances qui avaient entouré la mort de Rodney, j'ai eu un moment de distraction et, quand j'ai de nouveau entendu Jenny, l'ironie avait complètement imprégné sa voix et j'avais déjà perdu le fil de ce qu'elle disait.

— Mais, tu sais ? l'ai-je entendu dire ; pour dissimuler ma distraction, d'un geste interrogatif, je l'ai encouragée à continuer. Je crois qu'en réalité il était surtout parti pour te voir toi.

J'ai mis quelques secondes à comprendre qu'elle était en train de parler du voyage de

Rodney en Espagne. Cette fois, ma surprise était sincère : je ne pensais pas avoir fait le même voyage que Rodney en sens inverse, mais ce dont j'étais sûr, c'était qu'en Espagne je l'avais poursuivi d'un hôtel à l'autre et que j'avais finalement dû me rendre à Madrid dans le seul dessein de discuter avec lui un moment. Jenny a dû lire la surprise sur mon visage, parce qu'elle a ajouté :

— Bon, peut-être pas seulement pour ça, mais aussi pour ça. En arrangeant un peu son chignon tout en jetant un regard vers Dan, elle s'est affalée dans le fauteuil et a posé ses mains, longues, osseuses et sans bagues, sur ses cuisses. Je ne sais pas, a-t-elle rectifié ensuite. Peut-être que je me trompe. Ce qui est certain, c'est qu'il est revenu très content de son voyage. Il m'a dit qu'il t'avait vu à Madrid, qu'il avait rencontré ta femme et ton fils, que tu étais maintenant un écrivain à succès.

Jenny sembla hésiter une seconde, comme si elle voulait continuer à parler de Rodney et de moi mais qu'elle était consciente de ce que la conversation s'était engagée sur une mauvaise voie et qu'elle devait y remédier. Nous avons gardé le silence un bon moment, au bout duquel Jenny s'est mise à me parler de sa vie à Rantoul. Elle m'a raconté qu'après la mort de Rodney sa première idée avait été de vendre la maison et de retourner à Burlington. Mais elle avait très vite compris que fuir de Rantoul et retourner à Burlington pour chercher la protection de sa famille était comme reconnaître un échec. En fin de compte, a-t-elle dit, leur vie, à Dan et à elle, était à Rantoul. Ils y avaient leur maison, leurs amis, ils n'avaient pas de soucis financiers : en plus de l'argent de l'assurance vie de Rodney et de sa pension de veuve, elle touchait un bon salaire en s'occupant de la gestion d'une coopérative agricole. Si bien qu'elle avait décidé de rester à Rantoul. Elle ne le regrettait pas.

— Dan et moi, on se débrouille très bien tout seuls, a-t-elle dit. D'ailleurs, à Burlington je n'aurais jamais pu me permettre d'avoir une maison comme la nôtre ici. Bref. Elle m'a cherché des yeux et m'a demandé presque comme si elle avait honte : On sort fumer une cigarette ?

Nous nous sommes assis sur les marches du perron. Dans la rue, l'air avait une intense odeur de printemps ; la lumière de l'après-midi n'avait pas encore commencé à s'oxyder et la brise soufflait plus fort, remuant les feuilles des érables et faisant flotter le drapeau américain dans le jardin. Avant que je puisse allumer ma cigarette, Jenny m'a donné du feu avec le Zippo de Rodney. Je l'ai observé. Elle a suivi mon regard. Puis, elle a dit :

— Il était à Rodney.

— Je le sais, ai-je dit.

Elle a allumé ma cigarette puis la sienne, a fermé le Zippo, l'a soupesé un moment dans sa main osseuse, puis elle me l'a tendu.

— Garde-le, a-t-elle dit. Je n'en ai plus besoin.

J'ai hésité un instant, sans la regarder dans les yeux.

— Non, merci, ai-je répondu.

Jenny a gardé le Zippo et nous sommes restés un moment à fumer, sans rien dire, en regardant les façades devant nous, les quelques voitures qui passaient, et durant tout ce temps j'ai cherché la fenêtre où j'avais vu une femme me surveiller quelques heures plus tôt ; il n'y avait plus personne à présent. Nous gardions le silence, comme ces vieux amis qui n'ont plus besoin de se parler pour être bien ensemble. J'ai pensé qu'il y avait plus d'un an que je n'avais pas passé autant de temps en compagnie de quelqu'un, et je me suis dit une seconde que Rantoul était un bon endroit pour vivre. A peine avais-je eu cette pensée que Jenny a dit, comme si elle reprenait une conversation interrompue :

— Tu ne veux pas savoir ce qui s'est passé ?

Cette fois non plus, je ne l'ai pas regardée. Pendant un moment, tandis que j'aspirais la fumée de ma cigarette, l'idée m'a traversé l'esprit qu'il valait peut-être mieux ne rien savoir. Mais j'ai dit que si, et c'est alors qu'avec un naturel déconcertant, comme si elle racontait une histoire lointaine et étrangère, qui ne pouvait nullement l'affecter, Jenny m'a raconté l'histoire des derniers mois de Rodney. Elle avait commencé un an plus tôt, à la même époque, au printemps.

Une nuit, à l'heure du dîner, un inconnu téléphona, il cherchait Rodney ; quand Jenny lui demanda qui il était, il répondit qu'il était journaliste et travaillait pour une télévision de l'Ohio. Cela les surprit mais Rodney ne vit aucune raison pour refuser de parler à cet homme. Leur conversation, que Jenny ne parvint pas à entendre, dura plusieurs minutes et, en revenant à table, Rodney avait les traits altérés et le regard perdu. Jenny lui demanda ce qui s'était passé, mais Rodney ne lui répondit pas (selon Jenny, il est probable qu'il n'ait pas même entendu sa question), il continua à manger et, au bout de quelques minutes, alors qu'il restait encore de la nourriture dans son assiette, il se leva et dit à Jenny qu'il sortait faire un tour. Il était plus de minuit quand il revint. Jenny, qui l'attendait, exigea que Rodney lui raconte la conversation qu'il avait eue avec le journaliste et il finit par céder. En réalité, il fit bien plus. Bien sûr, Jenny n'ignorait pas que Rodney avait passé presque deux ans au Viêtnam et que cette expérience l'avait marqué pour toujours mais jusqu'alors son mari ne lui en avait jamais rien dit et elle ne lui avait jamais demandé de le faire ; cette nuit-là pourtant, Rodney déversa tout ce qu'il avait sur le cœur : il parla du Viêtnam pendant des heures, ou plus exactement : il parla, fulmina, cria, rit, pleura et, à la fin, l'aube les surprit tous deux au lit, habillés, éveillés et épuisés, se regardant comme s'ils ne se reconnaissaient pas.

— Dès le début, j'ai eu l'impression qu'il se confessait devant moi, a dit Jenny. Aussi que je ne le connaissais pas et que jusqu'à ce moment-là je ne l'avais jamais vraiment aimé.

Avant de lui expliquer de quoi il avait parlé avec le journaliste de l'Ohio, Rodney lui raconta que vers la fin de son séjour au Viêtnam il avait été affecté à un escadron d'élite éphémère connu sous le nom de Tiger Force, avec lequel il livra de nombreux combats. L'escadron commit des actes de barbarie sans nombre, que Rodney ne raconta pas ou ne voulut pas raconter en détail, et quand à la fin la troupe fut dissoute, tous ses membres jurèrent de ne jamais en parler. Mais, au début des années 1970, lorsque le Pentagone créa une commission dont la tâche consistait à enquêter sur les crimes de guerre de la Tiger Force, Rodney décida de rompre le pacte du silence et de collaborer avec elle. Il fut le seul membre de l'escadron à le faire mais cela ne servit à rien : il fit plusieurs dépositions devant la commission et tout ce qu'il obtint, ce fut l'hostilité déclarée de ses supérieurs et de ses compagnons d'armes (qui le considérèrent comme un délateur) et celle, voilée, du reste de l'armée (qui, elle aussi, le considéra comme un délateur) ; quand, finalement, le rapport arriva à la Maison-Blanche, quelqu'un décida que le mieux était de l'archiver. "Tout ça n'était qu'une mascarade, dit Rodney à Jenny. Dans le fond, la vérité n'intéressait personne." A la suite de sa comparution devant la commission, Rodney reçut plusieurs menaces de mort ; puis elles cessèrent et pendant des années il crut que l'affaire était oubliée. De temps en temps, des nouvelles de ses compagnons d'escadron lui parvenaient : les uns mendiaient dans les rues, d'autres croupissaient en prison, d'autres encore passaient de longues périodes dans des hôpitaux psychiatriques ; quelques-uns seulement s'en étaient sortis et menaient une vie normale, du moins en apparence. Rodney ne voulut plus rien savoir d'eux et, en effet, il fit tout ce qui était en son pouvoir pour qu'ils ne puissent plus le localiser. Mais un jour, alors que Rodney était persuadé que cette histoire était bel et bien enterrée, l'un d'eux le retrouva. C'était le meilleur ami qu'il avait eu dans l'escadron, peut-être le seul ami véritable ; l'esprit troublé, brisé par des remords qui revenaient cycliquement sans lui laisser de répit, cet ami essaya de le convaincre que la seule manière de retrouver un peu de paix était d'aller voir les autorités et de faire exhumer l'affaire en confessant les faits et en payant pour eux. Rodney essaya de le calmer, de le raisonner (il lui dit que trop de temps s'était écoulé, que les autorités ne voudraient plus se livrer à pareilles mascarades, qu'elles ne leur prêteraient pas la moindre attention), mais tout fut inutile : incapable de supporter la pression suppliante et obsessionnelle de son compagnon, Rodney opta pour la solution radicale à laquelle il avait déjà eu recours en d'autres occasions : il disparut de Rantoul.

— Comment s'appelait cet ami ? ai-je alors demandé en interrompant le récit de Jenny.

— Tommy Birban, a-t-elle répondu. Pourquoi me poses-tu cette question ?

— Pour rien, ai-je dit en l'incitant à continuer : Et le journaliste de l'Ohio, que voulait-il ?

— Que Rodney lui raconte tout ce qu'il savait sur la Tiger Force, a-t-elle répondu.

Rodney expliqua à Jenny que le journaliste était en train de préparer un reportage sur l'affaire. Apparemment, Tommy Birban s'était mis en contact avec lui et lui avait raconté l'histoire ; par la suite, le journaliste avait eu accès au rapport classé du Pentagone et le seul témoignage qu'il y avait trouvé était celui de Rodney qui, à quelques différences près, recoupait ce que Tommy Birban lui avait raconté. C'est pourquoi le journaliste demandait à Rodney de raconter à présent devant la caméra ce que quelques années plus tôt il avait raconté devant la commission ; le journaliste se mettrait ensuite en contact avec tous les membres de l'escadron qu'il arriverait à localiser et leur demanderait d'en faire autant. Quand le journaliste eut fini de lui expliquer son projet, Rodney lui dit que trop de temps s'était écoulé depuis cette guerre et qu'il ne voulait plus en parler. Le journaliste revint à la charge à plusieurs reprises, faisant même du chantage moral, mais Rodney se montra inflexible. "Pas question, dit-il à Jenny cette nuit-là, vociférant et hors de lui, comme si en réalité ce n'était pas à elle qu'il parlait. Ça m'a coûté trop cher d'apprendre à vivre avec ça pour que maintenant j'aille tout foutre en l'air." Jenny essaya de le calmer : tout ça était terminé, il avait bien fait comprendre au journaliste qu'il ne voulait pas apparaître dans le reportage, il ne viendrait plus les embêter. "Tu te trompes, lui dit Rodney. Il rappellera. Ça ne finit jamais. Ça ne fait que commencer."

Il avait raison. Quelques jours plus tard, le journaliste rappela pour essayer de le convaincre, mais Rodney refusa encore une fois de collaborer ; le journaliste recommença encore, à deux ou trois reprises, avec de nouveaux arguments (notamment que, à part Tommy Birban, tous les membres de l'escadron qu'il avait réussi à localiser refusaient de parler, ce qui rendait son témoignage essentiel car il constituait la source fondamentale du rapport du Pentagone), mais Rodney resta ferme. Un matin, peu après son dernier coup de fil, le journaliste se présenta à l'improviste en compagnie d'un autre homme et d'une femme. Jenny les fit attendre sur le perron et alla chercher Rodney qui prenait son petit-déjeuner avec Dan ; en arrivant sur le perron, sans les saluer, il demanda aux deux hommes et à la femme de s'en aller. "C'est ce que nous ferons, mais laissez-moi d'abord vous dire quelque chose", dit le journaliste. "Quoi ?" demanda Rodney. "Tommy Birban est mort, dit le journaliste. Nous avons des raisons de penser qu'il a été tué." Il y eut un silence pendant lequel le journaliste sembla attendre que la nouvelle fasse son effet sur Rodney et il expliqua ensuite que Birban, après avoir contacté les autres membres de l'escadron pour leur demander de collaborer au reportage, avait reçu des lettres de menace anonymes qui cherchaient à le dissuader de parler devant les caméras ; terrifié, il avait appelé plusieurs fois le journaliste au téléphone avant de décider, malgré les doutes qui l'assaillaient, de ne pas se laisser intimider par le chantage et d'aller au bout de son projet et, la semaine précédente, deux jours à peine avant l'enregistrement, alors qu'il sortait de chez lui, une voiture l'avait renversé avant de prendre la fuite. "La police a ouvert une enquête, dit le journaliste. Il est peu probable qu'ils trouvent les responsables mais, vous et moi, nous savons de qui il s'agit. Nous savons aussi que, si vous continuez à refuser de parler, votre ami sera mort pour rien." Rodney resta muet, immobile comme une statue. "C'est tout ce que je voulais vous raconter", conclut le journaliste en lui tendant une carte de visite que Rodney ne prit pas : c'est Jenny qui le fit, instinctivement, pensant qu'elle allait la déchirer dès que l'homme serait parti. "Maintenant, c'est à vous de décider. Appelez-moi si vous le jugez nécessaire." Le journaliste et ses deux assistants firent demi-tour et Jenny, presque joyeuse, les vit s'éloigner vers la voiture qu'ils avaient garée devant la maison mais, avant que sa joie ne soit complète, elle entendit à ses côtés une voix qui ressemblait à celle de Rodney mais sans l'être tout à fait, et elle sut que ces mots inoffensifs allaient changer leur vie : "Attendez une minute."

Rodney et les trois visiteurs restèrent toute la matinée et une grande partie de l'après-midi enfermés dans le salon. Au début, Jenny dut résister à la tentation d'écouter à la porte mais quand, au bout d'une demi-heure de conciliabule, elle vit les deux assistants du journaliste sortir dans la rue et revenir avec leur matériel d'enregistrement, elle n'essaya pas même de persuader Rodney de ne pas commettre l'erreur qu'il était sur le point de commettre. Elle passa le reste de la journée dehors, avec Dan, et quand elle revint la nuit était tombée et les journalistes étaient partis. Rodney était assis dans le salon, muet dans l'obscurité ; après avoir fait dîner Dan et l'avoir rapidement mis au lit, Jenny essaya de savoir ce qui s'était passé pendant son absence volontaire, mais elle ne réussit pas à lui arracher un seul mot ; elle avait l'impression qu'il était ailleurs ou complètement drogué ou ivre, qu'il ne comprenait plus la langue qu'elle parlait. Ce fut la première alerte. La seconde arriva peu de temps après. Cette nuit-là, Rodney ne dormit pas, pas plus que les nuits suivantes : couchée mais réveillée, Jenny l'entendait déambuler au rez-de-chaussée, parler tout seul ou peut-être au téléphone ; à plusieurs reprises, elle eut l'impression d'entendre des rires étouffés, comme ceux qu'on réprime aux enterrements. C'est ainsi que se mit en branle un irrémédiable processus de dégradation : Rodney demanda un congé à son école, cessa d'enseigner, ne sortait plus dans la rue, passait ses journées à dormir ou à rester allongé sur son lit et finit par se désintéresser complètement de Dan et d'elle. C'était comme si quelqu'un lui avait arraché une connexion minime mais indispensable à son fonctionnement et que tout son organisme avait souffert d'un collapsus qui le transformait en dépouille de lui-même. Jenny essaya de parler avec lui, de l'obliger à accepter l'aide d'un psychiatre ; en vain : il avait l'air de l'écouter (peut-être l'écoutait-il réellement), il lui souriait, la caressait, lui demandait de ne pas s'inquiéter, l'assurait parfois qu'il allait bien, mais elle sentait que Rodney vivait aussi loin de tout ce qui l'entourait qu'une planète tournant en solitaire dans sa propre orbite. Elle laissa passer le temps, avec l'espoir que les choses changeraient. Elles ne changèrent pas. La diffusion du reportage ne fit que les empirer. En principe, il n'aurait pas dû avoir une grande répercussion car il avait été produit par une chaîne locale, mais très vite les principaux journaux du pays se firent l'écho des révélations qu'il contenait et une télévision nationale en acheta les droits et le diffusa à l'heure de la plus grande audience. Le réalisateur du reportage leur en avait envoyé une copie, mais Rodney ne voulut pas le voir ; dans le mot qui accompagnait la cassette, le journaliste prétendait avoir respecté son engagement de préserver l'anonymat de Rodney, mais la réalité le démentit : la réalité, c'est qu'il n'était pas difficile d'identifier Rodney dans le reportage, et à cause de cette faute ou cette déloyauté, le harcèlement des journalistes, les questions et les rumeurs sur la réclusion de son mari finirent par empoisonner la vie de Jenny. Quant à sa relation avec Rodney, elle se dégrada vite au point de devenir insupportable. Un jour, elle prit une décision drastique : elle dit à Rodney qu'ils feraient mieux de se séparer ; elle partirait avec Dan à Burlington et lui pourrait rester seul à Rantoul. L'ultimatum était la dernière ruse par laquelle Jenny tentait de faire réagir Rodney, le confrontant sans ménagement à l'évidence que, s'il ne freinait pas sa chute libre, il allait ruiner sa vie et perdre sa famille. Mais la ruse fut sans effet : Rodney accepta docilement sa proposition et demanda seulement à Jenny quand elle envisageait de partir. C'est alors que Jenny comprit que tout était perdu, et c'est alors aussi que, pour la première fois depuis longtemps, elle eut une discussion avec Rodney. Mais cette discussion ne tira rien au clair. En réalité, c'est à peine si Rodney parla : il se contenta de répondre à ses questions avec un laconisme exaspérant et à aucun moment Jenny ne put se départir de l'impression qu'elle parlait avec un enfant sans avenir ou un vieux sans passé, car Rodney la regardait exactement comme s'il regardait un ciel inversé. A un moment donné, Jenny lui demanda s'il avait peur. Avec un brin de soulagement, comme si tous les deux venaient de toucher du bout du doigt le cœur même de son angoisse, Rodney dit que oui. "De quoi ?" lui demanda Jenny. "Je ne sais pas, dit Rodney. Des gens. De vous. Parfois, j'ai peur de moi. – De nous ? lui demanda Jenny. C'est qui, nous ? – Toi et Dan", répondit Rodney. "Nous n'allons pas te faire de mal", sourit Jenny. "Je le sais, dit Rodney. Mais c'est ça qui me fait le plus peur." Jenny se souvenait qu'en entendant ces mots, c'est elle qui pour la première fois eut peur de Rodney et c'est alors aussi qu'elle comprit qu'elle devait partir de Rantoul avec son fils au plus vite. Mais elle ne le fit pas ; elle prit la décision de rester : elle aimait Rodney et sentait que, quoi qu'il arrive, elle devait l'aider. Ses efforts furent vains. Les deux dernières semaines furent un vrai cauchemar. Le jour, Jenny essayait de parler avec Rodney mais presque toujours sans succès car, même s'il comprenait ses mots, il était incapable de donner un sens intelligible à ses propres phrases, qui tenaient plus du délire hermétique et rigoureusement cohérent d'un fou que d'un discours articulé. La nuit, Rodney continuait à ne pas dormir mais à présent il la passait en grande partie à écrire : Jenny s'endormait bercée par le bruit continu du clavier de l'ordinateur mais quand, peu de jours après la mort de Rodney, elle osa ouvrir ses fichiers, elle les retrouva vides, comme si son mari avait au dernier moment décidé de lui épargner les effluves vénéneux de l'enfer qui le consumait. Jenny assurait que, durant les jours ayant précédé sa mort, Rodney avait complètement perdu la raison, et aussi que ce qui était arrivé était ce qui pouvait arriver de mieux : un matin, peu après Noël, Jenny se leva plus tôt que d'habitude et vit, en passant devant la chambre où Rodney dormait depuis un certain temps, que le lit était vide et qu'il n'avait pas été défait. Inquiète, elle chercha Rodney dans la salle à manger, dans la cuisine, dans toute la maison, et finit par le trouver pendu à une corde dans la remise.

— C'est tout, a conclu Jenny en abandonnant pendant quelques secondes le ton distant qu'elle avait réussi jusqu'alors à donner à son récit. Le reste, tu peux l'imaginer. La mort magnifie beaucoup les morts, à tel point que tout le monde s'est mis à beaucoup aimer Rodney. Même les journalistes sont venus me voir… Les ordures.

J'ai cru un moment que Jenny allait pleurer, mais elle n'a pas pleuré : elle a écrasé sa seconde cigarette sur la marche du perron et, comme elle l'avait fait avec la première, elle l'a gardée dans sa main ; après un long silence, elle s'est tournée vers moi en cherchant mon regard.

— Je te l'avais bien dit ? a-t-elle ajouté en souriant à peine. Le problème avec Dan, ce n'est pas tant de le faire dormir, c'est de le réveiller.

En effet, Dan s'est réveillé tout grognon mais il a changé d'humeur en prenant son bol de céréales avec du lait, tandis que sa mère et moi l'accompagnions avec un café. Quand on a eu fini, Jenny a proposé de faire un tour avant la tombée de la nuit.

— Dan et moi, on va t'amener quelque part, m'a-t-elle dit.

— Où ça ? a demandé Dan.

Jenny s'est penchée vers lui et, se cachant derrière sa main, elle lui a parlé à l'oreille.

— D'accord ? a-t-elle demandé en se redressant.

Dan s'est contenté de hausser les épaules.

Une fois sortis de la maison, nous avons tourné à gauche, traversé la voie ferrée et longé Ohio, une rue bien asphaltée, presque sans maison ni commerces, qui s'éloignait vers la banlieue. Cinq cents mètres plus loin, face à une dense forêt de bouleaux, s'élevait un bâtiment aux murs blancs, une sorte d'énorme silo entouré de gazon et sur la façade duquel on pouvait lire en grandes lettres rouges : *Veterans of Foreign Wars Post 6759* ; à côté, une autre inscription plus petite, semblable à celle de la façade du *Bud's Bar*, mais décorée d'un drapeau américain, disait : *"Support our troops."* Le bâtiment paraissait vide mais il ne devait pas l'être car plusieurs voitures étaient garées près de la porte ; en passant devant, Jenny a dit :

— Le club des vétérans de guerre. Il y en a partout. Ils organisent des fêtes, des réunions et des trucs comme ça. Je n'y suis entrée qu'une fois mais je sais qu'avant qu'on se rencontre Rodney y allait assez souvent, en tout cas, c'est ce qu'il m'a dit. Tu veux qu'on entre ?

J'ai dit que ce n'était pas la peine et nous nous sommes éloignés du club par un sentier de terre qui longeait la route, tout en bavardant, Dan au centre et Jenny lui donnant la main gauche et, moi, la droite. Au bout d'un moment, nous avons abandonné la route pour prendre un chemin qui montait doucement sur la gauche, entre des champs de jeunes pousses de maïs et, en atteignant le sommet d'une petite colline, nous avons quitté le sentier pour arriver sur une pelouse qui formait un quadrilatère irrégulier ; là, se trouvait une poignée de tombes en désordre et s'élevaient deux frênes nourris de la terre des morts et un mât en fer oxydé sans drapeau. Dan a lâché nos mains et s'est mis à courir sur l'herbe du cimetière pour s'arrêter devant une dalle en pierre non polie.

— Il est là, a dit Dan quand nous avons été près de lui, indiquant la tombe du doigt.

J'ai regardé la dalle sur laquelle étaient gravés le dessin d'un garçon en train de lire sous un arbre et une inscription : *Rodney Falk. Apr. 6 1948 / Jan. 4 2004* ; à côté de l'inscription, il y avait un bouquet de fleurs fraîches. “Un endroit propre et bien éclairé”, ai-je pensé. Tous les trois, nous sommes restés debout devant la tombe, en silence.

— En fait, il n'est pas là, a fini par dire Dan. Après un instant d'hésitation, il a demandé : On est où quand on est mort ?

La question n'était adressée à personne en particulier mais j'ai attendu que Jenny lui réponde ; elle n'a pas répondu. Après quelques secondes, je me suis senti obligé de dire :

— Nulle part.

— Nulle part ? a demandé Dan en exagérant son ton interrogatif.

— Nulle part, ai-je répété.

Dan est resté songeur.

— Alors, on est comme un fantôme ? a-t-il demandé.

— Exact, ai-je répondu, puis j'ai menti sans le savoir : Sauf que les fantômes n'existent pas et les morts, si.

Dan a finalement quitté la pierre tombale des yeux et, tout en me lançant un bref regard, a esquissé un sourire, comme s'il était aussi sûr de ne pas avoir compris que de ne pas vouloir le montrer. Il s'est ensuite éloigné de nous pour aller tout au bout du cimetière, au-delà duquel on entrevoyait au loin quelques maisons aux murs lépreux, peut-être abandonnées, et il s'est mis à ramasser des cailloux sur le sol et à les jeter sans force en direction des champs limitrophes : une succession de terres en friche à peine envahies par la mauvaise herbe. Jenny et moi sommes restés l'un à côté de l'autre, sans mot dire, à contempler tantôt Dan, tantôt la tombe de Rodney. La nuit tombait peu à peu et il commençait à faire froid ; le ciel était bleu foncé, presque noir, mais une frange irrégulière de lumière orangée illuminait encore l'horizon et il n'y avait que la stridulation précoce des grillons et le tumulte atténué et lointain du trafic pour perturber le silence irréprochable de la colline.

— Bon, a dit Jenny au bout d'un moment durant lequel je ne pensais rien, ne ressentais rien, même pas l'envie de prier. Il se fait tard. On rentre ?

Il faisait presque nuit quand nous sommes arrivés à la maison. J'avais un dîner à Urbana, avec Borgheson et un groupe de professeurs et, si je voulais arriver au *Chancellor* à l'heure convenue, je devais partir immédiatement, si bien que j'ai dit à Dan et à Jenny que je devais me mettre en route. Les deux m'ont regardé un peu stupéfiés, comme si, plus qu'une surprise, mes paroles étaient le prélude à une désertion ; après un silence indécis, Jenny a demandé :

— C'est important, ce dîner ?

Il ne l'était pas. Il ne l'était absolument pas. Je le lui ai dit.

— Alors, pourquoi ne le remets-tu pas ? a demandé Jenny. Tu peux rester dormir ici : ce ne sont pas les chambres qui manquent.

Je ne me suis pas fait prier : j'ai téléphoné à Borgheson et lui ai dit que je me sentais épuisé et fiévreux et que, si je voulais être en forme pour la conférence du lendemain, je ferais mieux de ne pas aller au dîner et de rester me reposer à l'hôtel. Borgheson a accepté le mensonge sans commentaire, mais j'ai été obligé de faire tout mon possible pour le convaincre qu'il n'était pas nécessaire qu'il vienne au *Chancellor* à mon secours. Une fois l'affaire réglée, j'ai invité Dan et Jenny à dîner au *Kennedy's*, un restaurant qui se trouvait à quelques kilomètres de la ville en direction d'Urbana, et après le repas, alors que Dan jouait à la Game Boy avec un camarade d'école dont la famille dînait aussi là-bas, Jenny m'a raconté comment elle avait connu Rodney, elle m'a parlé de son travail, de sa famille, de la vie qu'elle menait à Rantoul. Il était presque dix heures quand nous sommes sortis du restaurant. Sur le chemin du retour, Dan s'est endormi et, en arrivant à la maison, je l'ai pris dans mes bras, l'ai monté dans sa chambre et, pendant que Jenny le mettait au lit, je l'ai attendue au salon en passant en revue les CD rangés dans une pyramide en aluminium à côté de la chaîne de musique. Il y avait surtout du rock et pas mal de Bob Dylan. Notamment *Bringing it All Back Home*, un disque avec une chanson que je connaissais bien : *It's Alright, Ma (I'm Only Bleeding)*. Le disque dans les mains, je me suis mis à repasser dans ma tête cette chanson sans consolation qui n'avait pourtant jamais cessé de rendre à Rodney la joie intacte de sa jeunesse, et soudain, tandis qu'en attendant Jenny je me souvenais avec la même précision aussi bien de ses paroles que de sa musique, j'ai eu la certitude qu'au fond cette chanson ne parlait que de Rodney, de la vie annulée de Rodney, car elle parlait de mots sans illusion qui aboient comme des balles et de cimetières bourrés de faux dieux et de solitaires qui pleurent et ont peur et vivent dans un puits conscients que tout n'est que mensonge et qu'ils ont compris trop vite qu'il valait mieux ne pas tenter de comprendre, car elle parlait de tout cela et surtout du fait que celui qui n'est pas occupé à mourir est occupé à vivre. "Maintenant, Rodney ne s'occupe qu'à mourir", ai-je pensé. Et aussi : "Moi, pas encore."

— Tu veux écouter de la musique ? a dit Jenny en entrant dans le salon.

Je lui ai dit que oui, elle a mis l'appareil en marche et est allée à la cuisine. J'ai écarté la tentation d'écouter Dylan et j'ai mis *Astral Weeks* de Van Morrison, et quand Jenny est revenue, avec une bouteille de vin et deux verres, nous nous sommes assis l'un en face de l'autre et avons laissé le disque tourner, tout en conversant avec une fluidité favorisée par l'alcool et la voix rugueuse de Van Morrison. Je ne me souviens pas de quoi nous avons parlé au début mais ce dont je me souviens très bien c'est qu'alors que nous étions déjà assis depuis un bon moment (je ne sais pas avec certitude pour quelle raison, peut-être à cause d'une chose que j'avais dite ou, plus probablement, qu'avait dite Jenny) je me suis tout à coup souvenu d'une lettre que Rodney avait envoyée à son père depuis un hôpital du Viêtnam, après l'incident de My Khe, une lettre dans laquelle il parlait de la beauté de la guerre, de la vitesse écrasante de la guerre, et c'est alors que je me suis rendu compte que depuis que j'étais à Rantoul j'avais l'impression que tout s'était accéléré, que tout s'était mis à courir plus vite que d'habitude, chaque fois plus vite, plus vite, plus vite, qu'à un moment donné il y avait eu une fulguration, un vertige et une perte, je me suis rendu compte que, sans le savoir, j'avais voyagé plus vite que la lumière et que ce que je voyais maintenant, c'était l'avenir. Et c'est alors aussi que, mêlé à la musique de Van Morrison et à la voix de Jenny, j'ai senti pour la première fois quelque chose d'insolite et en même temps de familier, quelque chose dont j'avais peut-être déjà eu l'intuition à l'instant même où j'avais vu Dan et Jenny s'avancer vers moi dans Belle Avenue en ce même après-midi : ici, dans cette maison qui n'était pas ma maison, devant cette femme qui n'était pas ma femme, avec ce garçon endormi qui n'était pas mon fils mais qui dormait à l'étage comme si j'étais son père, ici, j'étais invulnérable, et je me suis aussi demandé, avec une pointe étincelante d'allégresse, si je n'étais pas obligé de donner un sens au suicide de Rodney, si la maison où je me trouvais n'était pas un reflet de ma maison et Dan et Jenny un reflet de la famille que j'avais perdue, je me suis demandé si c'était cela qu'on voyait en quittant la boue du sous-sol pour la clarté du grand jour, si le passé n'était pas un lieu sans cesse altéré par l'avenir et où rien de ce qui s'était déjà produit n'était irréversible, si ce qu'il y avait au bout du tunnel n'était pas la réplique de ce qu'il y avait avant d'y entrer, je me suis demandé si ce n'était pas cela la véritable fin de tout, la fin du voyage, la fin du tunnel, la brèche dans la porte en pierre. Maintenant, ça y est, me suis-je dit, pris d'une étrange euphorie. C'est la fin. *Finito. Kaputt.*

A peine venais-je d'être traversé par cette pensée que j'ai interrompu Jenny.

— Il y a quelque chose que je ne t'ai pas raconté, ai-je dit.

Elle m'a regardé, un peu surprise par ma brusquerie, mais, soudain, je n'ai plus su comment raconter ce que j'avais à lui raconter. Mais cela n'a duré qu'une seconde. J'ai sorti de mon portefeuille la photographie de Gabriel, Paula et Rodney sur le pont des Peixeteries Velles et la lui ai tendue. Jenny l'a prise et, pendant quelques instants, elle l'a attentivement examinée. Puis elle a demandé :

— C'est ta femme et ton fils ?

— Oui, ai-je répondu et, comme si une autre personne parlait à ma place, j'ai continué, tandis qu'un fil froid glissait comme une couleuvre le long de ma colonne vertébrale : Ils sont morts il y a un an, dans un accident de voiture. C'est la seule photo que je conserve d'eux.

Jenny a levé ses yeux de la photographie et je me suis alors aperçu que le disque de Van Morrison était terminé ; la réalité paraissait avoir ralenti, retrouvant sa vitesse habituelle.

— Pourquoi es-tu venu ? a demandé Jenny.

— Je ne le sais pas, ai-je dit, alors que je le savais. J'étais dans un puits et je voulais voir

Rodney. Je crois que je pensais que Rodney aussi s'était retrouvé dans un puits et qu'il en était sorti. Je crois que je pensais qu'il pouvait m'aider. Ou plutôt : je crois avoir pensé qu'il était la seule personne capable de m'aider... Enfin, je me rends compte que tout ça paraît un peu ridicule, je ne sais pas si ça a un sens pour toi, mais je crois que c'est ce que j'avais dans la tête.

Jenny a presque immédiatement répondu.

— Ça a un sens, a-t-elle dit.

Maintenant, c'était moi qui la regardais.

— C'est vrai ?

— Bien sûr, a-t-elle insisté en souriant légèrement, avec de nouveau un infime réseau de rides creusées aux commissures de ses lèvres. Durant une seconde, j'ai su ou deviné que, parce qu'elle avait vécu avec Rodney, ses mots n'étaient pas le fruit de la compassion mais que vraiment elle comprenait, qu'elle seule pouvait comprendre ; durant une seconde, j'ai senti la douce irradiation de son charme et j'ai soudain cru saisir l'attrait qu'il avait exercé sur Rodney. Presque comme si elle considérait l'affaire classée, ou comme si elle considérait qu'il valait mieux ne pas lui consacrer trop de temps, elle a poursuivi : Le sentiment de culpabilité. Ce n'est pas si difficile de comprendre ça. Je pourrais aussi me considérer comme coupable de la mort de Rodney, tu sais ? Trouver des coupables, c'est très facile ; ce qui est difficile, c'est d'accepter qu'il n'y en ait pas.

Je n'étais pas sûr d'avoir compris ce qu'elle avait voulu dire, mais je me suis souvenu des paroles que Rodney avait écrites à son père : "Les choses qui ont un sens ne sont pas la vérité, avait écrit Rodney. Elles ne sont que des morceaux de vérité, des mirages : la vérité, elle, est toujours absurde.” Jenny a vidé son verre de vin.

— J'ai une cassette du reportage, a-t-elle dit comme si elle n'avait pas changé de sujet et me donnait immédiatement sa véritable réponse au doute que je venais de formuler : Tu veux la voir ?

Parce que je ne m'y attendais pas, la question m'a déconcerté. Je me suis dit d'abord que je ne voulais pas voir le reportage ; puis je me suis dit que oui, que je voulais le voir ; puis je me suis dit que je voulais le voir mais que je ne devais pas le voir ; puis je me suis dit que je voulais le voir et que je devais le voir. J'ai demandé :

— Tu l'as déjà vu ?

— Bien sûr que non, a dit Jenny. A quoi bon ?

Comme si ma question avait été une réponse positive, Jenny est montée à l'étage, est revenue au bout d'un moment avec la vidéocassette et m'a demandé de la suivre dans la chambre qui se trouvait entre la cuisine et le salon, à côté de l'escalier ; là, il y avait un poste de télévision, un canapé, deux chaises, une table basse. Je me suis assis sur le canapé tandis que Jenny branchait le téléviseur, introduisait la cassette dans le magnétoscope et me tendait la télécommande.

— Je t'attends en haut, a-t-elle dit.

Je me suis enfoncé dans le canapé et j'ai appuyé sur le *play* de la télécommande ; le reportage a aussitôt commencé. Il s'intitulait *Secrets ensevelis, vérités brutales*, et durait une quarantaine de minutes. Il combinait des images d'archives, en noir et blanc, provenant de documentaires sur la guerre, et des images actuelles, en couleurs, de villages et de champs de la région de Quang Ngai et Quang Nam, avec quelques déclarations de paysans du coin. Deux fils conducteurs reliaient les deux séries d'images : une voix off aseptisée et le témoignage d'un vétéran du Viêtnam. Ce que relatait en résumé la voix off était l'histoire vue de l'extérieur des atrocités commises trente-cinq ans auparavant par un escadron sanguinaire de la 101e division aéroportée de l'armée américaine qui opéra dans la région de Quang Ngai et Quang Nam, la transformant en un vaste champ d'extermination. L'escadron, connu sous le nom de Tiger Force, était une unité composée de quarante-cinq volontaires qui menaient des actions coordonnées avec d'autres unités mais qui agissaient avec une grande autonomie et presque sans contrôle, et qui se distinguait par son uniforme de camouflage rayé, imitant la peau du tigre ; le catalogue d'horreurs que répertoriait le reportage était sans fin : les soldats de la Tiger Force ont assassiné, mutilé, torturé et violé des centaines de personnes entre janvier et juillet 1969 et s'étaient rendus célèbres parmi la population terrorisée de la zone en portant au cou, comme des colliers de guerre commémorant brutalement leurs victimes, des chapelets d'oreilles humaines enfilées à des lacets de chaussures. A la fin du reportage, la voix off évoquait le rapport du Pentagone qu'en 1974 la Maison-Blanche avait classé sous prétexte de ne pas vouloir rouvrir les plaies du conflit récemment terminé. Quant au vétéran, il apparaissait assis dans un fauteuil, immobile dans le contre-jour d'une fenêtre, une tache sombre brouillait son visage ; en revanche, sa voix – rauque, glacée, absente – n'avait pas été déformée : c'était sans équivoque la voix de

Rodney. La voix racontait des événements ; elle faisait aussi des commentaires. “Maintenant, tout cela est difficile à comprendre, disait, par exemple, la voix. Mais il y a eu un moment où pour nous c’était la chose la plus naturelle au monde. Au début, ça nous coûtait un peu, mais on s’y faisait très vite et ça devenait un boulot comme n’importe quel autre.” “On se prenait pour des dieux, disait la voix. Et, dans un sens, on l’était. On avait le pouvoir de disposer de la vie de qui on voulait, et on exerçait ce pouvoir.” “Pendant des années, je n’ai pas pu oublier une seule des personnes que j’ai vues mourir, disait la voix. Elles m’apparaissaient constamment, comme si elles étaient vivantes et ne voulaient pas mourir, comme si elles étaient des fantômes. Puis j’ai réussi à les oublier, ou c’est ce que j’ai cru, même si, dans le fond, je savais qu’elles n’étaient pas parties. Maintenant elles sont de retour. Elles ne me demandent pas de leur rendre des comptes et je ne le fais pas. Il n’y a pas de comptes à rendre. C’est seulement qu’elles ne veulent pas mourir, qu’elles veulent vivre en moi. Je ne me plains pas, parce que je sais que c’est juste.” La voix mettait un terme au reportage avec les paroles suivantes : “Vous pouvez croire que nous étions des monstres mais nous n’en étions pas. Nous étions comme tout le monde. Nous étions comme vous.”

Une fois le reportage terminé, je suis resté un moment sur le canapé, sans pouvoir bouger, le regard rivé sur la tempête de grêle qui occupait l’écran du téléviseur. Puis j’ai sorti la cassette du magnétoscope, j’ai éteint le poste et je suis sorti sur le perron. La ville était silencieuse et le ciel plein d’étoiles ; il faisait légèrement froid. J’ai allumé une cigarette et je me suis mis à la fumer en contemplant la nuit silencieuse de Rantoul. Je n'éprouvais pas d'horreur, je n'éprouvais pas de nausée, pas même de tristesse, pour la première fois depuis longtemps je n'éprouvais pas non plus d'angoisse ; ce que j'éprouvais était quelque chose d'étrangement agréable que je n'avais jamais éprouvé, comme un épuisement infini ou un calme infini et blanc, ou comme un succédané de cet épuisement ou de ce calme donnant seulement envie de regarder la nuit et de pleurer. "Notre nada qui êtes au nada, ai-je prié, que votre nom soit nada, que votre règne nada, que votre volonté soit nada sur le nada comme au nada." Quand j'ai eu terminé ma cigarette, je suis rentré dans la maison et monté à l'étage. Jenny s'était endormie avec un livre sur le ventre et la lumière allumée ; Dan était pelotonné contre elle. Dans la chambre d'à côté, la lumière était aussi allumée, le lit était fait, et j'en ai déduit que Jenny l'avait préparé pour moi. J'ai éteint la lumière dans la chambre de Jenny et Dan, puis dans la mienne et je me suis couché.

Cette nuit-là, j'ai mis longtemps à m'endormir et je me suis réveillé très tôt le lendemain. Quand Dan et Jenny se sont levés, j'avais presque fini de préparer le petit-déjeuner. Pendant que nous mangions, un peu à la hâte parce que c'était lundi et que Dan devait aller à l'école et Jenny au travail, j'ai évité deux ou trois fois le regard de Jenny et j'ai fini par leur proposer de les amener en voiture. L'école de Dan, ainsi que me l'a dit Jenny quand nous nous sommes garés, était celle où Rodney avait travaillé : un bâtiment en brique à trois niveaux, avec une grande porte en fer par laquelle on entrait dans une cour entourée d'un grillage métallique. Un groupe de parents et d'enfants se tenait déjà devant l'entrée. Nous les avons rejoints et, quand la grande porte s'est ouverte, Dan a embrassé sa mère ; puis il s'est tourné vers moi et, m'observant avec les grands yeux bruns de Rodney, il m'a demandé si j'allais revenir. Je lui ai dit que oui. Il m'a demandé quand. Je lui ai dit bientôt. Il m'a demandé si je mentais. Je lui ai dit que non. Il a acquiescé. Alors, parce que je croyais qu'il allait m'embrasser, j'ai fait un geste pour me pencher mais il m'a arrêté en me tendant la main ; je la lui ai serrée. Puis nous l'avons vu se perdre avec son sac d'écolier dans la cour cimentée, au milieu du brouhaha de ses camarades.

En revenant à la voiture, Jenny m'a proposé de prendre un dernier café : elle avait encore un moment avant d'aller travailler, a-t-elle dit. Nous sommes allés à *Casey's General Store* et avons pris place à côté de la baie vitrée qui donnait sur les pompes à essence et, plus loin, sur le carrefour de l'entrée de la ville ; les haut-parleurs diffusaient en sourdine une mélodie country. J'ai reconnu la serveuse qui a pris notre commande : c'était la même qui, la veille, m'avait indiqué avec désinvolture le chemin de la maison de Rodney. Jenny a échangé quelques mots avec elle, puis nous lui avons demandé deux cafés.

— Quand Rodney est revenu d'Espagne, il m'a raconté que tu voulais écrire un livre sur lui, a dit Jenny dès que la serveuse s'est éloignée. C'est vrai ?

Je m'étais préparé à ce que Jenny me parle du reportage mais pas qu'elle me pose cette question. Je l'ai regardée : ses yeux gris avaient pris une irisation violacée et manifestaient une curiosité qui allait au-delà de ma réponse, ou c'est l'impression que j'ai eue. Ma réponse a été :

— Oui.

— Et tu l'as écrit ?

J'ai dit que non.

— Pourquoi ?

— Je ne sais pas, ai-je dit en me rappelant la conversation que Rodney et moi avions eue sur le même sujet à Madrid. J'ai essayé plusieurs fois mais je n'y suis pas arrivé. Ou je n'ai pas su. Je crois que je sentais que son histoire n'était pas terminée ou que je ne la comprenais pas tout à fait.

— Et maintenant ? a demandé Jenny.

— Maintenant quoi ?

— Maintenant elle est terminée ? a-t-elle redemandé. Maintenant tu la comprends ?

Comme dans une brusque illumination, j'ai alors eu l'impression de comprendre le comportement de Jenny depuis mon arrivée à Rantoul. J'ai cru comprendre pourquoi elle m'avait raconté les derniers jours de Rodney, pourquoi elle avait voulu me montrer sa tombe, pourquoi elle avait voulu que, cette nuit-là, je reste dormir chez eux, pourquoi elle avait voulu que je voie le reportage sur la Tiger Force : comme si les mots avaient le pouvoir de doter d'un sens ou d'une illusion de sens ce qui en est dépourvu, Jenny voulait que je raconte l'histoire de Rodney. J'ai pensé à Rodney, j'ai pensé au père de Rodney, j'ai pensé à Tommy Birban, mais j'ai surtout pensé à Gabriel et à Paula, et, pour la première fois, j'ai instinctivement compris que toutes ces histoires étaient en réalité la même histoire, et que moi seul pouvais la raconter.

— Je ne sais pas si elle est terminée, ai-je répondu. Je ne sais pas non plus si je la comprends, ou si je la comprends tout à fait. J'ai repensé à Rodney et j'ai dit : Bien sûr, il n'est peut-être pas nécessaire de comprendre tout à fait une histoire pour pouvoir la raconter.

La serveuse nous a apporté nos cafés. Quand elle s'est éloignée, Jenny m'a demandé en remuant le sien :

— Qu'est-ce que tu ne comprends pas ? Pourquoi il a fait ça ?

Je n'ai pas répondu immédiatement : j'ai goûté le café et allumé une cigarette tout en me rappelant avec effroi le reportage.

— Non, ai-je dit. En réalité, je crois que c'est la seule chose que je comprenne. Comme si je pensais à haute voix, j'ai ajouté : Ce que peut-être je ne comprends pas, c'est pourquoi moi je ne l'ai pas fait.

La tasse de Jenny est restée en l'air, à mi-chemin entre la table et ses lèvres, tandis qu'elle me regardait de manière dubitative, comme si ma remarque était parfaitement absurde ou comme si le soupçon l'avait prise que j'étais fou. Puis elle a dirigé son regard vers la baie vitrée (le soleil éclairait directement son visage, en embrasant la boucle d'oreille dorée qui restait exposée à mon regard) puis elle a semblé réfléchir avant de me regarder de nouveau en ébauchant un sourire et la tasse a alors terminé son voyage interrompu, humecté ses lèvres et fini par se poser sur la table.

— Eh bien, j'ai essayé de te l'expliquer hier : toi, tu n'as tué personne. "Elle m'a menti, ai-je pensé une seconde, une fraction de seconde. Elle a vu le reportage." Dès qu'elle a repris la parole, j'ai écarté cette idée. Même pas accidentellement, a-t-elle dit, puis elle a ajouté : Après tout, tu es écrivain, n'est-ce pas ?

— Et qu'est-ce que ça a à voir ?

— Tout.

— Tout ?

— Oui, évidemment, tu ne comprends pas ?

Je n'ai rien dit et nous sommes restés à nous regarder un moment, puis Jenny a profondément inspiré et expiré en détournant encore une fois son regard vers la baie vitrée et elle est restée un moment absorbée par la contemplation d'un homme à côté de sa camionnette qui faisait le plein à la station-service, et quand elle s'est retournée vers moi j'ai été inondé par une espèce de joie, comme si j'avais vraiment compris Jenny et que de la comprendre me permettait aussi de comprendre tout ce que je n'avais pas compris jusqu'alors. J'ai fini mon café ; Jenny en a fait autant.

— Il est tard, a-t-elle dit. On y va ?

Nous avons payé et sommes sortis. Jenny m'a accompagné jusqu'à la voiture et là je lui ai demandé si elle voulait que je l'amène à son travail.

— Ce n'est pas la peine, a-t-elle dit. C'est tout près. Elle a sorti un carnet de son sac, griffonné quelque chose sur une feuille, l'a arrachée et me l'a donnée : Mon e-mail. Si tu te décides à écrire le livre, tiens-moi au courant. Et puis : Ne fais pas attention à Dan.

— A quoi penses-tu ?

— A ce qu'il t'a dit à l'entrée de l'école, a-t-elle expliqué.

— Ah, ai-je dit.

Elle a fait une moue de contrariété ou d'excuse.

— Je suppose qu'il cherche un père, a-t-elle risqué.

— Ne t'inquiète pas, ai-je risqué à mon tour. Je suppose que je cherche un fils.

Jenny a acquiescé, en souriant à peine ; j'ai cru qu'elle allait dire quelque chose mais elle n'a rien dit. D'un geste qui m'a paru timide ou embarrassé, comme si elle n'arrivait pas à décider comment nous devions nous quitter, elle a mis une main dans la poche de son pantalon, puis elle me l'a tendue ; en la lui serrant, j'ai senti quelque chose de froid et de métallique : c'était le Zippo de Rodney. Jenny ne m'a pas laissé réagir.

— Au revoir, a-t-elle dit.

Et elle s'est retournée et a commencé à s'éloigner. Après un moment d'indécision, j'ai gardé le Zippo puis je suis monté dans la voiture, j'ai démarré et, en veillant à prendre la bonne avenue pour sortir de Rantoul, j'ai regardé à gauche et je l'ai vue au loin, marchant à l'ombre sur le trottoir, seule et décidée et fragile et pourtant animée par une sorte d'inflexible et fière détermination, elle paraissait de plus en plus petite à mesure qu'elle entrait dans la ville et, je ne sais pas pourquoi, j'ai pensé à un oiseau, un colibri ou un héron ou plutôt une hirondelle, j'ai pensé au vol nerveux et sans peur d'une hirondelle, puis j'ai pensé à l'affiche de John Wayne accrochée au mur du *Bud's Bar* que tant de fois Rodney avait dû voir et sans doute Jenny aussi, j'ai pensé de façon absurde à ces deux choses tandis que je la regardais encore, espérant qu'à un moment donné elle se rendrait compte de mon regard et qu'elle se retournerait et me regarderait elle aussi, comme si cet ultime geste pouvait aussi être un signe sans équivoque de consentement. Mais Jenny ne s'est pas retournée, ne m'a pas regardé, de sorte que j'ai pris l'avenue et suis sorti de Rantoul.

Quand je suis arrivé à Urbana ce matin-là, j'avais déjà élaboré un plan assez précis de ce que j'allais faire dans les mois à venir, ou plutôt dans les années à venir ; comme il est logique, ce plan prenait en compte le risque d'être lui-même altéré par la réalité mais pas au point que celle-ci le rende méconnaissable. C'est pourtant ce qui s'est produit, pour le meilleur ou pour le pire. Etait-ce plus pour le meilleur que pour le pire, cela, je ne le saurai jamais.

Je suis revenu en Espagne après avoir rempli, impatient, mes engagements à Urbana et à Los Angeles et, à mon arrivée à Barcelone, la première chose que j'ai faite a été de chercher un nouvel appartement car, à peine avais-je mis les pieds dans celui de la Sagrada Familia que j'ai compris que ce n'était qu'un bouge sans rédemption. Je l'ai trouvé tout de suite – un petit appartement très lumineux, situé rue Floridablanca, pas loin de la place d'Espagne – et, une fois que je m'y suis installé, j'ai commencé à écrire ce livre. Depuis, c'est à peine si j'ai fait autre chose. Depuis – cela fait déjà six mois –, je sens que je vis une vie qui n'est pas vraie mais fausse, une vie clandestine et cachée et apocryphe bien que plus réelle que si elle était vraie. Le changement d'appartement m'a permis d'effacer sans difficultés mes traces, si bien que, jusqu'à il y a peu, personne ne savait où je vivais. Je ne voyais personne, je ne parlais à personne, je ne lisais pas de journaux, je ne regardais pas la télévision, je n'écoutais pas la radio. J'étais plus vivant que jamais mais c'était comme si j'étais mort et que l'écriture était le seul moyen d'évoquer la vie, le dernier cordon qui me reliait à elle. L'écriture et, jusqu'à il y a peu, Jenny. Parce qu'à mon retour d'Urbana Jenny et moi nous sommes mis à nous écrire presque tous les jours. Au début, nos messages électroniques concernaient exclusivement le livre sur Rodney que j'étais en train d'écrire : je lui posais des questions, lui demandais des détails et des explications, et elle me répondait avec diligence et application ; puis, peu à peu et de manière presque imperceptible, les messages ont commencé à aborder d'autres sujets – Dan, Rantoul, sa vie et celle de Dan à Rantoul, moi et ma vie invisible à Barcelone, parfois Paula et Gabriel –, si bien qu'au bout de quelques semaines je m'étais aperçu avec satisfaction que cette forme de communication entre nous permettait ou favorisait mieux que n'importe quelle autre une plus grande intimité. C'est ainsi qu'a débuté un long, lent, complexe, sinueux et délicat processus de séduction. Peut-être le mot "séduction" n'est-il pas exact : peut-être le mot exact est-il "persuasion". Ou peut-être "démonstration". Je ne sais pas quel mot choisirait Jenny. Peu importe ; ce qui importe, ce ne sont pas les mots mais les faits. Et le fait est qu'alors que je m'investissais pleinement et dans ce processus et dans mon livre, je ne cessais d'imaginer ma vie, une fois accomplies ces deux tâches, à Rantoul auprès de Dan et de Jenny. J'imaginais une vie placide et provinciale comme celle qu'à une époque je redoutais et que j'avais eue par la suite et que plus tard j'avais détruite, une vie aussi apocryphe et réelle, au milieu de nulle part. Je m'imaginais me lever chaque jour de bonne heure, prendre le petit-déjeuner avec Dan et Jenny, puis les amener à l'école et au travail et m'enfermer ensuite pour écrire jusqu'à l'heure d'aller les chercher, d'abord Dan et puis Jenny, j'allais les chercher et nous rentrions à la maison pour préparer le dîner et, après le dîner, nous jouions ou lisions ou regardions la télévision ou bavardions jusqu'à ce que le sommeil s'empare de nous un par un, sans qu'aucun de nous trois ne veuille admettre, même pour lui-même, que cette routine quotidienne était en réalité une espèce de sortilège, un tour de magie avec lequel nous voulions rendre le passé réversible et ressusciter les morts. En d'autres occasions, je m'imaginais allongé dans un hamac, dans le jardin de derrière, à côté de la remise où, dans un temps si lointain qu'il ne paraissait plus réel, Rodney s'était pendu, un samedi soir ou un dimanche soir à la fin du printemps ou au début de l'été brûlant de Rantoul, avec Dan et ses copains criant et jouant autour de moi tandis que je lisais au hasard Hemingway et Thoreau et Emerson, parfois même Mercè Rodoreda, tandis que j'écoutais Bob Dylan et partageais des gorgées de whisky et des bouffées de marijuana avec Jenny qui faisait des allées et venues entre la maison et le jardin : de là-bas, la mort de Gabriel et de Paula resterait très loin, le Viêtnam resterait très loin, le succès et la célébrité resteraient aussi loin que les minuscules nuages qui de temps en temps couvriraient le soleil, et alors je me verrais moi-même comme le hippie qu'il y a plus de trente ans Rodney devait être et qu'il n'avait jamais voulu cesser d'être. Je me verrais ainsi, je m'imaginais ainsi, heureux et un peu ivre, transformé d'une certaine façon en Rodney ou en instrument de Rodney, regardant Dan comme si en réalité je regardais Gabriel, regardant Jenny comme si en réalité je regardais Paula. Et, alors que pendant ces quelques mois à Barcelone j'imaginais le bonheur de ma vie future à Rantoul et poursuivais la longue et lente et sinueuse séduction ou persuasion de Jenny dans l'intimité du courrier électronique, je n'ai pas cessé un seul jour, assis à cette table de travail, de me consacrer entièrement à la mission si longtemps ajournée d'écrire cette histoire pour laquelle Rodney m'avait peut-être entraîné dès le début ; une histoire que je ne comprends pas et ne comprendrai jamais mais, selon ce que j'imaginais à mesure que je l'écrivais, que j'étais obligé de raconter parce qu'elle ne peut être comprise que si elle est racontée par quelqu'un qui, comme moi, n'arrivera jamais à la comprendre, et surtout parce qu'elle est aussi mon histoire et celle de Gabriel et de Paula. Si bien que pendant longtemps j'ai écrit et séduit et persuadé et démontré et imaginé, jusqu'au jour où, sentant que le processus de séduction était mûr et que, même si j'ignorais encore quelle était la fin exacte de ce livre, j'étais sans doute en train de la deviner, j'ai décidé d'exposer ouvertement mes plans à Jenny. Je l'ai fait sans peur et sans détour, comme si je lui rappelais un engagement que nous aurions pris tous deux il y a longtemps, à la façon de celui qui accepte une fatalité heureuse, parce qu'à ce moment-là, après des mois passés à lui écrire presque tous les jours et à lui suggérer mes intentions de manière chaque fois moins voilée, j'étais sûr que mes propos ne pouvaient la surprendre et aussi qu'elle allait les accueillir avec joie.

Ça n'a pas été le cas. Si incroyable que cela puisse paraître – du moins, pour moi –, mes deux certitudes étaient fausses. Jenny a tardé à répondre à mon courrier électronique, et quand elle a fini par le faire, ç'a été pour me remercier de ma proposition et pour la refuser aussitôt de manière affectueuse mais résolue. “Ça ne marcherait pas, m'a-t-elle écrit. Il ne suffit pas de prévoir que les choses vont arriver pour qu'elles arrivent et il ne suffit pas non plus de les désirer. Ce n'est ni de l'algèbre ni de la géométrie : quand il s'agit des personnes, deux plus deux ne font jamais quatre. Je veux dire par là que personne ne peut remplacer personne : Dan ne peut pas remplacer Gabriel, je ne peux pas remplacer Paula ; toi, quel que soit ton désir, tu ne peux pas remplacer Rodney.” “Termine le livre, concluait Jenny. Tu le dois à Rodney. Tu le dois à Gabriel et à Paula. Tu nous le dois à Dan et à moi. Tu te le dois surtout à toi-même. Termine-le et puis, si tu veux, viens passer quelques jours avec nous. Nous t'attendrons.” La réponse de Jenny m'a anéanti, me laissant dans l'incapacité de réagir, comme si je venais d'être giflé sans que je sache ni par qui ni comment ni pourquoi. Je l'ai relue et l'ai relue encore ; je comprenais tous ses mots mais il m'était impossible d'assimiler son contenu. J'étais si convaincu que mon avenir était à Rantoul, avec Dan et avec elle, que je n'avais même pas imaginé une alternative au cas où il se révélerait illusoire ou impossible. D'autre part, le refus de Jenny était si catégorique et ses arguments si irréfutables que je n'ai pas senti la force d'essayer de les réfuter et d'insister.

Je n'ai pas répondu au courrier de Jenny : il n'y aurait aucun tour de magie, il n'y aurait aucun sortilège, je n'allais pas récupérer ce que j'avais perdu. Soudain, je me suis vu retourner à ma vieille vie de sous-sol ; soudain, j'ai eu l'impression de comprendre qu'il était absurde de continuer à écrire ce livre. Et j'étais déjà sur le point de l'abandonner définitivement quand j'ai découvert quelle était sa fin exacte et pourquoi je devais le terminer. Cela est arrivé peu après, un après-midi où, sortant de chez moi pour aller manger, j'ai trouvé, à moitié hors de ma boîte aux lettres, un paquet de tabac plein de joints. Je n'ai pas pu réprimer un sourire. Le lendemain matin, j'ai appelé Marcos et nous sommes convenus de prendre une bière au *Yate* deux jours plus tard.

C'est Marcos qui avait choisi le café. Quand je suis arrivé, bien avant l'heure prévue, mon ami était déjà là, assis sur un tabouret, le dos tourné à la porte et accoudé au comptoir. Sans rien dire, je me suis assis à côté de lui et j'ai commandé une bière ; Marcos n'a rien dit non plus, n'a même pas quitté son verre des yeux. C'était un jeudi de la mi-octobre, et la dernière lumière de l'après-midi était sur le point de s'éteindre contre les baies vitrées qui donnaient sur le croisement de Muntaner et Arimon. Tandis que j'attendais ma bière, j'ai demandé :

— Comment as-tu réussi à me trouver ?

Marcos a poussé un soupir avant de répondre.

— Par hasard, a-t-il dit. Je t'ai vu l'autre jour dans la rue et je t'ai suivi. Je savais déjà que tu avais changé d'appartement mais tu aurais au moins pu me prévenir. On n'en est quand même pas à jeter de l'herbe par la fenêtre.

— Tu n'as rien jeté par la fenêtre, ai-je dit. Sûrement que celui qui a loué l'appartement après moi t'en aura été reconnaissant.

— Très drôle. Il s'est tourné pour me regarder. Puis, il a dit : Comment ça va ?

Avec une certaine appréhension, je me suis tourné moi aussi. A première vue, il ne m'a pas rappelé ce quadragénaire vieilli de notre dernière rencontre, au MACBA ou au Palau Robert, cette nuit désastreuse où j'avais essayé de séduire Patricia ; il paraissait seulement fatigué, peut-être las : en effet, son jean délavé, son pull bleu très large et sa chemise d'un bleu plus clair, dont les pans sortaient, lui conféraient un aspect nonchalant et vaguement juvénile, que ne démentaient pas entièrement ses cheveux clairsemés et gris ni ses grosses lunettes en écaille, un peu datées ; une barbe de deux jours lui mangeait les joues. Pendant que je l'observais, je me suis senti observé par lui et, avant de répondre à sa question, je me suis demandé si je lui faisais penser à un fantôme ou à un zombi.

— Bien, ai-je menti. Et toi ?

— Moi aussi.

J'ai approuvé d'un signe de tête. Le barman m'a servi ma bière, j'en ai pris une gorgée, j'ai allumé une cigarette, puis j'ai allumé celle de Marcos dont le regard s'est fixé sur le Zippo de Rodney ; je l'ai regardé moi aussi : un moment, il m'a paru être un objet lointain et bizarre, un aérolite minuscule ou un fossile ou un survivant d'une glaciation ; pendant une seconde, il m'a semblé que le chien qui y était gravé ne souriait pas mais se moquait de moi. J'ai posé le briquet sur le comptoir, sur le paquet de cigarettes ; j'ai demandé :

— Comment va Patricia ?

Marcos a de nouveau poussé un soupir.

— Nous sommes séparés depuis un an, a-t-il dit. Je croyais que tu le savais.

— Je ne le savais pas.

— Bah, peu importe, a-t-il dit comme si cela importait vraiment peu, tout en palpant d'une main sa barbe ; je me suis aperçu qu'une tache de peinture lui noircissait un peu l'annulaire. Je suppose que nous avions passé trop de temps ensemble et voilà… Depuis quelques mois elle vit à Madrid, je ne la vois donc plus.

Je n'ai rien dit. Nous avons continué à boire et à fumer en silence et, à un moment donné, je me suis inévitablement souvenu de la dernière fois que j'avais été au *Yate*, dix-sept ans plus tôt, avec Marcos et Marcelo Cuartero, quand ce dernier m'avait proposé de partir pour Urbana et quand tout a commencé. J'ai embrassé le café du regard. Dans mon souvenir, il s'agissait d'un établissement de luxe de la partie haute de la ville, inabordable pour nos moyens d'indigents, fréquenté par les cadres et reluisant de miroirs et de bois polis, mais l'endroit où je me trouvais à présent paraissait plutôt (ou du moins il le paraissait à mes yeux) être une obscure auberge de village : certains détails de la décoration s'efforçaient pathétiquement d'imiter l'intérieur imaginaire d'un yacht – marines ternes, lampes en forme d'ancre, appliques couronnées de globes en forme de squale, une horloge au balancier en forme de raquette de tennis –, mais ses horribles rideaux roses attachés de part et d'autre du cadre de la vitre peint d'un vert horrible, ses plateaux de *tapas* rances alignés sur un comptoir sans éclat, ses machines à sous faisant clignoter leur alléchante promesse de richesse, ses serveurs en uniformes parsemés de pellicules et son lot de clientes solitaires buvant des Marie Brizard et de clients solitaires buvant du gin en échangeant de temps à autre des commentaires telles de vieilles connaissances habituées à l'alcool et au cynisme rapprochaient plus le *Yate* du *Bud's Bar* que du *Yate* de mon souvenir. Soudain, je m'y suis senti à l'aise, avec ma cigarette et ma bière à la main, comme si jamais je n'aurais dû sortir de ce café de Barcelone à l'atmosphère de café de village ; soudain, je me suis demandé pourquoi Marcos m'avait donné rendez-vous précisément à cet endroit-là.

— Pourquoi m'as-tu donné rendez-vous ici ? ai-je demandé.

— Ça fait longtemps que je n'y suis pas venu, a-t-il dit, puis il a ajouté : Rien n'a changé.

Perplexe, je lui ai demandé s'il pensait au café.

— Je pense au café, à la rue Pujol, au quartier, à tout, a-t-il répondu. Je suppose que même notre appartement n'a pas bougé. Et ça m'emmerde.

J'ai souri.

— Tu ne vas quand même pas devenir nostalgique ?

— Nostalgique ?

Sa question ne contenait pas de surprise mais de la lassitude, une lassitude qui frisait l'irritation :

— Pourquoi nostalgique ? Ce passé n'est pas ce qui nous est arrivé de mieux dans la vie. C'est l'impression qu'il donne parfois, mais ce n'est pas vrai.

— Ah non ?

— Non. Marcos a serré ses lèvres avec une moue méprisante : Ce qu'il y a de mieux, c'est ce qui nous arrive en ce moment.

Il y a eu un silence, puis j'ai entendu Marcos rire ; j'ai ri à mon tour et pendant un moment un léger rire, bizarre et incontrôlé, nous a empêchés de parler. Puis Marcos a proposé qu'on prenne une autre bière et, tandis qu'on nous la servait, pour parler, je l'ai interrogé sur son travail. Marcos a pris une gorgée de bière qui a laissé de la mousse autour de sa bouche.

— Il y a à peu près un an, juste après que Patricia et moi nous nous sommes séparés, j'ai cessé de peindre, a-t-il expliqué. Je ne faisais que souffrir. Je ne vendais pas un seul fichu tableau depuis des mois et je ne pouvais même pas sauver les meubles en accusant le marché, qui a toujours bon dos, parce que je sentais que ce que je peignais était nul. Alors j'ai cessé de peindre. Tu ne peux pas imaginer comme je me suis senti bien. Je me suis brusquement rendu compte que tout n'était qu'un absurde malentendu : quelqu'un ou quelque chose m'avait convaincu que j'étais un artiste alors qu'au fond je n'en étais pas un, et c'est pour ça que je souffrais tellement et que tout était merdique. Vingt ans à foncer dans une direction quand en réalité je voulais aller dans une autre, vingt ans foutus en l'air… Un maudit malentendu. Mais, au lieu de tomber dans la déprime, dès que je l'ai compris, je me suis senti bien, ç'a été comme si je m'étais ôté un poids énorme. J'ai donc décidé de changer de vie. Il a pris une bouffée de sa cigarette et a recommencé à rire mais il s'est étouffé avec la fumée et la toux lui a coupé le rire. Changer de vie, a-t-il continué après une gorgée de bière qui lui a éclairé la gorge : Quel baratin. Il faut vraiment être con pour croire qu'on peut changer sa vie, comme si à quarante ans on ne sait pas encore que ce n'est pas nous qui changeons de vie mais que c'est la vie qui nous change. Enfin… Alors j'ai loué une maison de campagne, dans un village de la Cerdagne, et j'ai tout envoyé promener. Le premier mois a été superbe : je me baladais, je m'occupais du potager, je papotais avec les voisins, je ne faisais rien ; j'ai même rencontré une fille, une infirmière qui travaille à Puigcerdá. On aurait dit le paradis, et j'ai commencé à envisager de m'installer là-bas. Et puis ça a merdé. D'abord les problèmes avec les voisins, après la fille qui en a eu assez de moi, et après c'est moi qui en ai eu assez. Tout à coup, les jours me paraissaient interminables, je me demandais ce que diable je foutais là-bas. Il a gardé un moment le silence, puis il a demandé : Tu sais ce que j'ai fait alors ? Je l'imaginais, j'en étais presque sûr, mais j'ai laissé Marcos répondre lui-même à sa question. Je me suis remis à peindre. Putain, t'imagines ? Je me suis remis à peindre par ennui, pour tuer le temps, parce que je n'avais rien de mieux à faire.

J'ai pensé à mon livre interrompu et aux deux kamikazes joyeux et arrogants que nous avions cru être, Marcos et moi, dix-sept ans auparavant et aux chefs-d'œuvre par lesquels nous projetions de nous venger du monde. J'ai dit :

— Ça me semble une raison aussi bonne que n'importe quelle autre.

— Tu te trompes, a objecté Marcos. C'est la meilleure. Ou du moins, la meilleure à laquelle je puisse songer. La preuve, c'est que je ne me suis jamais autant amusé en peignant. Je ne sais pas si ce que j'ai peint est bon ou mauvais. Peut-être que c'est mauvais. Ou que c'est ce que j'ai peint de mieux dans ma vie. Je ne le sais pas et, à vrai dire, je m'en fous. La seule chose que je sache, c'est que, bon… Il a hésité un moment, m'a regardé et j'ai cru que le rire allait le reprendre. La seule chose que je sache, c'est que si je n'avais pas peint je serais resté vivre dans ce village de merde.

Même si les aiguilles de l'horloge à balancier en forme de raquette, comme congelées, indiquaient cinq heures de l'après-midi, il était certainement neuf heures passées, car les buveurs solitaires de gin et de Marie Brizard avaient disparu du

Yate et les serveurs étaient depuis un bon moment en train de servir le dîner aux tables disposées le long de la baie vitrée ; au-delà, il faisait déjà nuit noire, et les phares des voitures, les feux et les réverbères donnaient à la rue un aspect tremblant d'aquarium. Quand Marcos en a eu assez de monologuer sur les tableaux qu'il avait peints ou imaginés ou esquissés en Cerdagne, il a demandé :

— Et toi ?

— Moi, quoi ?

— Tu écris ?

Je lui ai dit que non. Puis je lui ai dit que oui. Puis je lui ai demandé s'il voulait prendre une autre bière. Il a accepté. Tandis que nous buvions, je lui ai raconté que j'avais consacré ces derniers mois à écrire un livre, que depuis deux semaines je l'avais abandonné et que je ne savais plus si cela valait la peine de le terminer, ni même si je voulais le terminer. Marcos m'a demandé de quoi parlait le livre.

— De plein de choses, ai-je dit.

— Par exemple ? a-t-il insisté.

C'est alors, à contrecœur d'abord, presque pour faire écho aux confidences de Marcos, puis avec intérêt et à la fin emporté par mes propres paroles, que je me suis mis à lui parler de notre appartement de la rue Pujol, de notre rencontre avec Marcelo Cuartero au *Yate*, de mon voyage à Urbana et de mon travail à Urbana et de mon amitié avec Rodney, du père de Rodney, des années de Rodney au Viêtnam, de mon retour à Barcelone, puis à Gérone, de Paula et de Gabriel et de ma rencontre avec Rodney à l'hôtel *San Antonio de la Florida*, à Madrid, des deux tragédies qu'il y a dans la vie et de la joie du succès, de son euphorie, de son humiliation et de sa catastrophe, de la mort de Gabriel et de Paula, de mon purgatoire dans l'appartement de la Sagrada Familia, des tunnels et des sous-sols et des portes en pierre, des brèches dans les portes en pierre, de mon voyage à travers les Etats-Unis et de mon retour à Rantoul, de Dan et de Jenny, des crimes de la Tiger Force et de la mort de Tommy Birban et du suicide de Rodney, de mon retour à Barcelone, de mon retour manqué à Rantoul, des mirages de l'algèbre et de la géométrie. Je lui ai parlé de tout cela et d'autres choses encore et, à mesure que je le faisais, j'ai compris que Jenny avait raison, que Marcos avait raison : je devais terminer le livre. Je le terminerais parce que je le devais à Gabriel et à Paula et à Rodney, aussi à Dan et à Jenny, mais surtout parce que je me le devais à moi-même, je le terminerais parce que j'étais écrivain et que je ne pouvais pas être autre chose, parce que écrire était la seule chose qui pouvait me permettre de regarder la réalité sans me détruire ou sans que celle-ci s'abatte sur moi comme une maison en flammes, la seule chose qui pouvait doter la réalité d'un sens ou d'une illusion de sens, la seule chose qui, comme cela s'était produit pendant ces mois d'enfermement et de travail et de vain espoir et de séduction ou persuasion ou démonstration, m'avait permis d'entrevoir vraiment, et sans le savoir, la fin du voyage, la fin du tunnel, la brèche dans la porte en pierre, la seule chose qui m'avait sorti du sous-sol au grand jour et m'avait permis de voyager plus rapidement que la lumière et de récupérer une partie de ce que j'avais perdu dans le fracas de l'écroulement, je terminerais le livre pour cette raison et parce que le terminer était aussi la seule façon, même si ce n'était qu'enfermés dans ces pages, de maintenir en quelque sorte Gabriel et Paula en vie, et de cesser d'être celui que j'avais été jusqu'alors, que j'avais été avec Rodney – mon semblable, mon frère –, pour devenir un autre, pour être, d'une certaine façon et en partie et pour toujours, Rodney. Et, à un moment donné, tandis que je continuais à raconter à Marcos mon livre sachant maintenant que j'allais le terminer, la pensée m'est venue que si je l'avais abandonné deux semaines plus tôt ce n'était pas parce que je ne souhaitais pas le finir ni parce que je n'étais pas sûr que cela en valait la peine mais parce que je n'osais pas le finir : parce que, alors que j'entrevoyais déjà sa fin – alors que je savais presque ce que cette histoire voulait dire, car je l'avais presque déjà dit ; alors que j'étais presque arrivé là où je voulais arriver, précisément parce que je n'avais jamais su où j'allais –, j'ai été saisi de vertige car j'ignorais ce qu'il y avait de l'autre côté, quel abîme ou miroir m'attendait au-delà de ces pages, avec une nouvelle fois tous les chemins ouverts devant moi. Et c'est à ce moment-là que non seulement j'ai su la fin exacte de mon livre mais que j'ai aussi trouvé la solution que je cherchais. Euphorique, je l'ai expliquée à Marcos en buvant une dernière bière. Je lui ai expliqué que j'allais publier le livre sous un autre nom, sous un pseudonyme. Je lui ai expliqué qu'avant de le publier je le récrirais de fond en comble. Je changerais les noms, les lieux, les dates, lui ai-je expliqué. Je mentirais sur tout, mais uniquement pour mieux dire la vérité. Je lui ai expliqué : Ce sera un roman apocryphe, comme ma vie clandestine et invisible, un roman faux mais plus réel que s'il était vrai. Quand j'ai eu fini de tout lui expliquer, Marcos est resté silencieux pendant quelques secondes, fumant d'un air absent ; puis il a bu d'un trait le reste de sa bière.

— Et il finit comment ? a-t-il demandé.

J'ai embrassé du regard le café quasiment vide et, me sentant presque heureux, j'ai répondu :

— Il finit comme ça.

NOTE DE L'AUTEUR

Comme tous les livres, celui-ci doit beaucoup à d'autres livres. Parmi eux, je dois évoquer deux volumes qui recueillent les expériences d'anciens combattants du Viêtnam : *Nam* de Mark Baker, et *War and Aftermath in Viêtnam* de T. Louise Brown. M'ont aussi été très utiles les textes suivants : *A Rumor of War* de Philip Caputo ; *Viêtnam. A War Lost and Won*, de Nigel Cawthorne ; *Dispatches* de Michael Herr ; "Trip to Hanoi", dans *Styles of Radical Will* de Susan Sontag. D'autre part, je voudrais remercier pour leur aide désintéressée Quico Auquer, Andrés Barba, Jessica Berman, Frederic Bonet, David Castillo Buils, Àngel Duarte, Tomàs Frauca, David T. Gies, Cristina Llençana, Rosa Negre, Núria Prats, Guillem Terribas, John C. Wilcox et, tout particulièrement, Jordi Gracia, Felip Ortega et David Trueba, auxquels ce livre doit davantage qu'ils ne croient.

TABLE

Tous les chemins 11
Des bandes et des étoiles 79
La porte en pierre 135
L'algèbre des morts 211

Ouvrage réalisé par l'atelier graphique Actes Sud. Achevé d'imprimer sur Roto-Page en juin 2006 par l'Imprimerie Floch à Mayenne pour le compte des éditions Actes Sud Le Méjan Place Nina-Berberova 13200 Arles.
Dépôt légal 1re édition : septembre 2006.
N° impr. : 65959
(Imprimé en France)